Primer Down

LOS JUEGOS DEL AMOR 1

Primer Down

GRACE REILLY

TITANIA

Argentina • Chile • Colombia • España
Estados Unidos • México • Perú • Uruguay

Título original: *First Down*
Editor original: Moonedge Press, LLC
Traducción: Mónica Campos

1.ª edición Junio 2024

ISBN: 978-84-19131-67-6
E-ISBN: 978-84-10159-33-4
Depósito legal: M-9.877-2024

Fotocomposición: Urano World Spain, S.A.U.
Impreso por Romanyà Valls, S.A. – Verdaguer, 1 – 08786 Capellades (Barcelona)

Impreso en España – *Printed in Spain*

Para Anna,
cuyo apoyo ha hecho posible este libro.

NOTA DE LA AUTORA

Aunque he intentado ser fiel a la realidad del fútbol americano universitario y de los deportes universitarios en general a lo largo del libro, puede haber algunas inexactitudes. A los seguidores del fútbol americano: ¡espero que lo disfrutéis!

Visita mi página web para ver todas las advertencias sobre el contenido.

1
JAMES

En cuanto llego al campus mi teléfono empieza a sonar.

Los idiotas de mis hermanos pequeños escogieron el mismo tono de llamada, así que cada vez que me telefonea uno de ellos, por el altavoz suena Britney Spears. No tengo nada en contra de Britney, la mujer es una diosa, pero *Baby One More Time* no le pega al que ha sido considerado el mejor *quarterback* universitario de todo el país.

Por supuesto, esos cabrones saben que no sé cambiarlo por un tono de llamada normal. Puede que tenga veintiún años y haya crecido pegado al teléfono, como toda mi generación, pero la tecnología nunca ha sido mi fuerte. Y preferiría estrangularme con mi suspensorio antes que pedirle a ninguno de ellos que me ayude a solucionarlo.

Y puede que hasta me guste. Solo un poco. Salgo del coche y tararareo mientras cojo el teléfono, agradecido de que no haya nadie por allí cerca. No estaría bien que el nuevo *quarterback* de la Universidad McKee causara una primera impresión como amante del pop de los años 2000. Tengo una reputación desde la Universidad Estatal de Luisiana que mantener.

La voz de Cooper me llega al oído, grave e impaciente como siempre, mientras camino hacia el edificio de oficinas.

—¿Ya has llegado?

—Aún no. Tengo que hablar con la decana primero, ¿recuerdas?

Hace un ruido agónico que me recuerda a un animal moribundo.

—Amigo, llevamos una eternidad esperando. Si no te das prisa, me quedaré con la mejor habitación.

—¿Y si yo quiero esa habitación? —Oigo decir a Sebastian, mi otro hermano pequeño, por el teléfono.

—Debería ser para el tío que folla más, Sebby —dice Coop—. Y tú nunca traes chicas a casa y James ha jurado hacer celibato hasta que esté en la liga, así que solo quedo yo.

—La edad tiene más peso que ser un follador —le informo.

—Tú no eres mucho mayor.

—Gemelos irlandeses —digo con una sonrisa, aunque Cooper no pueda verme. Técnicamente no lo somos, pues nos llevamos dos años, pero nos apellidamos Callahan y estamos muy unidos, así que es una broma que siempre nos hacemos (aunque nunca delante de nuestra madre, que con una sola mirada puede hacer que se nos encojan las pelotas)—. ¿Verdad, hermanito?

Abro la puerta y sonrío a la recepcionista. Coop y Seb siguen discutiendo al otro lado de la línea. Sé de buena tinta que solo con mi sonrisa ya mojo las bragas, y esta vez no es una excepción. Veo el momento exacto en que la chica (una estudiante) baja su mirada de mi cara a mi entrepierna.

—Oye, tengo que irme. Nos vemos pronto. —Cuelgo antes de que Cooper tenga la oportunidad de seguir con la conversación. A pesar de sus fanfarronadas, sé que no hará nada sin hablar conmigo primero. Y tal vez le permita quedarse con la mejor habitación. Tiene razón en que ahora mismo no dejo que las chicas entren en mi vida. No si quiero ganar el campeonato nacional y que me elijan para la NFL en la primera ronda.

—Hola —dice la chica—. ¿Puedo ayudarte?

—Tengo una cita con la decana Lionetti.

Se inclina sobre el registro de citas y puedo ver la turgencia de sus pechos. Tiene un par de tetas fantásticas. Tal vez en otras circunstancias la invitaría a tomar una copa. Me enrollaría con ella. Hace años que no veo un par de tetas y mucho menos que juego con ellas. Pero eso sería la definición perfecta de «distracción», sobre todo si acaba en drama.

Nada de distracciones. Vine a McKee para encarrilar mi vida futbolística y, sí, también para sacarme el título. Por eso estoy en la oficina de la decana en lugar de examinando mi nuevo campo de fútbol.

—¿Nombre? —pregunta.

—James Callahan.

Cuando cae en la cuenta sus ojos se abren como platos. Quizá sea una aficionada a la NFL y el primero que recuerde sea mi padre. O quizá haya leído algo sobre mi cambio de universidad. En cualquier caso, parece que va a treparme como si fuera un árbol.

—Mmm… Puedes entrar. La decana sabe que venías.

—Gracias. —Estoy orgulloso de haberme podido resistir a guiñarle un ojo. Si lo hago, me buscará por el campus e insistirá en que somos almas gemelas.

Avanzo por el pasillo y entro en la oficina de la decana Lionetti mientras miro a mi alrededor. No puedo evitarlo, me fijo en todo. Estoy acostumbrado a fijarme en la línea defensiva del otro equipo, a buscar cambios sutiles en su forma de jugar, a averiguar si intentarán detener nuestras maniobras de ataque o de pase del balón.

La decana Lionetti tiene una bonita oficina. Un elegante escritorio en forma de «L» de madera oscura con una vitrina llena de premios detrás. Libros a lo largo de una pared y dos sillas de terciopelo frente a la parte más larga del escritorio. Detrás de este encuentro a la decana sentada. Su melena gris, que parece natural, le llega a la altura de la barbilla con un corte recto. Los ojos también son de un gris pizarra. ¿Y su traje de los ochenta? Lo habéis adivinado: gris. Se levanta al verme y me tiende la mano para que se la estreche.

—Señor Callahan.

—Hola —digo, y luego hago una mueca. No es que lo busque conscientemente, pero la gente (sobre todo las mujeres) suele ser más simpática conmigo. Mi madre lo llama «el encanto Callahan» y es infalible… excepto ahora. La decana Lionetti me mira como si no pudiera creer que yo esté en su despacho. Debe de tener algún tipo de inmunidad a los hoyuelos, porque su mirada se hace más afilada cuando tomo asiento.

—Gracias por venir con tan poca antelación —dice—. Tengo novedades sobre tus asignaturas de este semestre.

—¿Hay algún problema?

Solo me quedan un par de asignaturas obligatorias en mi último año de carrera. Mi especialidad son las matemáticas, así que la mayoría de mis asignaturas tienen que ver con los números, pero aún puedo hacer una o dos optativas. Este semestre me he apuntado a Biología Marina, que al parecer es fácil y no exige hacer redacciones, gracias a Dios. Según Seb, el profesor es muy mayor y se pasa casi toda la clase poniendo documentales de *National Geographic*.

La decana Lionetti levanta una canosa ceja.

—Hay un problema con tu asignatura de Redacción Académica.

¡Joder! Me arrepiento de muchas cosas del año pasado, y una de ellas es haber descuidado los estudios. Se me da fatal redactar, pero no deja de ser patético que suspendiera Redacción Académica en el penúltimo año de carrera, cuando debería haberla aprobado en primero.

—Pensé que todo se había convalidado.

—En principio, sí. Pero cuando revisamos tu expediente más detenidamente, descubrimos que ya habías suspendido esa asignatura. Quizás en tu antigua universidad hacían concesiones a los deportistas —(dice «deportistas» como si fuéramos una enfermedad fúngica)—, pero aquí exigimos a todo el mundo el mismo nivel académico. El profesor ha tenido la amabilidad de abrirte una plaza en su clase y la retomarás este semestre, ya que solo se imparte en otoño.

Siento que la asignatura de Biología Marina se escapa ante mis narices. El tono de la decana deja claro que piensa que soy más tonto que un saco de piedras. Puede que piense lo mismo de todos los deportistas. Lo cual es una total estupidez. Lo que ocurrió el otoño pasado fue una excepción; he trabajado duro para poder sacarme el título. Como mi padre nos recuerda constantemente, nuestras carreras deportivas solo durarán un tiempo. Incluso si tengo una exitosa carrera en la NFL (que es lo que intento), la mayor parte de mi vida transcurrirá después de mi retirada.

—Ya veo —digo con tono seco.

—He actualizado tu horario: esta asignatura ocupará tu plaza para la optativa. Si tienes alguna pregunta, por favor, consúltala con mi equipo o con la secretaria.

Se levanta. Me despide sin discutir.

Me trago la vergüenza, aunque siento calor en las orejas.

Bienvenido a la Universidad McKee.

Respiro hondo y recuerdo por qué estoy aquí. Primero graduarme, luego la NFL.

Solo tengo que descubrir la manera de aprobar esta asignatura.

ᏟᎿᏂᎿᎢᎿᏅᎿᎨ

Cuando llego a casa, Seb está sentado en el suelo con las piernas cruzadas mientras desenreda un manojo de cables. Lo saludo con la mano mientras dejo las llaves en la consola del vestíbulo y echo un vistazo a la sala de juegos. Aparte de Seb y su desorden, no hay mucho más: un sofá de cuero en forma de «L», una mesa de comedor y un televisor colgado en la pared. Cuando decidimos alquilar esta vivienda para todo un año, ya que los tres íbamos a ir a la misma universidad, el anuncio decía que no estaba amueblada. Tengo una ligera sospecha de quién estuvo detrás de eso.

—Sandra ya nos lo ha enviado todo —dice Seb, señalando la habitación con la bola de cables—. Los repartidores lo han colocado tal como está, pero podemos moverlo si queremos.

Mi madre es muy eficiente. Seguro que, en cuanto se enteró de que sus hijos, los dos que tuvo y el que adoptó, iban a compartir casa, se fue directa a Pottery Barn. Menos mal que tiene buen gusto.

Se oye un ruido en el piso de arriba y ambos levantamos la vista con una mueca de dolor.

—Está redecorando —dice Seb—. ¿Cómo fue la reunión?

Me dirijo a la cocina. Dudo que el frigorífico esté lleno, pero espero que al menos haya cerveza. No bebo mucho durante la temporada, pero aún nos quedan un par de días antes de que empiece todo el lío. Y he aquí que encuentro un paquete de seis cervezas en uno de los estantes, junto a un recipiente de piña, un cartón de huevos y, por alguna razón, un botecito de rábano picante.

Seb aparece en el umbral de la puerta mientras yo presiono con el pulpejo de la mano el tapón de la botella para aflojarlo. Sale con un chasquido. Tomo un largo sorbo y debo de parecer tan cabreado como me siento, porque Seb frunce el ceño.

—¿Qué ha pasado?

—La decana ha decidido joderme, eso es lo que ha pasado. Tengo que volver a hacer la asignatura de Redacción Académica.

—Eso suena muy tonto.

—Es una tontería —refunfuño—. Pero miraron mi expediente y vieron que la suspendí en la LSU*. Cuando...

—Sí —dice Seb—. Lo sé.

Me recorre una punzada de dolor. El año pasado fue un desastre por muchas razones, pero sigo echando de menos a Sara. Tomo otro sorbo de cerveza mientras recorro la habitación con la mirada. Hay una mesa grande de comedor, que me recuerda a nuestra casa de Port Washington, y la cocina no está nada mal. Hay espacio de sobra para preparar algunas comidas, como sugieren los entrenadores de fútbol. Hay una puerta que da al patio trasero, donde hay un foso para una fogata y un par de sillas de exterior. Y cuando Seb tenga la sala de juegos preparada, podremos empezar a jugar en ella.

—Esto es bonito —digo.

—Sí —dice—. Entonces, ¿qué le dijiste?

—No podía discutirlo. Suspendí la asignatura.

—Pero es tu último año. Viniste aquí a jugar al fútbol.

—Y a graduarme.

Seb suspira.

—Sí, es verdad.

Mis padres me apoyan muchísimo con mis ambiciones futbolísticas, en parte porque mi padre fue jugador de fútbol americano. Él conoce esta rutina mejor que nadie. Al principio era su sueño que alguno de sus hijos siguiera sus pasos, pero se acabó convirtiendo en el mío hace mucho tiempo. Si no tuviera la oportunidad de jugar en la liga, a mi vida le faltaría algo. Fin de la historia. Pero nos han enseñado que la educación también es importante, así que por

---

* Siglas de la Universidad Estatal de Luisiana. (N. de la T.)

mucho que me importe el fútbol, sé que tengo que sacarme la carrera. Por mucho talento que tenga Cooper en el *hockey*, mi padre ni siquiera le dejó presentarse a la ronda selectiva de la NHL porque temía que dejara la universidad por la liga y nunca se graduara. Siguiendo los deseos del padre de Seb, lo seleccionaron para jugar al béisbol en la escuela secundaria, pero se ha comprometido a jugar los cuatro años en McKee antes de intentar una carrera deportiva en la MLB*.

—¿No puedes pedirle a tu nuevo entrenador que intervenga? Prácticamente te robó de la LSU. Quiere que estés aquí.

—¿Y ser el deportista mimado que la decana cree que soy?

Seb se encoge de hombros y se pasa una mano por el pelo rubio.

—Quizás esta vez no suspendas. Puede que sea más fácil. O simplemente sabes más ahora que has asistido a más clases universitarias. —Hace una mueca mientras oímos otro estruendo en el piso de arriba—. Y siempre está Cooper.

—La última vez que le pedí ayuda con los estudios, casi lo mato. Ese tío es imposible.

—Con un bolígrafo.

—Fue un intento de apuñalamiento y no me arrepiento.

Seb lanza un suspiro.

—Bueno, tal vez alguien pueda darte clases. No puedes suspender esa tontería.

—No.

Me acabo la cerveza de un trago y la dejo en el fregadero. El miedo que he estado manteniendo a raya desde que hablé con la decana vuelve a aparecer. No soy bueno redactando. Nunca lo he sido. Tener que superar un obstáculo así el año que se supone que voy a ascender a la posición de *quarterback* titular es casi tan malo como sufrir una lesión. Pero una lesión podría superarla. Me esforzaría toda la temporada. Pero ¿esto? Esto está fuera de mi alcance.

---

* Abreviatura de «Major League Baseball» («Grandes Ligas de Béisbol»), una de las ligas deportivas profesionales más importantes de Estados Unidos y Canadá. (N. de la T.)

Coop entra en la cocina, sudoroso y secándose la cara con la camiseta.

—Por fin he montado el escritorio. Solo me ha llevado cuatro putas horas.

—Mírate —dice Seb con tono dulce—. Noqueado por un escritorio de mierda.

Coop le hace una peineta a Seb.

—Tengo una propuesta que haceros.

Se detiene al ver nuestra expresión de fastidio. Sea lo que sea lo que está pensando, es probable que implique una fiesta, y no sé si tengo energía para eso ahora mismo.

Entrecierra los ojos en lugar de empezar a hablar.

—De acuerdo. ¿A quién nos enfrentamos?

2

BEX

Una de las ventajas de estar en el último año de universidad es tener prioridad a la hora de escoger las habitaciones, que es como Laura y yo conseguimos este impresionante estudio de dos dormitorios. Cocina integrada, sala de estar, cuarto de baño privado, dormitorios que no son armarios... Casi suficiente para que una chica se olvide de que, cuando acabe el curso, volverá a vivir encima de la cafetería familiar y se pasará el día batallando en el infierno de una pequeña empresa.

Esa soy yo. Soy la chica.

Pero ahora estoy en el sofá, con un brazo colgando hasta el suelo y las sandalias a punto de caérseme. Mi turno en La Tetera Púrpura, la cafetería del campus, acabó hace un rato y estoy agotada tras horas de pie atendiendo a los estudiantes que han regresado para el semestre, listos para abastecerse de cafés con leche y cerveza fría. Preferiría estar en la cama, pero Laura insistió en hacer un desfile de moda. Al parecer, la iluminación es mejor en la sala de estar.

—¡Ah! Y tengo este minivestido tan mono —dice desde su dormitorio—. Estaba pensando en ponérmelo esta noche.

—¿Qué pasa esta noche? —digo. Ya sé más o menos la respuesta, porque tiene que ser una fiesta, pero la pregunta es dónde. ¿Una fraternidad? ¿Una hermandad? ¿Una fraternidad/sororidad? ¿Una casa del campus que está llena de fraternidades?

—¡Una fiesta! —exclama Laura al salir de su habitación. Lleva unos tacones altos que realzan sus piernas bronceadas, y su vestidito negro se ciñe a sus curvas como cinta adhesiva. Por alguna razón, lleva cuernos de demonio y un tridente—. Y ni se te ocurra decir que no vas a venir.

A veces reflexiono sobre que seamos mejores amigas. No me deja estupefacta, exactamente, pero sí me deja pensando. Laura es muy inteligente, no me malinterpretéis, pero mientras que para ella la universidad ha sido una sucesión de eventos sociales, cuando yo no estoy en clase o trabajando en La Tetera Púrpura, estoy en El Rincón de Abby, apagando fuegos y, en general, tratando de lidiar con el caos. El padre de Laura es un abogado de alto nivel y su madre es una doctora igual de exclusiva, y ella se pasa la mitad del verano en Italia y la otra mitad en St. Barths. Yo me lo pasé cuidando un corazón roto, discutiendo con los proveedores y sirviendo patatas fritas a los lugareños.

La quiero, pero nuestras vidas son totalmente diferentes. Ella ha estado en McKee desde el primer año, mientras que este solo es mi segundo año desde que me cambié de universidad. Dos años en McKee, en lugar de en la universidad pública local, es el máximo tiempo que puedo estar lejos de la cafetería y utilizando el dinero de los préstamos que he pedido. Tal vez algún día haga algo con este título de Empresariales y el portfolio de fotografía que sigue creciendo en silencio, pero, por ahora, mi plan es el mismo de siempre. Casa. Cafetería. Encargarme del negocio para que mi madre deje de fingir que está lo bastante bien como para hacerlo ella sola.

Cuando no ha podido hacerlo desde que mi padre se fue de nuestras vidas.

—Tierra a Bex —dice Laura—. ¿Te gusta?

Me enseña un vestido blanco brillante con una abertura en el muslo y un pronunciado escote.

—¿Es para mí?

—¡Sí! —dice ella—. Y no te preocupes, te conseguí alas de ángel y un halo.

—Mmm… ¿Por qué?

—Porque el tema de la fiesta es Ángeles y Demonios —dice—. ¿Me estabas escuchando?

Me froto la cara con la palma de la mano.

—No —admito—. Lo siento. Estoy agotada.

Deja caer los hombros.

—Me dijiste que querías tener más vida social este año.

—Vida social, no pasearme como si fuera una modelo de Victoria's Secret.

Pone los ojos en blanco.

—Pruébatelo. Te quedará precioso y tus tetas se verán fabulosas. Todos los chicos babearán por ti.

Cojo el vestido, sabiendo por experiencia que no lo soltará hasta que me lo pruebe. Tengo otro vestido blanco en el armario que me serviría para esta fiesta.

—¿Y por qué querría eso?

—¡Porque necesitas demostrarle a todo el mundo que has superado lo de Darryl! Es perfecto. ¡Encuentra algún tío bueno con el que enrollarte! ¡Emborráchate! Intenta disfrutar, Bex, por favor.

Durante una de nuestras muchas sesiones de FaceTime del pasado verano, le dije que quería tener vida social antes de regresar a casa. No creo que sea capaz de volver a tener novio, pero tiene razón, podría intentar ligar con alguien. Ha sido un verano largo y solitario. He sudado mucho, pero nunca por algo divertido.

Nunca he sido una persona de ligues, pero hay una primera vez para todo, ¿no?

—Me lo probaré —digo mientras me levanto.

Ella empieza a gritar y dar palmas.

—Pero no te prometo que me lo vaya a poner. O que vaya a ir a la fiesta.

Ella me lanza una inocente sonrisa.

—No te olvides del halo.

Mientras me pongo el vestido en mi dormitorio (y Laura tenía toda la razón, mis tetas son increíbles), no puedo evitar que una mezquina parte de mí espere que Darryl esté allí esta noche. Quizá Laura tenga razón: si me ve bailando con otro chico, captará el mensaje de que ya no estamos juntos. Tampoco es que haya funcionado nada de lo que ya he hecho, aunque fuera él quien me engañó.

De repente se enciende la pantalla de mi teléfono. Darryl otra vez. No puedo creer que alguna vez pensara que su actitud era dulce. Un apoyo.

Ahora me dan ganas de tirarme de los pelos.

«Vendrás esta noche, ¿verdad? Echo de menos a mi ángel».

Por alguna razón, lo que más me molesta del mensaje es que sepa que me voy a disfrazar de ángel. Nunca seré el diablo y tal vez eso sea parte del problema. No cree que hayamos roto de verdad porque está acostumbrado a conseguir todo lo que quiere y yo no soy lo bastante fuerte para meterle en la cabeza que ya no somos pareja. Solo porque es un arrogante jugador de fútbol americano que cree que se va a casar con su novia de la universidad y que ella lo va a seguir a donde vaya durante toda su carrera, como le pasa a la mitad de los jugadores de la NFL.

Me pongo las alas y me miro en el espejo que hay en la puerta de mi habitación con el ceño fruncido. Parecen ridículas, tan grandes y esponjosas, y desde luego no es algo que a mí me gustaría llevar delante de otras personas. Cojo el halo y me lo pongo también. Y, de algún modo, hace que todo el conjunto encaje. ¿Qué tal un poco de delineador de ojos y pintalabios mate?

Darryl se sentirá atraído por mí como una polilla por la luz. Pero espero que otros chicos también lo hagan.

3

JAMES

Me tiro del cuello de la camisa mientras sigo a mis hermanos por el camino que lleva a la fraternidad. Todas las lámparas de la casa deben de estar encendidas, porque la luz se derrama como una calabaza de Halloween, y juro que puedo sentir los graves de la música bajo los pies. Cuando Cooper pone la mano en el pomo de la puerta y está a punto de abrirla, lo detengo. Respiro hondo mientras sigo ajustándome el cuello.

He tenido muchos compañeros de equipo a lo largo de los años. Es importante empezar con buen pie, sobre todo con los líderes de cada grupo de jugadores. Conocí a la mayoría en el campamento que hicimos a principios de mes, pero fue algo formal. Trabajo. Todos sabían de dónde venía y lo que había conseguido, así que agachamos la cabeza y empezamos a preparar la temporada. ¿Pero un acontecimiento social como este? Sin duda es más importante. Puede que sigan mis órdenes en el campo porque quieren jugar un buen partido de fútbol, pero para que realmente llegue a conocerlos y pueda ganarme su confianza, tenemos que conectar a nivel social. Tengo que conocer a cada uno de ellos, como individuos y en relación con el equipo. ¿Qué estudian? ¿Quién vendrá conmigo a la liga la próxima temporada y quién tiene otros planes para después de graduarse? ¿Quién es un novato? ¿Quién ha tenido una lesión? ¿Quién tiene un compañero del que tengo que recordar el nombre? Sé que puedo probarme a mí mismo en el campo, lo he estado haciendo toda mi vida, pero este es un momento decisivo. No voy a muchas fiestas durante la temporada, así que esta es la fiesta.

Y, ahora mismo, me siento como el culo con este traje.

—Parecemos un par de mafiosos —digo—. ¿Estás seguro de que este es el tema de la fiesta?

Si voy con traje negro y camisa de seda negra, los botones de arriba desabrochados y el pelo peinado hacia atrás, y los demás van en pantalón corto y camiseta, mataré a mi hermano. Incluso me ha convencido para que me ponga la cadena de oro que solo suelo sacar para ocasiones especiales. El único consuelo que me queda es que él está igual de ridículo.

Coop se pasa una mano por el pelo y me sonríe. No tengo ni idea de cómo se las arregla para llevar ese pelo desgreñado. Utiliza su condición de defensa estrella del McKee para salirse casi siempre con la suya.

—Tienes buen aspecto, te lo prometo. ¿Qué hay más diabólico que un grupo de sicarios de la mafia?

—Dice la verdad —dice Seb mientras se ajusta el pesado reloj que lleva en la muñeca. Ese cacharro parece sacado directamente de los años ochenta—. Es una fiesta temática, como todas las de esta fraternidad. Lo hacen, sobre todo, para que las chicas vayan lo más ligeras de ropa posible.

Coop le da a Seb una palmada en la espalda.

—Y yo, por mi parte, estoy listo para alegrarme la vista. ¿Podemos entrar? ¿O necesitas más tiempo para agobiarte?

Me pongo más erguido.

—No, vamos.

Cuando la puerta se abre, me golpea un muro de sonido. Hay gente por todas partes y, por suerte, todos visten de forma tan ridícula como nosotros. *Beer pong*, una pista de baile, strip póker, un montón de parejas besándose, un trío en marcha en una esquina... Parece algo estándar en cuanto a fiestas de fraternidad se refiere.

Un grupo de chicos que deben de ser del equipo de béisbol saluda a Seb, que se dirige a la partida de *beer pong*. Una chica con la falda más corta que he visto en mi vida le hace ojitos a Cooper, que está más que contento de seguirla a la pista de baile. Si tuviera que apostar, es una conejita que ha venido a la fiesta con la esperanza de ligar con él. Me quedo solo de pie en la puerta, buscando a alguien que conozca del equipo de fútbol.

Se me pone la piel de gallina cuando me doy cuenta de que alguien me está mirando.

¡Joder, qué guapa es! Un ángel vestido de blanco, con alas de plumas y un halo dorado. Está apoyada en la pared del fondo, observando a la gente que baila en la pista mientras sujeta un vaso rojo con una delicada mano. Una cabellera rubia cobrizo le cae en ondas alrededor de la cara, enmarcando unos ojos grandes y oscuros. Los tacones hacen que sus piernas parezcan interminables. Casi doy un paso adelante, magnetizado por la forma en que me mira, pero entonces oigo mi nombre.

Me giro para buscar el origen de la voz y, por el rabillo del ojo, veo que la chica se va de la esquina y se dirige a la pista de baile.

—Callahan —vuelve a decir la voz. Ahora la reconozco; pertenece a Bo Sanders, uno de los placadores defensivos y compañero de último curso que se incorporará a la liga el próximo otoño. Es tan alto que casi sobresale del resto de los asistentes a la fiesta. Yo mido metro noventa y tengo que levantar la vista para mirarlo a los ojos. Estoy deseando que aplaste las líneas defensivas de los equipos rivales. Con él en mi esquina del campo, dispondré de mucho tiempo para hacer mis pases.

Cuando llega hasta mí, me pone una cerveza en la mano y me da una palmada en la espalda.

—Encantado de verte.

—Sanders —le digo, devolviéndole la palmada—. Joder, tu traje es mejor que el de la mitad de los chicos.

Lleva un traje de color rojo, con un pañuelo doblado en el bolsillo. El color le queda muy bien con su tez morena.

—Este es mi traje para antes del partido —dice—. *Primetime, baby.*

—Nada de eso; pareces preparado para la ronda selectiva. ¿Dónde está el resto?

—Estamos jugando al póker en la habitación de al lado.

Gimo.

—Espero que no sea strip póker.

—Como si tuvieras algo de lo que preocuparte —casi me grita mientras lo sigo entre la multitud. La música retumba en mi interior y consigue relajarme.

Me gustaría decir que me da igual que me miren, pero todavía no he llegado a ese punto. Ser el *quarterback* universitario número uno del país, por no mencionar que soy guapo, forma parte de mi trabajo. Casi todo el mundo conoce mi cara y mis habilidades. Y generar interés en las mujeres no es algo de lo que pueda quejarme. Cuando pasamos junto a un grupo de chicas, una de ellas me da un trozo de papel con lo que debe de ser su número.

Es una tentación, pero lo que quiero es regresar a la pista de baile, encontrar a ese angelito rubio y pedirle que baile conmigo.

—¡Callahan! —ruge alguien cuando Sanders me empuja hacia delante. Reconozco a la mayoría de los chicos de la habitación, lo que me tranquiliza. Ahí está nuestro pateador Mike Jones y Demarius Johnson, uno de los mejores receptores del fútbol americano universitario. También Darryl Lemieux, otro receptor clave en mi arsenal de armas. O Jackson Vetch, el novato que será mi *quarterback* suplente.

Aunque no es que piense dejarle jugar ni un minuto. Puede hacerlo el año que viene, cuando yo esté en la NFL.

Me siento junto a Darryl en el sofá. Participa en la partida de póker, pero no le presta demasiada atención; está refunfuñando sobre su novia. O, espera, ¿exnovia?

—No puedes hacer nada si ella ya no quiere estar con tu feo culo —dice Sanders, lo que se gana una carcajada del resto de los chicos. Estoy de acuerdo; ¿qué sentido tiene suspirar por alguien que ya no te quiere?

Pero Darryl es mi nuevo compañero de equipo, lo que significa que debo estar de su lado.

—Seguro que recapacita y se da cuenta de lo que se pierde —le digo, dándole una palmada en el hombro—. No te preocupes. —Tomo un largo sorbo de cerveza, saboreando su frescura. Aunque todo el mundo se vaya a emborrachar, esta es la única bebida que me permitiré esta noche.

—¿Sabes qué? —dice Darryl—. ¡Que se joda! Ella no es mejor que cualquier otra chica con la que haya estado.

—Tiene unas buenas tetas —dice Fletch, uno de los defensas.

—Era una estirada —declara Darryl—. Siempre tan jodidamente ocupada. Es como si no me hubiera dejado otra opción que buscar en otra parte.

Disimulo mi disgusto con otro sorbo. No quiero ser el nuevo, pero los gilipollas como él me ponen los pelos de punta. Bo me mira y sacude un poco la cabeza. Vale, aquí hay algo más en juego. Capto la señal para que no me meta.

—¿Alguien va a cortar?

Darryl toma las cartas y las baraja de cualquier manera.

—Es una puta cabezota, Fletch. No quieres follar con alguien así.

¡Mierda! Esto no lo aguanto.

—Ey —digo. La seriedad de mi tono debe de ser evidente, porque Fletch se queda a medio camino de coger su cerveza y Demarius levanta la vista del teléfono—. No sé cómo eran las cosas por aquí antes de que yo llegara, pero en mi equipo respetamos a las mujeres.

Darryl abre la boca. Levanto la mano para detener cualquier estupidez que vaya a decir a continuación.

—Aunque sea tu ex y te hiciera daño. —Lo miro directamente a los ojos—. ¿Entendido?

Darryl mira a todo el grupo y pone los ojos en blanco.

—¿Que si he entendido qué?

—¿Necesitas que te lo repita? —Dejo mi cerveza en la mesa muy despacio y me reclino en mi asiento—. Deberías saber que no me gusta repetir nada dos veces.

Darryl se levanta. Tiene los hombros firmes y el rostro rojo por la ira. En el campo, voy a tener que vigilar que nuestros rivales no lo provoquen con la broma equivocada. Con un temperamento como este, le lloverán las sanciones.

—Si tienes algo que decirme, dímelo a la cara. No te andes con tonterías, Callahan. No está bien.

Yo también me levanto. Quizá sea una estupidez, pero me alegro de tener al menos cinco centímetros más. Me inclino hacia él hasta que casi nos tocamos.

—De acuerdo. Vuelve a llamar a una chica, a cualquiera, puta o zorra, y te joderé.

Él se burla.

—Como si pudieras pelearte conmigo.

—No voy a pelearme contigo. —Miro a mis compañeros, que están pendientes de cada palabra como si fuéramos dos pesos pesados de la WWE*—. Pero no te lanzaré el balón.

La amenaza resuena en la habitación. Claro que no le daré un puñetazo, aunque se lo merezca, pero ¿y si lo hago invisible en el campo? Eso es peor que ser marginado. Darryl lo sabe, yo lo sé y también lo saben todos los chicos de la habitación.

—¡Mierda! —dice Demarius—. Va en serio.

—No puedes hacer eso —dice Darryl—. Soy uno de los mejores receptores del equipo. Me necesitas.

—¿Crees que no puedo? —Ladeo la cabeza—. ¿Por qué crees que me seleccionó el entrenador? ¿Para ser un buen soldadito o para ser un puto líder?

Darryl cierra la boca.

Echo un vistazo al resto de los chicos.

—¿Qué os parece? ¿Por qué estoy pasando aquí el último año?

—Para que ganemos un maldito campeonato nacional —dice Bo.

—Sí —dice Fletch—. O somos campeones nacionales o reventamos.

Chasqueo los dedos y luego lo señalo.

—Exacto. Y, si quieres ganar, tienes que jugar con mis reglas. ¿Entendido?

Mis palabras quedan suspendidas en el aire durante un largo instante. Oigo la música de fondo, que retumba en las paredes. Este es el momento decisivo. No es lo que esperaba, pero aquí lo tengo, y si no

---

* Empresa estadounidense de medios y entretenimiento dedicada principalmente a la lucha libre profesional. (N. de la T.)

consigo que los chicos se pongan de acuerdo ahora, la temporada será un infierno.

Entonces Bo dice:

—Claro que sí. —Y todos los demás asienten con la cabeza. Alguien me da una palmada en el hombro, pero no aparto la mirada de Darryl, que parece estar deseando darme un puñetazo.

—Entendido —dice. Pasa a mi lado bruscamente y sale de la habitación.

¡Caray! Me siento mal por la chica que tuvo la desgracia de salir con él.

4

BEX

Me coloco en un rincón, observando cómo Laura baila con su novio, Barry. Vuelven a estar en la fase de luna de miel, tras otra conversación sobre si deberían romper, y parece que estén a punto de correrse delante de todo el mundo. Se están besando como si no hubiera más gente bailando alrededor, una partida de *beer pong* al otro lado de la pista de baile u otra de strip póker en la habitación de al lado.

Estoy a tres segundos de arrancarme el estúpido halo y salir corriendo a la húmeda noche de agosto.

Darryl llegó hace un rato, acompañado por la mitad del equipo de fútbol americano de McKee. No me vio porque, por suerte, yo estaba en un rincón charlando con algunas chicas con las que tengo a Laura como amiga en común. Pero, aunque se ha adentrado en la casa y ahora está en una habitación llena hasta los topes, puedo sentir su presencia.

El año pasado, una de las mejores sensaciones que tuve fue simplemente saber que estaba cerca. Cuando miraba al otro lado de una habitación llena de gente, encontraba sus ojos puestos en mí, incluso cuando hablaba con sus amigos. Siempre que iba a uno de sus partidos, había un momento en el que miraba hacia las gradas y, cuando me veía, me guiñaba un ojo.

Su interés me ponía la piel de gallina en el buen sentido. ¿Y ahora? Mi piel sigue igual, pero de fastidio y vergüenza.

No debería haber venido esta noche.

No sé qué será peor, si el momento en que borracho intente engatusarme para que volvamos a acostarnos, o verlo coquetear con una *groupie* de futbolistas que intenta entrar en una hermandad. Sé mejor que nadie cuánto le tienta una chica que le promete que es su mayor fan.

Enfrente de mí se abre la puerta principal y entran tres tíos vestidos con trajes negros. Dos de ellos tienen el pelo oscuro, mientras que el tercero es rubio. Este se escabulle entre la multitud y pronto uno de los chicos morenos, con barba y sonrisa pícara, se dirige a la pista de baile con una chica. Queda el tercero. El que me llama la atención. A diferencia del que parece ser su hermano, este no tiene barba. No puedo dejar de admirar su perfecta mandíbula y cómo le cae un grueso mechón sobre la frente. Es alto y corpulento, y mira a su alrededor sin perder un solo detalle.

Incluida yo.

Trago saliva e intento actuar de forma despreocupada mientras clava su mirada en mí. Entonces Bo Sanders, uno de los compañeros de equipo de Darryl, se acerca a saludarlo. Así que ¿es un jugador de fútbol? Debe de ser nuevo, porque no lo reconozco y yo pasé mucho tiempo con el equipo la temporada pasada.

Me bebo el resto de mi cerveza caliente y me abro paso por la pista de baile. Alguien me da un pisotón y caigo de espaldas sobre Laura. Ella suelta una risita y me abraza con fuerza.

—¡Bex! ¡Qué bien te lo estás pasando, ¿eh?!

Barry me pone otra copa en la mano.

—¡Está fría! —grita de forma innecesaria.

Esta cerveza está más fresca que la otra, así que le doy un trago. Laura me da un beso en la mejilla, me rodea con los brazos y nos movemos en círculos. Puedo oler su característico perfume de azahar junto con el aliento a cerveza.

—Ey —digo—. Voy a salir.

Sus labios, que siguen perfectamente pintados de negro, se curvan en un mohín.

—¿Qué? ¡No puedes irte! Acabamos de empezar.

—Darryl está aquí.

—¿Darryl? —dice en voz alta—. ¿Dónde?

Se me revuelve el estómago. La saco de la pista de baile y nos ocultamos en las sombras.

—Para, o aparecerá en cualquier momento.

Ella se planta en el sitio y se niega a dar un paso más. Aunque está algo achispada, me mira con ojos serenos.

—Bex, no te humilles. Demuéstrale que estás bien.

Cuando hablo mi voz está temblorosa.

—Pero ¿y si no lo estoy?

Laura debe de notar el dolor en mis palabras, porque lanza a Barry una mirada de disculpa y me lleva con ella. Subimos las escaleras, pasamos por delante de varias parejas en diferentes estados de excitación y nos detenemos frente a una de las puertas. Laura la golpea con los nudillos. Alguien nos grita que nos vayamos, pero ella se limita a manipular el picaporte hasta que la puerta se abre. Aparecen un tipo sin camiseta que se está subiendo los pantalones y una chica que se está poniendo un vestido sin sujetador y con la espalda descubierta.

—¡¿Qué cojones te pasa?! —grita.

—¡Fuera! —dice Laura con tal ferocidad que no se lo discute. Luego me mete dentro y me hace sentar en la bañera. Cierra la puerta y apoya la espalda en ella. Se aparta el pelo de los ojos y respira hondo.

—¿Quieres volver con él? —me pregunta.

—No —respondo al instante.

—¿Todavía lo amas?

—¡Dios, no!

—Genial, porque es un idiota. Se lía con cualquier *groupie*.

Hago una mueca. La primavera pasada, descubrí su *sexting* y salió a la luz todo su historial de follamigas, lo que fue el último clavo en el ataúd de una relación que ya estaba sentenciada. Conocí a Darryl en una fiesta como esta durante mi primer semestre en McKee, y la idea de tener un novio de verdad, el primero desde el instituto, era demasiado tentadora como para resistirse. Durante la temporada de fútbol era fácil estar con él; estaba tan ocupado que no le importaba que yo también lo estuviera, siempre que fuera a todos los partidos en casa. Pero, cuando la temporada acabó, y llegó el semestre de la primavera, se volvió agobiante, sobreprotector y muy molesto, lo que no le impidió engañarme con un par de *groupies*.

Aunque le dejé claro que quería acabar la relación, se pasó todo el verano enviándome mensajes y llamándome como si pensara que había alguna posibilidad de que cambiara de opinión. Darryl Lemieux no está acostumbrado a que le digan que no, sobre todo las mujeres.

Toda la distancia que conseguí poner entre nosotros durante el verano, con él en Massachusetts y yo en Nueva York, se ha desvanecido en una sola noche y en una fiesta de mala muerte.

—Lo sé —digo—. No estoy... Tan solo estoy preocupada, ¿vale? Va a intentar que volvamos juntos y, cuando vea que no quiero, se comportará como un niño. Eso es lo que hacía cuando estábamos juntos. Si no consigue lo que quiere, se pone muy pesado. Se cree una especie de dios solo porque puede pillar al aire un balón de fútbol.

Laura se sienta a mi lado en la bañera. Mira hacia atrás y hace una mueca.

—Alguien debería limpiar este cuarto de baño; está asqueroso. Aunque la alcachofa de la ducha es bonita.

Me río sin humor.

—No te arrepientes de vivir conmigo en lugar de aquí, ¿verdad?

—Claro que no. Como si prefiriera tener que vigilar que no me roban la plancha del pelo a vivir con mi mejor amiga.

Le doy un golpecito en el hombro con el mío.

—Me voy a casa. Diviértete con Barry.

Ella frunce el ceño.

—¿Seguro que quieres tomar un taxi? Es muy caro.

—Ya lo solucionaré —le digo, aunque por dentro maldigo, porque tiene razón. Un taxi es demasiado caro. Aunque solo sea para regresar al estudio, que está a unos quince minutos, me gastaré casi todo lo que he ganado hoy en La Tetera Púrpura. Para venir a la fiesta tuve la suerte de ir en el coche compartido que había pagado Barry.

—Vale —dice, y me abraza—. Pero llámame cuando hayas llegado.

Le doy un beso en la mejilla y me libero de su abrazo. Me abro paso entre la gente y me dirijo a la parte trasera de la casa, donde hay una salida al patio.

—Bex.

Como una idiota, me doy la vuelta y casi choco con Darryl.

—Eh —me dice, sujetándome los hombros con sus manos. Los aprieta antes de dar un paso atrás—. ¡Por fin! Pensé que no aparecerías. ¿Qué estás bebiendo, cariño?

Cierro los ojos por un instante. Las ganas de vomitar están ahí, presionándome el estómago, pero me obligo a quedarme quieta.

—Yo…

—Ya lo sé —dice, chasqueando los dedos—. Vodka con soda.

Eso ni se le acerca; si bebo algo que no sea cerveza o vino, suele ser ron con cola. Intento evitarlo, pero me pasa el brazo por la cintura. Me acaricia el escote del vestido y sus dedos rozan mi piel.

Aprieto los dientes.

—Darryl.

—Sabía que vendrías —dice—. Estás tan guapa, nena… Me alegro de que hayas venido por mí.

Aparto su mano.

—No he venido por ti.

Por el rabillo del ojo, veo al tío de antes. Tiene el ceño fruncido. Da un paso adelante.

—La verdad es que he venido por él.

No sé qué me posee, pero me libero de Darryl y me acerco al desconocido. Luego le rodeo el cuello con los brazos… y le beso.

En los labios.

¡Santo cielo! Y es un buen beso.

Puede que le haya pillado por sorpresa, pero me devuelve el beso, pasándome los brazos por la cintura y apretando su cálido cuerpo contra el mío. Saca la lengua y la pasa por mis labios, y yo abro mi boca para profundizar el beso. Dejo que me bese hasta quedarme acalorada y sin aliento. Huele a madera, como si su perfume tuviera toques de pino, y ha colocado sus grandes manos en la parte baja de mi espalda, casi rozándome el culo. Tras un pequeño respiro, vuelvo a besarle, con la intención de que sea un adiós. Quiero escapar, pero él me sujeta más fuerte, apoderándose de mi boca mientras me roba el aliento.

Este beso es mucho mejor que cualquiera que me haya dado con Darryl. Este desconocido es jodidamente bueno besando, como si se dedicara a eso. Podría quedarme aquí toda la noche, con mi boca pegada a la suya.

Se mueve un poco y se acerca para murmurarme algo al oído.

—¿Cómo te llamas, cariño?

El hechizo se rompe. Laura desearía que yo fuera el tipo de persona que no se cuelga nunca de un ligue, pero no puedo. No estoy hecha para eso. Y no voy a dejarme arrastrar a otra relación destinada al fracaso, aunque bese como un dios y huela como un maldito bosque. Doy un paso atrás y me separo de él. Mi cuerpo echa de menos el suyo. Siento frío, incluso en esta habitación abarrotada de gente. La música sigue sonando, pero apenas la oigo.

Giro sobre mis talones y me dirijo hacia la puerta.

—Espera —le oigo decir al mismo tiempo que Darryl pronuncia mi nombre.

¡Mierda! ¿Qué acabo de hacer?

5

BEX

No puedo creer que, de todas las personas que podría haber besado, escogiera al nuevo *quarterback* del McKee, James Callahan.

El que ha sido llamado «el salvador de nuestro programa de fútbol americano». Compañero de equipo de Darryl.

¡Mierda!

Aunque tengo que levantarme y ponerme presentable para ir a clase, no puedo dejar de pensar en el beso. No en la horrible expresión que puso Darryl ni en cómo me miró la gente cuando hui de la fiesta, sino en cómo me hizo sentir el beso. Siempre he sido consciente de mí misma cuando se trata de besar, sobre todo delante de otros, pero este tío hizo que todo y todos desaparecieran a mi alrededor. La forma en que me puso las manos encima para acercarme, la ligera aspereza de sus labios, la reticencia con la que se separó... Es un beso con el que vale la pena fantasear. Meto la mano por debajo de la cinturilla de mis bragas y me acaricio la parte superior de la vagina. Quizá pueda tocarme rápido y...

No.

No debería hacerlo. Aunque no pueda dejar de imaginarme sus labios entre mis piernas.

Echo un vistazo al teléfono. Tengo tiempo.

Me muerdo el labio y llevo los dedos hacia abajo. Me abro los pliegues y reprimo un grito cuando empiezo a acariciarme el clítoris. Le paso la punta del dedo. James solo tenía una barba incipiente; si pusiera la boca donde están ahora mis dedos, me rasparía la piel de una forma deliciosa. ¿Sería suave? ¿Duro? Puede que yo empezara el beso, pero él se hizo cargo de él con facilidad. Los *quarterbacks* están al mando de todo el juego en el campo, ¿verdad?, así que en la cama…

—¡Bex! —dice Laura, llamando a la puerta.

Saco la mano de las bragas. Ni siquiera puedo enfadarme con ella porque es mejor que sea así. No saldría nada bueno de fantasear con un tío al que besé por desesperación delante de mi ex.

Me arde la cara. Puede que me devolviera el beso, pero tras un par de días, seguro que se da cuenta de que soy un bicho raro. Solo espero no encontrarme con él en el campus. Menos mal que vamos a una universidad grande. A lo mejor no bebe café y ni siquiera se pasa por La Tetera Púrpura.

—Bex —insiste Laura—, tenemos que irnos pronto si queremos desayunar antes de clase.

—¡Ya voy! —Salgo de la cama y abro de un tirón la puerta del armario. Me pongo unos pantalones cortos vaqueros y una camiseta desteñida de El Rincón de Abby, que es lo que siempre tengo disponible cuando voy a la cafetería. Me peino y busco mis sandalias. Supongo que hoy tendré que renunciar al maquillaje.

Después de lavarme los dientes y meter deprisa las cosas en la mochila, Laura y yo salimos. Nuestra residencia tiene un comedor anexo, así que es muy fácil conseguir la primera taza de café y una tostada por la mañana. Es lo mejor de la universidad y una de las cosas que más echaré de menos: la comida preparada. Aunque mis patatas son mucho mejores. Cuando las dos tenemos un plato, buscamos un sitio al fondo del comedor.

Laura está mucho más arreglada que yo: maquillaje y joyas a juego. Apuesto a que se levantó para hacer ejercicio y todo. ¿Y qué estaba haciendo yo? ¿Pensando en la barba incipiente de un chico?

¡Uf! Acabo de salir de una relación que me consumía el alma. No puedo permitirme distracciones innecesarias este semestre; no con mi madre, la cafetería y todo lo demás que tengo entre manos.

—¿Vas a contarme qué ocurrió anoche? —dice finalmente.

Levanto una ceja mientras tomo un sorbo de café.

—Ya lo sabes.

—Lo sé porque Mackenzie me lo dijo, pero eso no es lo mismo que *tú* me lo digas.

—Me dijiste que me fuera con otro.

—¡No con él!

Me paso una mano por la cara.

—Sé que fue una estupidez. Espero que Darryl no haya sido desagradable con él.

Sería muy propio de él pelearse con el chico, a pesar de que *yo* tuve la iniciativa del beso y no es cosa suya de todos modos. Esa es otra razón por la que espero que no tengamos que volver a vernos. Mi cuerpo podría sufrir una combustión espontánea delante de él y, además, tendría que defenderse de un Darryl cabreado. Lo que significa que no estaría muy contento conmigo.

—Te estás sonrojando. —Laura se me acerca con un gesto de placer en la cara—. ¿Eso significa que besa bien? Me da la sensación de que besa tan bien como folla.

—¡Laura! —grito. Miro a mi alrededor, pero por suerte no nos oye nadie.

Ella solo agita su tostada.

—¿Qué? Está buenísimo.

Doy un mordisco a mi *bagel*.

—Estuvo bien.

—¿Solo bien?

—Realmente bien —admito.

Ella suspira.

—Es una pena que sea compañero de equipo de Darryl. Los chicos tienden a tener códigos sobre esa mierda.

—De todas formas no me interesa —digo. Mi estómago traidor da un vuelco cuando recuerdo el beso—. No me voy a liar con nadie ahora mismo.

—Entonces, si se te acercara y te pidiera una cita, ¿le dirías que no?

—Como si fuera a hacerlo.

—Lo besaste y te largaste. A los tíos les gusta la persecución.

—Bueno, espero que no pierda el tiempo. —Miro mi teléfono. Voy a tener que darme prisa si quiero llegar a clase a tiempo, ya que el edificio está al otro lado del campus, así que me pongo de pie y cojo una servilleta para el resto de mi *bagel*—. Hasta luego.

—¿Haces esa asignatura de Redacción Académica?

Pongo los ojos en blanco.

—Por desgracia.

Cuando me cambié a McKee, no me convalidaron algunos créditos, así que he tenido que esforzarme el doble para cumplir con todos los requisitos y poder graduarme a tiempo. La asignatura de Redacción Académica es la más fastidiosa de todas y, además, es insultante: estoy graduándome en Empresariales y he escrito muchos trabajos a lo largo de mis estudios universitarios. Hubiera preferido dedicarme a la fotografía todo este tiempo, pero así es la vida.

—Lo superarás. Mándame un mensaje luego diciéndome qué quieres hacer para cenar —dice.

Me despido con la mano y empiezo mi mañana. El tiempo sigue siendo más veraniego que otoñal, así que, tras unos minutos de marcha rápida, empiezo a sudar por la frente y las axilas. Aseguro más la mochila en el hombro y alargo la zancada cuando llego a una de las muchas colinas del campus. Solo estamos a una hora de Nueva York, así que no es una zona montañosa, pero juro que es como si McKee hubiera modificado el terreno para que fuera más empinado. No necesitaba cargar con la cámara, pero me gusta llevarla encima por si me viene la inspiración, y ahora me estoy arrepintiendo porque no deja de rebotarme en la cadera.

Llego con un minuto de antelación, me siento en la parte de atrás y saco mi cuaderno y un bolígrafo de gel. Son el único lujo que me he permitido con los estudios. Escribir notas en color morado chillón en lugar de negro hace un poco más llevadero estudiar Empresariales cuando preferiría haber escogido Artes Visuales.

El profesor, que, como era de esperar, es un señor mayor, empieza a hablar de la importancia de tomarse en serio esta asignatura, porque es la que te prepara para todo lo que hagas en la universidad. No es un mal consejo, pero está dirigido a los jóvenes de diecisiete y dieciocho años con cara de niños que tengo alrededor. ¿Estructura del ensayo? Sí. ¿Importancia de resumir tu redacción? Por supuesto.

¿Opinión de los compañeros? Entendido. Lo único que puedo decir de esta asignatura es que será un sobresaliente fácil, y teniendo en cuenta las otras cinco que estoy cursando para cumplir con los requisitos de mi especialidad, no me puedo quejar.

—Echemos un vistazo más de cerca al plan de estudios —dice el profesor—. Aseguraos de que tenéis una copia.

Alguien se deja caer en el asiento contiguo al mío. Reprimo un bufido. Pobre novato. Apostaría cinco pavos a que le ha fallado la alarma esta mañana.

Sea quien sea, huele *muy* bien. Un poco a pino.

Levanto la vista y el corazón me da un vuelco por la sorpresa.

—Oye —dice el maldito James Callahan—, ¿tienes una copia de más?

6

JAMES

—¡Coop! ¡Levanta el culo si quieres que te lleve!

Mientras grito aporreo la puerta. No tengo ni idea de cómo se las arregla mi hermano para llegar siempre a tiempo al *hockey*, pero tarde a todo lo demás. Es como un huracán donde el ojo de la tormenta siempre es el *hockey*.

Seb sale del cuarto de baño, al final del pasillo, con una toalla alrededor de la cintura. Resopla al ver la escena.

—¿Aún no se ha levantado?

—Lo escuchaste anoche, ¿verdad? «James, tenemos clase a la misma hora, ¿puedo ir contigo?».

—Sí.

—Joder, Cooper, no voy a llegar tarde a mi primera clase.

La puerta se abre y aparece mi hermano, que parece dispuesto a despellejarme vivo. Le tiembla un ojo. Le sonrío y digo dulcemente:

—Ahí está la Bella Durmiente.

—Te odio.

—Me quieres. Y no sé cómo has sobrevivido a la universidad sin mí.

—Apenas lo ha hecho —dice Seb, lo que hace que Coop le lance una mirada asesina. Parece como si estuviera planteándose la violencia, así que me interpongo rápidamente entre ellos. Puede que mis padres adoptaran a Seb cuando sus padres fallecieron y él tenía once años, pero él y Coop se comportan como si fueran gemelos. Lo que significa que se dan muchos porrazos.

—Tienes cinco minutos —le digo—. Te espero en el coche.

Cuando Coop vuelve a entrar en su habitación, Seb empieza a partirse de risa, sacudiendo gotas de agua por todas partes.

—Seguro que ya odias vivir con nosotros.

—No. Sabéis que os quiero. Os eché de menos cuando estudiaba en Luisiana.

En la semana que ha pasado desde que me mudé (a la mejor habitación, por cierto), me he sentido como en casa cuando no he estado ocupado con los entrenamientos de fútbol. Echaba de menos vivir con mis hermanos. Aunque siempre hemos tenido un horario muy ocupado durante la temporada, al vivir juntos nos veíamos al menos una parte del tiempo. A veces eso significaba saludar a Coop cuando yo llegaba a casa del entrenamiento y él salía para la pista de patinaje, o ver el final de uno de los partidos de Seb tras una sesión de entrenamiento. Hemos tenido descansos y vacaciones de verano desde que empezó la universidad, pero los últimos años he estado más solo de lo que estaría dispuesto a admitir en voz alta. Tenía amigos en la LSU, buenos compañeros de equipo, pero siempre he estado más unido a mi familia. Mis padres, que son personas increíbles; Coop y Seb, incluso cuando son horribles; e Izzy, la mejor hermana pequeña que un chico podría desear. Vivir con mis hermanos un último año antes de graduarme e irme a alguna ciudad (quién sabe a cuál) para jugar en la NFL, es todo un regalo.

Seb sonríe. Puede que no sea un Callahan de sangre, pero tiene una sonrisa que entra por los ojos. Un poco del encanto Callahan.

—Yo también te he echado de menos. Buena suerte hoy y patea unos cuantos culos en esa clase.

Frunzo el ceño mientras bajo las escaleras.

—Si sobrevivo, claro.

Coop baja corriendo las escaleras, con su mochila Nike colgada de un hombro. Se calza las sandalias y me sigue hasta el coche, frotándose los ojos.

—¿Qué clase tienes ahora? —pregunto mientras salgo de la calzada.

Me roba un sorbo de café. Le lanzo una mirada indignada, pero él se limita a encogerse de hombros y decir:

—Oye, no me has dado tiempo a prepararme un café.

—Lo que me lleva de nuevo a mi pregunta: ¿llegas tarde a clase todos los días?

—No se lo digas a nadie. Y la clase es de Literatura Rusa.

Silbo.

—Eso suena a algo duro.

Parece desanimado.

—Dímelo a mí. Me doy de patadas todos los días por haber escogido esta estúpida carrera.

Cuando mi padre convenció a Cooper para que se presentara a la ronda selectiva de la NHL a los dieciocho años, para que pudiera garantizarse cuatro temporadas en la NCAA, Cooper intentó vengarse de él eligiendo la carrera menos práctica que se le ocurrió: Filología Inglesa. Le gusta leer, así que tiene sentido, pero subestimó todo el trabajo que implicaría; algo que hace que Seb estalle en carcajadas como una hiena.

—Puede que hasta tengas algo en común con Nikolai.

Nikolai es la némesis de Coop. Es un defensa ruso que estudia en Estados Unidos y que es la estrella del mayor rival de McKee en *hockey*: la Universidad de Cornell. Coop lo odia, sobre todo por su sucio estilo de juego, lo cual es divertidísimo teniendo en cuenta que Coop pasa un tiempo en el banquillo en cada partido. No conozco los entresijos del *hockey* como él, pero estoy seguro de que evitar las sanciones es una prioridad, como lo es en el fútbol americano.

—Ja, ja, ja. No lo creo.

Nuestra casa está en Moorbridge, el pueblo que rodea el extenso campus de McKee, así que por suerte llegamos rápido. Dejo a Cooper en su edificio y hago el corto trayecto hasta el mío. Tengo cinco minutos antes de que mi culo vaya a parar a una silla, rodeado de estudiantes de primer año.

¡Uf!

Dejo el coche en el aparcamiento de estudiantes más cercano y corro hacia el edificio. Si quiero conseguir un aprobado en esta asignatura, tengo que causar una buena primera impresión.

Encuentro el aula y abro la puerta. ¡Mierda! Esta clase es mucho más pequeña de lo que esperaba. Supongo que McKee se toma muy en serio la relación profesor-alumno.

Me escabullo hasta el fondo, donde hay una chica sentada sola con la cabeza inclinada sobre lo que parece ser el plan de estudios.

Cuando estoy a medio metro de ella, me quedo helado. Es ella. La Pequeña Señorita Ángel. Me besó mejor que nadie en mi vida y luego se largó como si no hubiéramos sentido la electricidad de un rayo.

Sin mencionar que es la ex de Darryl. La misma a la que le dije que tratara con respeto, mmm, una hora antes de que me besara. Después de la fiesta, Darryl me echó en cara lo del beso, pero por suerte me creyó cuando le dije que no sabía quién cojones era ella. Y aún no lo sé. Tan solo sé que se llama Beckett, que es guapísima y que besa como si el mundo estuviera en llamas.

¡Ah! Y está fuera de mi alcance.

No puede ser de primer año; ¿qué hace aquí? Me siento a su lado. Huele bien, a vainilla y algo floral. Y está subrayando concienzudamente varias partes del plan de estudios. Como yo no tengo uno, le digo:

—¿Tienes una copia de más?

El profesor, un hombre mayor con gafas de montura dorada, deja de parlotear. Se aclara la garganta mientras dirige su mirada a una pila de papeles.

—¿Sr. Callahan?

—Sí. Aquí estoy.

El profesor no me quita los ojos de encima mientras habla.

—Alumnos, por favor, tomen nota de la hora de inicio de esta clase una vez más. Las ocho y media, no las nueve. Les beneficiará en su carrera académica que no lleguen tarde. Otros profesores no serán tan… complacientes.

Me pasa una copia del plan de estudios.

Joder, puedo sentir mi rubor en la cara.

—Señor, lo siento. Me levanté temprano para entrenar y luego fui a casa a cambiarme. Debo de haber confundido los horarios con mi otra clase de por la mañana.

Una chica que me está mirando se encoge de hombros, como diciendo «¡Qué pena!». Resisto el impulso de hacerle una mueca. A mi lado, Beckett lanza un suspiro.

—¿Qué? —pregunto.

—Acabo de perder una apuesta conmigo misma. Creía que llegabas tarde porque te había fallado la alarma.

—Soy un deportista. No me falla nunca la alarma.

—¡Ah! —dice ella—. Es verdad. Me olvidé de que los dioses no necesitáis despertadores, mientras que nosotros los simples mortales...

El profesor vuelve a aclararse la garganta. Sigue mirándome, aunque me alegra ver que también le levanta una ceja a Beckett.

—Como iba diciendo, los principios de la redacción académica a nivel universitario incluyen...

—¿Qué estás haciendo aquí? —susurro.

Me da una patada en el pie bajo la mesa.

—Me pregunto lo mismo sobre ti.

—Suspendí esta asignatura la primera vez que la hice.

No sé qué me lleva a ser tan sincero con ella. Tal vez sean sus grandes ojos marrones o la forma en que agita un pequeño bolígrafo de gel o que no puedo dejar de pensar en sus labios besándome.

Alejo esos pensamientos. Es la ex de mi compañero de equipo. Incluso si ella estuviera interesada, yo no podría hacer nada al respecto.

—Me cambié a esta universidad el año pasado —susurra—. Aunque ya había cursado asignaturas como esta, no me aceptaron todos los créditos.

—¡Vaya mierda!

Se encoge un poco de hombros.

—Tampoco puede ser tan difícil, ¿no? Ya llevamos tres años en la universidad.

Miro el plan de estudios. Reuniones tipo seminario dos veces por semana. Deberes semanales por escrito. *Comentarios de los compañeros.* Se me pone la piel de gallina. Dame unas ecuaciones diferenciales parciales y no tengo problema, pero ¿esto? Esto es imposible.

Y, por supuesto, un tercio de la nota es un trabajo final de investigación sobre un tema de nuestra elección. Me van a joder vivo.

Puede que esta asignatura no sea difícil para ella, pero va a ser un infierno para mí.

Le dirijo lo que espero que sea una sonrisa medio normal y me dispongo a seguir el resto de la clase. Pero, a pesar de mis esfuerzos, no puedo dejar de mirarla. Está tan guapa ahora como cuando se puso aquel vestidito blanco. Además, es mi tipo, con unas tetas tan grandes que distraen incluso con camiseta.

¿Me escogió para besarme porque también soy su tipo? No soy tonto, sé que me besó para vengarse de Darryl, pero podría haberse acercado a cualquier chico en la fiesta y, sin embargo, fue conmigo con quien acabó.

Se muerde el labio inferior mientras piensa. ¡Qué mona!

El profesor concluye su perorata con una tarea para hacer en clase. Tenemos que leer un artículo sobre la investigación en la redacción académica y resumirlo en un párrafo que explique la idea y los puntos principales.

Miro fijamente mi copia del artículo durante tanto tiempo que las palabras empiezan a desdibujarse. A mi alrededor, los demás estudiantes subrayan palabras clave y garabatean notas en los márgenes; Bex parece tener todo un código de colores en marcha. Me tiro del cuello de la camisa y miro el reloj. Tenemos veinte minutos para esta tarea y ya casi han pasado cinco.

Me obligo a leer de nuevo el primer párrafo. Agarro el bolígrafo y doy unos golpecitos con él en la mesa; luego subrayo una frase que tiene una palabra en negrita. Recuerdo que me lo aconsejó uno de los muchos tutores que he tenido a lo largo de los años, ya fuera el que contrataron mis padres durante el instituto o alguno de la LSU.

—Si te atascas, intenta leer primero las frases que tratan sobre el tema —dice Bex.

La miro. Repiquetea con el bolígrafo en mi hoja de papel.

—Mira —dice—. Hay un par de secciones en el artículo, y cada una de ellas trata un tema diferente.

—Pero entonces está hablando de otra cosa —digo yo.

—No del todo —dice—. Sé que lo parece, porque empieza hablando de la investigación en la redacción académica y luego pasa a una anécdota, pero es solo para hacer un poco más ameno el tema. No es información importante.

Solo estoy un setenta por ciento seguro de saber lo que es una «anécdota», pero no quiero que piense que soy aún más idiota de lo que ya parezco, así que me limito a asentir.

—Parece innecesario.

Resopla, lo que hace que un tío que hay delante de nosotros se aclare la garganta.

—Ve a la parte donde se habla sobre la educación formal de la redacción académica —susurra.

Me guía a través del artículo, mostrándome sus propias anotaciones como ejemplos en los que debería centrarme. No puedo evitar distraerme un poco por la forma en la que huele y las ganas que tengo de acercarme, pero al final tengo un párrafo medianamente decente que entregar. Hay algo en su forma de explicarlo que me hace entenderlo mejor que antes, lo cual es extraño, ya que siempre me he bloqueado a la hora de escribir. Si ella fuera la profesora, es probable que sacara un sobresaliente en esta asignatura.

Me acerco y le arranco el bolígrafo de la mano. Me mira indignada, pero yo me limito a sonreír y a garabatear un «gracias» en su plan de estudios. Tengo que resistirme a incluir mi número de teléfono. Eso sin duda haría que frunciera el ceño de forma aún más adorable, pero no quiero insistir demasiado, porque se me está ocurriendo un plan y la necesito a bordo para que funcione.

Después de todo, ¿quién diría que no a una tutoría remunerada?

7

BEX

—¡Ey, Bexy!

Me vuelvo hacia James con el ceño fruncido. Pensé que me iba a seguir afuera, pero nadie me llama Bexy. Darryl se cargó ese apodo para siempre.

Me cuelgo la mochila al hombro y me hago sombra en los ojos mientras lo miro. Es incluso más alto que Darryl. Es muy injusto que él esté ahí arriba y yo aquí abajo.

—Me llamo Bex.

—Lo siento. Bex, ¿podemos hablar?

Pensé que era atractivo en la fiesta, vestido con su traje negro, pero esto es incluso mejor. Lleva una camiseta sin mangas que muestran unos hombros dignos de caerse la baba, pantalones cortos de deporte y sandalias, y no tengo ni idea de por qué me gusta tanto, pero así es. La parte irracional de mi cerebro me está gritando: «¡Lámelo entero!». Patético.

Pero sus ojos son *tan* azules...

Me planto en el sitio.

—Voy al trabajo.

—¿Dónde trabajas?

Exhalo un suspiro.

—Sé rápido. Tengo que estar de vuelta en el campus en quince minutos.

—Entonces charlemos mientras caminamos.

Entonces empieza a alejarse y no puedo evitar echarme a reír. Parece tan decidido... Si siguiera por esa dirección, acabaría en el pueblo.

Me mira con frustración.

—¿Qué?

—Es por aquí. —Señalo en la dirección opuesta y acelero el paso—. Y puedes acompañarme, pero solo porque tengo la sensación de que vamos a tener esta conversación igualmente.

Corre para alcanzarme.

—¿Qué te hace pensar eso?

Lo miro.

—Nos besamos.

—Lo hicimos —coincide. Luego baja la voz—: Fue un buen beso.

—Siento haberlo hecho —digo mientras se me calientan las mejillas—. Darryl...

Dejo de caminar de repente y choco con él. Me sujeta por los hombros con sus grandes manos y, por un segundo, siento como si un hierro candente me atravesara entre las piernas. ¿Qué me pasa con este tío? A mi cuerpo le encanta tenerlo cerca. Cuando lo ayudé con aquel trabajo de clase, solo quería apoyar la cabeza en su hombro.

—Bex —dice—, mírame.

Si miro a esos ojos del color del océano, temo que pueda descubrir lo mucho que me excita.

Coloca un dedo bajo mi barbilla y me levanta la cabeza. Mis manos se mueven a su alrededor hasta que van a parar a ambos lados de su cintura. Puedo sentir la fuerza de su cuerpo por debajo de su camiseta. Malditos deportistas con sus malditos cuerpos tan bien esculpidos. Me impresiona todo el esfuerzo que ha debido de dedicar para lograr un cuerpo como este.

—Eh —dice, sujetándome todavía la barbilla. Me quedo helada mirándolo, indecisa entre irme o quedarme—. No te preocupes. Reconozco un beso para dar celos en cuanto lo veo.

—No sabía que eras su compañero de equipo.

Se encoge de hombros.

—Como ya he dicho, no te preocupes. Lo hemos hablado. Todo va bien.

—Ah, vale. —Me detengo y luego me alejo un par de metros—. Pero igualmente no podemos tener nada.

—Lo sé —dice—. Pero quería hablar de otra cosa.

Que no insista me duele, lo cual es estúpido, porque yo misma le acabo de decir que no podemos tener nada. No iba a funcionar. Incluso si solo nos enrolláramos, eso volvería muy incómoda su relación con Darryl, y yo sigo convencida de que no quiero una relación. No lo conozco, pero la intensidad que irradia me deja claro que no hace nada a medias.

—¿Por qué lo sabes? —pregunto.

Esboza una sonrisa.

—Porque una chica como tú se merece más de lo que yo puedo ofrecer, Bex.

Me arriesgo y doy un paso en su dirección. Levanto la barbilla y lo miro.

—¿Cómo sabes qué clase de chica soy? Apenas nos conocemos.

—Vi tu cara después de que nos besáramos. Créeme, eres una chica de relaciones.

Se me pone la piel de gallina. Tiene razón, pero la naturalidad con la que lo dice lo hace parecer algo negativo.

—¿Y tú no tienes relaciones?

—Solo me dedico al fútbol. —Su mano agarra y suelta la correa de su mochila—. Dejémoslo estar, ¿de acuerdo?

—De acuerdo —digo, mientras seguimos caminando. Dejo unos cuantos metros entre nosotros para no hacer una tontería, como intentar besarlo. Aunque no hace ni dos segundos que hemos decidido dejarlo estar, sigo sintiendo ese tirón en el vientre. Nunca había pensado demasiado en la química, pero ¿de qué otra manera podría explicar esto?—. ¿Qué querías preguntarme?

—Gracias de nuevo por ayudarme en clase. —Se pasa una mano por el pelo y baja la cabeza—. Mmm… Sabes que la había suspendido la primera vez.

—Sí.

—No puedo volver a suspenderla. La necesito para graduarme y es solo una asignatura semestral.

Suspiro.

—Sí. Creo que es una mierda que sean tan estrictos.

—Es evidente que tú sabes lo que haces. Necesito tu ayuda. Necesito que me des clases.

—Hay un profesor asistente. Puedes ir en horas de oficina.

—No puedo.

—¿No puedes? —repito.

—Lo he intentado muchas veces —dice. Parece realmente frustrado y casi le digo que sí, pero me doy una pequeña bofetada mental. No tengo tiempo para ser la tutora de nadie, aunque me pagaran. Por no hablar de la atracción que siento por él y que no puedo evitar. ¿Estar a solas con él para darle clases? Eso suena a paraíso..., quiero decir, a tortura.

Da un pisotón en el pavimento.

—Te pagaré, claro.

—Yo también tengo una carga lectiva completa. Seis asignaturas. Más mi trabajo. —«Y salir corriendo cada vez que me necesitan en la cafetería», pienso, aunque no lo digo en voz alta. Siempre pasa algo en El Rincón de Abby y nunca es mi madre quien puede solucionarlo.

—¿No hay manera de que pueda convencerte?

—No.

Levanta las cejas.

—Todo el mundo tiene un precio.

—Todos menos yo, por lo visto. —Compruebo mi teléfono y maldigo por lo bajo. Tengo que darme prisa para llegar a tiempo a mi turno—. Lo siento, tengo que irme.

—¡Averiguaré tu precio! —dice cuando casi he subido la siguiente cuesta. Lo miro de reojo. Tiene una sonrisa en la cara, pero hay algo más en sus ojos: la excitación del reto. De repente recuerdo algo obvio: es un deportista. Y los deportistas no se rinden.

—¿Ah, sí?

—Sea cual sea tu precio —dice, dando una zancada hacia delante—, lo averiguaré, Bex.

Intento tragar saliva, pero tengo la garganta seca como el esparto. Una pequeña y traidora parte de mí quiere preguntar si eso es una promesa.

—Lo dudo. Nos vemos, Callahan —consigo decir, mientras giro sobre mis talones.

Y siento su abrasadora mirada sobre mí durante todo el camino al trabajo.

8

JAMES

Agarro bien el balón y doy un paso atrás mientras observo el campo. Aunque se trata de un simple entrenamiento, los chicos están dándolo todo; los defensores al otro lado luchan por evitar mis bloqueos. Solo me quedan uno o dos segundos antes de que alguien se cuele y me capture.

Veinte metros más adelante, Darryl se libera de su defensor, con la mano en alto. Lanzo en su dirección. El balón va un pelín alto, así que espero que pase por encima de su cabeza, pero en el último instante lo agarra y se lo lleva al pecho. Corre con el balón bajo el brazo, en diagonal para alejarse de la defensa, y sale del campo. El entrenador Gómez hace sonar el silbato para finalizar la jugada.

Corro hacia donde se ha agrupado la línea ofensiva y me seco el sudor de la cara con el dobladillo de la camiseta de entrenamiento. Darryl se acerca despacio a nuestro grupo.

Desde la fiesta, he visto a Darryl demasiado y a Bex demasiado poco. A pesar de que aclaramos lo del beso, nunca ha sido tan obvio que alguien me odia a muerte. En el campo se esfuerza al máximo, pero en el grupo, en la banda y en el vestuario actúa como si yo no existiera. Después de nuestra victoria contra el West Virginia el sábado pasado, en el que atrapó dos de mis *touchdowns*, pensé que se tranquilizaría, pero no. Cualquiera diría que nos pilló follando encima de la mesa de billar, en lugar de besándonos *una sola vez* cuando yo ni siquiera sabía quién era ella.

Estoy convencido de que puede leerme la mente y sabe que no puedo dejar de pensar en ella. Conseguí su número en la última clase y nos hemos estado enviando mensajes, pero no importa lo que le ofrezca a cambio de su tutoría; ella siempre lo rechaza. Eso no significa que no esté en mi mente todo el puto tiempo. Esta mañana casi llego tarde al entrenamiento porque en la ducha me estuve imaginando cómo sería tener sus suaves curvas contra mis duros pectorales.

—Buena recepción —le digo a Darryl cuando nos alcanza.

Se muerde el protector bucal.

—Gracias.

Vale...

—Venid todos, caballeros —dice el entrenador Gómez. Escupe con las manos en las caderas, mientras formamos un círculo. Alarga la mano para darle a Darryl una palmadita en la espalda y una sonrisa genuina aparece en la cara del chico—. Buena recepción, hijo. Bueno, chicos, creo que estamos superando esa técnica tan descuidada que nos impidió avanzar la semana pasada.

Asentimos con la cabeza. La semana pasada ganamos, que es lo único que importa al fin y al cabo, pero hubo momentos en los que podríamos haber conseguido una ventaja más amplia durante el partido y no lo hicimos.

—Si seguimos jugando así ganaremos en casa. Quiero que todos estéis de vuelta mañana temprano para revisar la grabación. Su nuevo placador izquierdo es un cabronazo y debemos neutralizarlo si queremos tener alguna posibilidad de llegar al *quarterback* del Notre Dame.

Desde el otro lado del grupo, Darryl me observa. Le respondo con frialdad, pero por dentro pongo los ojos en blanco. No me importa que me odie mientras deje en paz a Bex, pero eso no significa que no me resulte molesto.

La mayoría del equipo vuelve a las duchas, pero yo me quedo. Darryl también.

—¿Tienes algo que decirme? —pregunto. Cruzo los brazos sobre mi pecho. Joder, estoy sudadísimo y lo único que quiero es darme una ducha antes de irme a casa, pero estoy harto de esta mierda. Somos compañeros de equipo, lo que significa que somos hermanos, y si tengo que decirle a la cara que no voy a hacer ningún avance con Bex, supongo que eso es lo que haré.

Aunque decirlo me dolerá. Sentarse a su lado en clase, aunque solo sea dos veces por semana, es una forma especial de tortura. Ayer llevaba un vestido de verano y casi me empalmo al ver cómo cruzaba una pierna bronceada sobre la otra.

Darryl rasca la hierba con la puntera de su bota.

—He oído que has estado hablando con ella.

—¿Quién lo dice?

—¿Es verdad?

—No creo que sea asunto tuyo.

—Es mi chica.

—*Era* tu chica. Y puede enviarle mensajes a quien quiera, sobre todo a un compañero de clase.

Da un paso hacia delante.

—Pero tú quieres estar con ella.

—¡Ey! —grita el entrenador Gómez—. ¿Qué hacéis aquí todavía?

Respondo sin apartar la mirada de Darryl.

—Solo hablamos de estrategia, entrenador.

—Tengo que hablar contigo, Callahan. —El entrenador nos mira a ambos, como si pudiera ver la tensión que hay en el aire—. Lemieux, entra y dúchate antes de que Ramírez use toda el agua caliente.

Darryl mantiene la mirada fija en mí durante un largo instante antes de marcharse.

—¿Hay algo que debería saber?

No hace mucho que conozco al entrenador Gómez, pero me he dado cuenta enseguida de que le gusta conocer los problemas personales de su equipo. También es casi tan serio como cuando era jugador y hablaba sin rodeos. Sus mechones plateados brillan a la luz del atardecer mientras espera mi respuesta.

—No. Tuvimos un pequeño error de comunicación, pero lo estoy solucionando.

Él asiente.

—¿Qué tipo de error de comunicación?

¡Maldición! Esperaba que lo dejara estar. Si trato de mentir seguro que se lo va a oler.

—Una chica.

La vergüenza me quema la garganta. Durante unos segundos, vuelvo a estar con el entrenador Zimmerman, intentando explicarle por qué la administración lo había llamado para decirle que me dejara en el banquillo porque estaba en periodo de probatoria académica. *Una chica.*

El entrenador maldice.

—Callahan…

—Lo tengo bajo control.

—¿Ah, sí?

—Sí.

Me lanza una mirada con la que parece hacerme una radiografía.

—Cuando acordamos traerte aquí, hablamos de distracciones, ¿recuerdas?

—Por supuesto.

Se me acerca y me palmotea el pecho.

—Hijo, vas a ser una estrella en la liga. Y quiero ayudarte a conseguirlo. Pero recuerda: deja las distracciones para después de firmar tu primer gran contrato. Cuando tu futuro esté encarrilado, podrás empezar a pensar a quién quieres en él.

—Sí, señor —digo asintiendo.

Después de todo lo que ocurrió con Sara, mi padre me sentó con el entrenador Gómez. La conversación acabó con un acuerdo para traspasarme al McKee y él me dio el mismo consejo entonces. No le había mentido a Bex cuando le dije que la única relación que tenía en mi vida era con el fútbol. La última vez que intenté compaginar ambas cosas, casi lo pierdo todo.

Ya no pienso mucho en Sara, pero últimamente sale a relucir más de lo que me gustaría.

—Muy bien. ¿Y cómo te estás adaptando a McKee?

—Ha estado bien, señor. Me gusta volver a vivir con mis hermanos.

—Es una pena que Rich Callahan tenga tres hijos y solo uno eligiera el deporte adecuado. —Se ríe un poco, cambiando el peso de un pie a otro—. ¿Y qué tal las clases? ¿Qué tal la de Redacción Académica? Todavía siento no haber podido sacarte de ella.

—No pasa nada. La suspendí la primera vez, así que me merezco repetirla. —Me paso una mano por el pelo sudoroso—. No está mal.

—¿Seguro? ¿Te puedo ayudar en algo?

En el vestuario, en el fondo de mi bolsa, están mis primeros deberes para esa estúpida asignatura.

Me pusieron una D-. ¿Quién pone una D-? El tipo debería haberme suspendido sin más. Todavía no puedo creer que haya sacado eso; me pasé más tiempo el domingo pasado escribiendo esa única página que con cualquier trabajo de mis otras asignaturas. Recordar todas esas marcas rojas en aquel trozo de papel arrugado, escondido como la cartilla de las notas de un niño, me hace arder de indignación.

Y quizá por eso miento.

Ya le dije una verdad al entrenador Gómez. No estoy seguro de poder soportar otra. Me está ofreciendo la oportunidad de mi vida, dejándome venir aquí y liderar a su equipo en una temporada que espero sea victoriosa, mejorando así la idea que la NFL tiene de mí antes de que llegue la ronda selectiva la próxima primavera. No debería tener que preocuparse de nada más que del fútbol. No de que me distraiga con una chica. No de que siga siendo un redactor de mierda.

—Sí —digo—. Yo, mmm, contraté una tutora y todo.

Su rostro se relaja.

—Bien. ¿Quién es? ¿Alguien del centro de prensa? ¿Una profesora asistente?

—Está en mi clase. Ya la hizo antes y le fue bien, en su antigua universidad, pero McKee no aceptó convalidársela.

Sacude la cabeza.

—Esta política académica… Te juro que no la entiendo. Bueno, me alegra oírlo, hijo. No perdamos el premio de vista. Sin distracciones.

—Sin distracciones —repito—. Entendido, señor.

No sé mucho sobre redacción, pero sé que he tenido muchos tutores en mi vida y, por la razón que sea, Bex me ha llegado de una forma que nadie más lo había hecho. Si hay alguien que me puede ayudar con esta asignatura, es ella. Solo voy a tener que guardar mi atracción en una cajita, no pensar en ello y concentrarme...

Pero, primero, necesito tener a Bex a bordo.

9

BEX

—Aquí lo tienes, Sam. ¿Necesitas algo más?

—No, señora. Está perfecto.

Sam, uno de los clientes habituales de El Rincón de Abby, me sonríe desde su taburete. Desenvuelve los cubiertos con dedos temblorosos. Me resisto a ofrecerle sal antes de que la vuelva a tirar. Como en todas las cafeterías de pueblo, casi todos los días viene la misma gente a desayunar y comer, y muchos de ellos son personas mayores que ya no quieren o no pueden cocinar. Sam es viudo. Su mujer solía encargarse de cocinar, pero ahora que ha fallecido, él viene aquí a por sus huevos matutinos.

Sonrío antes de dejar el cubierto a su lado. Recojo la propina, pero en lugar de guardármela en el bolsillo, la meto en el tarro común. Stacy y Christina necesitan el dinero más que yo en este momento. Christina me descubre y sacude la cabeza, pero no me pierdo su mirada de agradecimiento. Es madre soltera y el padre de su hijo es un gilipollas. Lo ha llevado a los tribunales por la pensión alimentaria, pero aún no se ha resuelto.

Recojo mi taza de café y bebo un sorbo. El ajetreo de la mañana ha acabado y solo quedan un par de personas mayores como Sam. Los almuerzos son ajetreados, gracias a nuestra ubicación en el centro de Pine Ridge, y mantenemos el negocio abierto un par de noches a la semana porque vendemos tartas y helados a los adolescentes que pasan la noche en el pueblo. Desde que empecé a estudiar en McKee, no he podido hacer todos los turnos de fin de semana, pero lo intento cuando puedo, ya que entre semana me resulta más difícil.

Alguien que entrara aquí por casualidad no vería lo que yo veo. Vería mis fotografías colgadas de las paredes, o la chapa de metal pulido que cubre el mostrador, o el revestimiento de madera que hay en la pared de los reservados y que pinté de blanco hace dos veranos. Llegué a un acuerdo con la floristería para que siempre tengamos flores frescas en la entrada y en las mesas. Pero lo único que puedo ver ahora son las manchas del techo, el agujero de la pared que disimulo con una fotografía y la nevera cutre del fondo. El Rincón de Abby es un lugar popular, pero, como todos estos negocios, pierde dinero. Tan solo comprar la comida y cocinar ya cuesta un dineral, sobre todo cuando mi madre cambia el menú cada dos semanas. Personas como Sam quieren sus huevos de siempre. No necesitan que les pongamos una crema de aguacate como guarnición, aunque esté deliciosa.

Suena la campanilla de la puerta principal y entra una pareja. Deben de tener un par de años más que yo y la verdad es que se parecen mucho a mis compañeros de McKee. Ella lleva ropa de marca y un collar de oro con el que yo podría pagar todos los electrodomésticos de la cocina. No conozco la marca, pero seguro que es cara. Es lo típico que James se pondría para ir a un restaurante.

El recuerdo de James me atraviesa como un rayo.

Todavía no puedo creer que siga intentando convencerme de que le dé clases particulares. Ya ha pasado una semana y lo que me ofrece es cada vez más ridículo. Anoche me dijo que lavaría mi ropa durante un año. Eso solo me hizo pensar en él tocando mi ropa interior, lo que no me resultó útil en lo más mínimo.

Necesito sacarlo de mi mente.

—¿Mesa para dos? —pregunto, acercándome con los menús bajo el brazo.

—¿Podemos sentarnos en el reservado de ahí atrás? —dice la mujer—. Este sitio es encantador.

Sonrío mientras los conduzco a la parte de atrás, junto al ventanal.

—Gracias. Es de mi madre.

—Le dije a Jackson que teníamos que conocer la zona antes de mudarnos aquí. —Ella se sienta, aceptando los menús para los dos—. Bueno, no exactamente aquí, claro.

Mi sonrisa se tensa.

—Claro.

Pine Ridge no es una mala zona ni mucho menos, pero estoy segura de que alguien como ella, con dinero, está buscando en una de las zonas más caras de Hudson Valley. Apostaría a que él trabaja en finanzas o algo así y que ella quiere una bonita mansión a donde regresar por las tardes.

—¿Puedo traeros unos cafés?

—Sí —dice el hombre—. Y agua también. Pero solo si está purificada.

Mientras voy a por los cafés, la puerta se abre de nuevo. Levanto la vista y, al instante, deseo no haberlo hecho.

—¿Qué cojones haces aquí? —siseo al ver a Darryl en la puerta.

Me da un beso en la mejilla.

—¡Qué manera de saludarme, nena!

Retrocedo dos pasos. Me tiemblan las manos, así que me las meto en los bolsillos del delantal, esperando que mi mirada le ayude a captar el maldito mensaje.

—¿Nena? Ya no soy tu nena, Darryl. ¿Qué te pasa?

Se abre la puerta que hay detrás del mostrador y que suele pasar desapercibida. Lleva a un estrecho tramo de escaleras que conducen a un apartamento en el piso de arriba. Allí es donde siempre he vivido. Primero con mis padres y luego sola con mi madre.

Percibo el momento en que mi madre entra en la cafetería. Huele a humo y a perfume. Cuando llegué esta mañana temprano para abrir, todavía dormía. Esperaba que se quedara arriba todo el día para que no tuviéramos que hablar, pero siempre ha sido muy oportuna.

—¡Darryl! —dice cariñosamente, tirando de él para abrazarlo—. Me ha parecido ver tu coche ahí fuera. Bexy no te ha traído a casa en años.

—Eso es porque ya no estamos saliendo.

Ella me regaña.

—No seas grosera con un buen chico. Condujo hasta aquí el día del partido solo para verte. ¿Acaso no es bonito?

—Tengo unas mesas que atender.

Pongo los cafés en una bandeja junto con la nata y el azúcar y me dirijo a la pareja. Quizá si sigo ignorando a Darryl, capte el mensaje y se vaya.

¿No fue suficiente con besar a James delante de él?

Mi madre tiene razón: es sábado, por lo que tienen partido en casa. Darryl debería estar con James, preparándose para marcharse. A pesar de todos sus defectos, es un buen jugador, y hoy debería estar centrado en eso. No... en lo que sea esto. Avergonzándome en una cafetería llena de gente. Haciendo bajar a mi madre para que eche más leña al fuego.

—Disculpad la espera —le digo a la pareja—. ¿Qué os sirvo?

—¿Es tu novio? —dice la mujer, inclinándose con una sonrisa conspiradora—. Es guapo.

—Me resulta familiar —dice el hombre—. ¿McKee?

—Fútbol americano —admito.

—¡Eh, hombre! ¡A por todas hoy!

Darryl levanta la mano y saluda. Aprieto los dientes y sonrío, deseando que el calor que siento no se me note en la cara.

—Mmm... ¿Qué vais a tomar?

No necesito apuntar nada; llevo memorizando pedidos desde que tengo uso de razón, pero finjo hacerlo de todos modos. Cualquier cosa es mejor que tener que hablar con Darryl.

En la cocina, le entrego el tique a Tony, el jefe de cocina. Mira a mi alrededor con cara de preocupación.

—¿Tengo que sacarlo de aquí?

—No. —Le sonrío—. Pero gracias. Ya me encargo yo.

—Claro que puedes hacerlo. —Le grita el pedido a los cocineros. Me quedo allí un buen rato, observando cómo se mueven con agilidad por la estrecha cocina.

Darryl, obviamente, se ha tomado el beso como un coqueteo, no como un adiós. No solo ignora lo que digo, también ignora lo que ve.

Cuando vuelvo a salir, llamo aparte a Stacy.

—¿Puedes ocuparte de mi mesa de la parte atrás? Necesito solucionar esto.

—Claro. —Stacy es de la edad de mi madre. Ella y la tía Nicole, la hermana de mi madre, cuidaban de mi cuando era pequeña, después de que mi padre nos abandonara y mi madre dejara de funcionar como una persona normal. Me tira de la coleta y me dedica una triste sonrisa—. Intentaré llevarla arriba también.

—Gracias.

Mi madre tiene a Darryl frente al mostrador y le está ofreciendo café y un trozo de tarta. Observo cómo enciende un cigarrillo y expulsa el humo con pericia. Se ríe de algo que él dice y le aprieta el antebrazo con la mano.

¡Por Dios!

—Darryl, vamos a hablar.

Se echa hacia atrás.

—¡Por fin! No te preocupes, te perdono por besar a Callahan.

—Afuera. —Abro de un tirón la puerta principal, tratando de ignorar la mirada curiosa que me echa mi madre. Seguro que se muere por saber quién es Callahan.

Darryl no protesta cuando lo arrastro hasta la parte trasera del edificio.

—Estás muy guapa haciendo de camarera, nena.

—No estoy jugando —murmuro—. Esa es la razón por la que me engañaste, ¿recuerdas? Siempre estaba aquí.

—Esas chicas no significaron una mierda para mí.

—¿Y qué? Eso no lo hace mejor.

—¿Quién lo dice?

—¡Yo lo digo! —estallo. Me muerdo el interior de la mejilla para evitar las lágrimas—. Darryl, sabes lo que hiciste. Se acabó. Déjame en paz.

—No lo creo. —Se acerca un paso más y entrelaza nuestras manos—. Cariño, vamos. No sé a qué jugabas besando a Callahan, pero me ha dicho que no está interesado en ti, así que no hay problema. Podemos volver a estar como antes.

¿Le dijo a Darryl que no está interesado en mí? Eso me duele más de lo que debería.

—¿Hablasteis de mí?

Me acerca aún más a él.

—Claro que sí. Después de todo, tenía que saber si tenía que reñirle por insinuarse a mi chica.

Mueve la mano hacia arriba y me agarra la muñeca; luego hace lo mismo con la otra. Me quedo inmóvil.

—Bex —dice—, relájate y sé feliz. Estar conmigo puede abrirte muchas puertas. Cuando esté en la liga, venderemos este lugar de mierda y podrás dedicarte solo a cuidar de mí. Eso es lo que querías el año pasado, así que ¿por qué echarlo a perder ahora? No es que tengas muchas más oportunidades.

Me agarra con fuerza y me acerca para besarme. Estoy demasiado aturdida para moverme mientras sus labios rozan los míos. Siempre supe que era posesivo, pero esto es otro nivel. Esto me asusta.

—Darryl —susurro.

—¿Sí, cariño?

—¡Que te jodan! —Me zafo de sus manos, frotándome las muñecas, y lo empujo—. Vete a jugar tu partido. Y si vuelves a molestarme, sobre todo aquí, llamaré a la policía.

Él aprieta los dientes. Lo miro fijamente, aterrorizada por el momento en que el puñetazo impacte en mi cara. Mi padre le pegó a mi madre una sola vez, poco antes de marcharse para siempre, y ella tuvo un ojo morado durante semanas. No es que le importara mucho, pues ella ya estaba en cama llorando por su matrimonio y por el aborto que le había provocado el desamor, pero yo, con once años, lo veía todos los días cuando me metía en la cama a su lado.

Si me hubieran preguntado mientras salíamos, habría dicho que Darryl nunca me haría daño. Pero nunca pensé que mi padre le pegaría a mi madre y la dejó echa polvo.

Se acerca tanto que el corazón se me sube a la garganta. Tiene una mirada inexpresiva en los ojos y vuelve a tirar de mí mientras me agarra las muñecas con tanta fuerza que suelto un grito.

—Te vas a arrepentir de haber dicho eso, cariño.

Trago con fuerza, intentando ignorar el ardor de mis ojos.

Después de unos segundos que parecen una eternidad, me empuja hacia atrás. Tropiezo y veo cómo se aleja. Me tapo la boca con una mano temblorosa, intentando tragarme el susto y el dolor.

Debería regresar adentro, al trabajo, pero no puedo moverme. Una lágrima empieza a correr por mi mejilla y me la seco con brusquedad.

No voy a llorar, aunque me duelan las muñecas.

Dos cosas están claras. Una, no puedo creer que alguna vez haya sentido algo por este imbécil. Y dos, necesito un nuevo plan, porque no me va a dejar en paz.

Necesito a James.

10

JAMES

Ganar siempre es divertido, pero la primera victoria en casa de la temporada es otro nivel. La asistencia fue increíble; todos los asientos del enorme estadio McKee estaban ocupados. Entre la banda de música y los gritos de la sección estudiantil, apenas podía oír a los árbitros. Una hora más tarde, todavía estoy cargado de adrenalina, listo para celebrarlo con el equipo.

—Hay un bar en el pueblo —dice Bo mientras recogemos nuestras bolsas de deporte y salimos—. El Red's. ¿Vienes?

—No voy a beber, pero iré.

—Genial. —Le grita la misma pregunta a Demarius, que nos hace un gesto con el pulgar desde el otro lado del aparcamiento—. Siempre hay un montón de chicas allí después de una victoria, así que si estás buscando ligar, no tendrás ningún problema.

—Es bueno saberlo.

No es lo que busco. Primero, porque no quiero crearle falsas expectativas a ninguna pobre chica, y, segundo, porque la única con la que he fantaseado últimamente ha sido Bex. He intentado no hacerlo, pero cada vez que me hago una paja, es a ella a quien me imagino. Sus fantásticas tetas. La forma en que su nariz se arruga cuando está frustrada. La curva de sus labios.

Joder, tengo que encontrar la manera de acabar con esto, sobre todo si va a ser mi tutora.

—Aquí lo tenemos —dice Coop mientras camina hacia mí. Me abraza y luego retrocede para que Seb pueda hacer lo mismo—. Un buen partido, hermano.

Sonrío.

—No sabía que habíais venido.

—Una de las ventajas de tener un partido amistoso por la tarde. Los he machacado, por cierto. Estoy listo para relajarme.

—Iba a ir a un bar, ¿queréis venir?

—¿El Red's?

—Sí, supongo.

—Sí —dice Seb—. Ese sitio es genial. Me apunto.

—Lo mismo digo —dice Cooper—. Tal vez vea a Elle.

—¿Esa chica de la fiesta de la hermandad? Pensaba que solo querías tener rollos. —Seb le da a Cooper un golpecito en el hombro con el suyo.

—Y es lo que quiero. —Sonríe—. Pero eso no significa que ella no pueda intentarlo.

Pongo los ojos en blanco mientras me subo al coche.

—Dime a dónde tengo que conducir. —Saco el móvil del bolsillo de los vaqueros, lo desbloqueo y se lo paso a Coop—. ¿Tengo algún mensaje? No he podido comprobarlo y la ESPN* quería hacer una entrevista en directo nada más acabar el partido.

Él resopla.

—Solo tú podrías hacer que eso sonara tan natural. Y sí, papá y mamá te han enviado unos mensajes de texto. ¡Oooh! Y alguien más.

—¿Quién? —Intento echar un vistazo mientras estamos parados en un semáforo en rojo, pero Coop se lleva el teléfono al pecho.

—Mira, Seb. —Le pasa el teléfono a Seb, que pega un silbido.

—Ya me estoy arrepintiendo —murmuro—. ¿Quién es?

—Es esa chica —dice Seb—. Beckett.

Mi corazón empieza a latir con fuerza en el pecho.

—¿Beckett Wood?

—¿Conoces a más de una Beckett?

—¿Qué dice?

—Quiere hablar.

—¿Eso es todo?

---

* Grupo de canales de televisión por suscripción estadounidense especializado en deportes. (N. de la T.)

Seb y Coop intercambian una mirada.

—¿Debería haber más? —pregunta Coop.

—Quiero decir, no. —Hago un gesto a la derecha hacia Coop—. Pero desde que no me dejó contratarla, he estado intentando averiguar su precio.

—¡Oh, vaya! —dice Seb—. Sobre todo porque no habías mencionado que ella fuera a ser tu tutora.

—No me lo recuerdes.

—Tal vez quiere que te acuestes con ella —reflexiona Coop—. Como pago, quiero decir.

Recuerdo nuestra conversación después de la primera clase. Más o menos acabé con cualquier posibilidad de que eso pasara.

—Amigo, no voy a acostarme con mi tutora.

—¿Por qué no? Está buena.

—Y es la ex de mi compañero de equipo.

Coop agita la mano.

—No cuenta porque rompieron antes de que llegaras.

—Estoy seguro de que él no lo vería de esa manera.

—Bueno, él sigue siendo un idiota.

Detengo el coche en un aparcamiento al final de la calle del Red's y suspiro.

—No puedo estar más de acuerdo.

Me quedo fuera del bar, que parece abarrotado por igual de universitarios y lugareños, con el teléfono en la mano.

—Estaré allí en un minuto. Pídeme una cerveza sin alcohol, ¿de acuerdo?

El mensaje de Bex son solo dos palabras: «¿Podemos hablar?».

La llamo en lugar de escribirle. Me parece demasiado importante para un simple mensaje y quiero oír su voz.

—Callahan —dice cuando responde.

—Bex, ¿qué pasa?

—¿Dónde estás?

Miro a mi alrededor. Un montón de chicas en camiseta (algunas parecen llevar solo la camiseta con lo cortos que son sus pantalones) me saludan mientras cruzan la calle y se dirigen al Red's.

—En el centro de Moorbridge, en el Red's. ¿No puedes hablar por teléfono?

—No sobre esto.

Agarro con fuerza el teléfono.

—¿Estás bien?

Oigo unas llaves y un pitido; supongo que está abriendo su coche.

—Estoy bien. Solo creo que, si vamos a discutir los términos de este... acuerdo, debería ser en persona.

—Acuerdo, ¿eh?

—Iré al Red's.

—¿Dónde estás? Estoy sobrio, puedo recogerte.

—En Pine Ridge.

—¿Dónde está eso?

Se ríe. El sonido dulce y gutural hace que mi corazón lata un poco más rápido.

—No muy lejos. Te veré pronto, Callahan.

—Puedes llamarme James, ya lo sabes.

Se produce una pausa. Luego oigo encenderse el motor de su coche.

—Lo sé.

Busco Pine Ridge en cuanto cuelga. No está muy lejos de aquí, a unos treinta minutos o así. ¿Qué hacía allí?

«Tal vez tenga un nuevo novio», se burla mi mente.

Me obligo a entrar, aunque lo único que quiero es esperar aquí fuera. Después de todo, debería celebrar la victoria. Esta noche hemos aplastado al Notre Dame. En cuanto entro en el bar, veo que mis hermanos y compañeros me saludan, así que me dirijo a las mesas de billar del fondo. Coop me da mi cerveza sin alcohol (que sabe casi igual que una cerveza normal, aunque él nunca me cree) y me da un codazo en el hombro.

—¿Qué está pasando?

Me recuesto contra la pared, poniéndome cómodo.

—Ella vendrá para hablar.

Ya me siento más relajado. Lo que sea que Bex quiera a cambio de la tutoría, se lo daré. Una tarifa por hora carísima, lo que sea. Puedo permitírmelo. ¿Y el hecho de que así pueda verla mucho más? Tampoco me quejo de eso.

—¿Sobre el... tema?

Pongo los ojos en blanco.

—Sí. El tema.

—De puta madre —dice—. Eso es genial, hombre.

Observo cómo Seb se prepara para su siguiente tiro en la partida de billar que está jugando contra Demarius. Una de las cosas que más me gustan de él es que encaja en cualquier sitio. Nunca ha pasado mucho tiempo con mis compañeros de equipo, pero parece sentirse como en casa. Su tiro sale desviado y se ríe de sí mismo, aceptando otro chupito de Demarius.

—Cada fallo es un chupito —murmura Coop—. Al final de la noche se estará arrastrando por el suelo.

—¿Es tu hermano? —pregunta alguien. Me doy la vuelta y veo a una chica junto a mi codo que me hace ojitos mientras da sorbos a su cerveza. Es guapa, con la melena rubia recogida sobre un hombro y labios carnosos. Su camiseta de pico deja ver la parte superior de un sujetador rosa de encaje. Al ver que capta mi atención, se me acerca y me toca el brazo con la mano.

Le sonrío.

—Sí, nena. ¿Quieres que te lo presente?

—Es tentador —dice—. Pero algo me dice que tú tienes más... experiencia.

Esta vez, me toca los vaqueros con las puntas de los dedos. Se muerde un poco el labio inferior y roza la costura interior con un dedo de manicura perfecta.

—¿No quieres saber mi nombre?

Le sigo el juego.

—¿Cómo te llamas?

—Kathleen —dice—. Pero puedes llamarme Kitty.

Cooper, el muy gilipollas, intenta convertir su bufido en un estornudo. Sé que debería librarme de ella, enviársela a algún compañero de equipo más dispuesto si lo que busca es acostarse con un jugador de fútbol americano, pero me está tocando de un modo agradable.

No estoy tan desesperado para que me excite, pero hace tiempo que no me pasa algo así.

Además del beso con Bex.

Joder, ahora vuelvo a pensar en Bex. Como si supiera que tengo la cabeza en las nubes, Kitty se acerca aún más y me roza la oreja con los labios.

—¿Puedo apuntarte en la lista de invitados a la fiesta de Kappa Alpha Theta de mañana? Soy novata en la hermandad.

—Lo siento, pero no voy a fiestas durante la temporada —le digo a Kitty.

—Solo ven un ratito. El tema es TER.

Ella me besa en el cuello, remarcando cada palabra con un pequeño mordisco.

—Todo. Excepto. Ropa.

Me quito lentamente sus manos de encima. Apuesto a que se pone muy pesada cuando está borracha. Si acepto ir a esa fiesta, creerá que tenemos una cita y no se separará de mí en toda la noche. Además, ¿un domingo? No he ido a una fiesta en domingo desde el primer año de universidad. Prefiero hacer los deberes mientras retransmiten partidos de la NFL en televisión.

Y preferiría que fuera Bex quien me lo pidiera.

—No puedo ir a esa fiesta, cariño, pero no es nada personal. Es por el fútbol.

Hace un mohín juguetón.

—¡Qué serio eres!

Al otro lado del bar se abre la puerta principal. Bex no es demasiado alta, pero puedo distinguir su pelo rubio cobrizo. Miro a Darryl, pero está metido en una conversación con un par de chicos del equipo.

—Quizá tengas más suerte con él —digo, señalándoselo a Kitty mientras me dirijo a la puerta.

Bex lleva una sudadera de McKee y un par de pantalones cortos vaqueros, además de sandalias y unos pendientes colgantes que observo que son pequeños trozos de tarta. Adorable. Sus ojos se iluminan cuando me ve y se pone de puntillas para acercarse a mi oído mientras me dice:

—¿Quieres que hablemos fuera? Juraría que la mitad del alumnado de McKee está aquí.

Joder, la seguiría a los lavabos si es ahí donde quiere hablar. Dejo que me guíe.

Una vez fuera, se aleja de las ventanas.

—Darryl está en la parte de atrás —digo—. Le envié a una chica.

—Y estoy segura de que ya está ligando con ella. —Lanza un suspiro—. No importa que haya venido hoy a la cafetería para exigirme que volviéramos a estar juntos.

Mantengo a raya la vena posesiva que estoy sintiendo. No tengo ningún derecho sobre ella. Un beso no significa nada y, con suerte, está a punto de ser mi tutora. Los chicos buenos no se acuestan con sus tutoras. O con las ex de sus compañeros de equipo.

—¿Cafetería? Pensaba que trabajabas en La Tetera Púrpura.

—Y así es. La cafetería es de mi madre. Está en Pine Ridge, por eso he venido desde allí. Gracias por esperar.

Le ofrezco mi cerveza.

—Debería haberte preguntado si querías beber algo. ¿Quieres un sorbo? No tiene alcohol.

Me agarra la mano con la suya y se lleva la botella a la boca. No debería estar mirándola, pero no puedo evitarlo, sobre todo cuando me mira a través de esas pestañas mientras da un paso atrás.

—Gracias. ¿No bebes?

Me aclaro la garganta.

—Mmm… Bebo, pero no mucho durante la temporada.

Ella asiente.

—Inteligente por tu parte. Recuerdo a Darryl quejándose de tener resaca en los entrenamientos.

Doy otro sorbo a la bebida.

—Entonces, ¿esto significa que has reconsiderado mi propuesta? Di tu precio, lo pagaré.

Sus labios se curvan en una sonrisa.

—Lo sé. No has dejado de enviarme mensajes ridículos en los últimos días.

—Entonces, ¿qué quieres? ¿Una cesta de cachorros? ¿Un abono vitalicio para el equipo que elijas? ¿Que te lave la ropa el resto del año?

Eso la hace reír y, joder, es un sonido precioso. Para nada delicado, sino con toda la garganta, casi como un estruendo. Me gusta saber esto de ella. No es quisquillosa a la hora de beber de la botella de otra persona, su risa es contagiosa y lleva pendientes con forma de malditos trozos de tarta.

—No —dice, mirando el pavimento—. Aunque es tentador.

Espero que diga algo, pero guarda silencio. Sigue bajando la vista, como si pudiera hacer un agujero en el asfalto si se esforzara lo suficiente. El estómago me da un vuelco. Algo pasa; la relación que creía que estábamos construyendo desaparece como el humo en la noche.

—¿Bex?

Por fin levanta la vista y se clava los dientes en el labio inferior.

—Te daré clases particulares —dice—. Pero solo si aceptas fingir que sales conmigo.

11

BEX

En el instante en que esas palabras salen de mis labios, me ruborizo. Lo noto hasta en la punta de las orejas. Estoy pidiendo ayuda, un trato, y me estoy humillando.

Pero me duelen las muñecas donde Darryl me las agarró. No me dejará en paz a menos que sepa, o crea saber, que pertenezco a otra persona. Romper con él de forma educada no ha funcionado. Ser directa tampoco ha funcionado. Lo conozco lo suficiente como para saber que lo único que lo mantendrá alejado es que en su cerebro de cavernícola se le meta que estoy con otro hombre.

Es vergonzoso. Pero el problema con Darryl tiene que desaparecer y esta es la mejor manera que se me ocurre de conseguirlo.

Ahora solo necesito que James acepte ayudarme.

—¿Callahan? —digo—. ¿Me has oído?

—Te he oído. —Me mira hasta que me veo obligada a encontrarme con su mirada—. ¿Por qué?

—Porque no me deja en paz.

Su voz es aguda cuando dice:

—¿Qué no te deja en paz cómo?

—No pasa nada…

—Por supuesto que pasa. —Agarra su cerveza con más fuerza—. ¿Te ha estado acosando?

Siento la cara como si estuviera en llamas.

—No, de verdad. Es solo que no me escucha. Sigue pasando de lo que le digo e incluso de lo que intenté enseñarle cuando te… cuando nosotros…

Empieza a lamerse el labio.

—Sí.

—Si ve que estoy con alguien más, se echará atrás. Lo conozco. Es una mierda, pero es verdad. Y tú necesitas un tutor, así que pensé que podríamos llegar a un acuerdo.

Por un aterrador segundo creo que está a punto de irse. Mueve la mandíbula como si quisiera salir corriendo.

—Es mi compañero de equipo.

Se me revuelve el estómago. Yo no querría echar a perder su relación con un compañero de equipo, aunque sea Darryl.

—Dijo que lo hablasteis.

—Y esto prendería la llama.

Sacudo la cabeza.

—Tienes razón. Lo siento, ha sido una estupidez. Ya nos veremos.

Me doy la vuelta, respiro hondo y cuadro los hombros. Puedo alejarme con dignidad, a pesar de que acabo de desnudarme delante de él y me ha rechazado. Pero, antes de dar dos pasos, siento que me agarra por la dolorida muñeca y tira de mí.

No puedo evitarlo. Me estremezco.

Su mirada se oscurece mientras mira hacia donde me está tocando.

—Bex…

Sacudo la cabeza con los labios apretados. Ni loca voy a admitir que le permití a Darryl hacerme daño.

—¡A la mierda! No me gusta ese tipo de todos modos. —Me suelta la muñeca y se mete las manos en los bolsillos—. ¿De verdad no te importa ser mi tutora?

Podría pensar que quiere presionarme. Para preguntar más sobre Darryl. Pero agradezco el cambio de tema.

—Esto es un trato, ¿verdad? *Quid pro quo.* Tú me llevas a algunos sitios en plan cita para que él se entere, y yo me aseguraré de que apruebes la asignatura.

Él asiente.

—De acuerdo. Puedo hacerlo.

—¿No te preocupa que intente pegarte?

Se ríe.

—¿Por qué iba a tener miedo? Deja que lo intente. Puedo con él, cariño.

Levanto una ceja esperando disimular la sacudida de excitación que me recorre el cuerpo con el apelativo cariñoso y la forma desenfadada en que habla de pelearse con Darryl.

—¿Cariño?

—Si realmente estuviéramos saliendo, usaríamos palabras cariñosas, ¿verdad? —Se acerca y me coloca un mechón detrás de la oreja—. ¿Prefieres otra cosa? ¿Corazón? ¿Querida?

—«Corazón» desde luego que no.

—¿Princesa?

—James…

Me dedica una media sonrisa.

—Allá vamos.

—Para que quede claro, nada de esto es real.

Me acaricia la mandíbula con su manaza y reprimo el impulso de girar un poco la cabeza para morderla. Centrarme. Tengo que centrarme. Tener unas cuantas citas juntos para que todo el mundo (y sobre todo Darryl) piense que estamos saliendo no es lo mismo que salir de verdad. Esto funcionará bien porque es obvio que nos sentimos atraídos el uno por el otro, pero la gente tiene química sexual todo el tiempo y no sale nada de ahí.

—Lo sé —dice—. Fútbol americano, ¿recuerdas? Pero si quieres que la gente lo compre, tienes que venderlo, princesa.

Asiento con la cabeza. Él tiene el fútbol. Yo tengo la cafetería y todo lo demás. Es un acuerdo que nos beneficia mutuamente, como… como los peces payaso y las anémonas de mar. Si Darryl no cree que lo he superado, no me dejará en paz, y esta es la única forma de asegurarme de que así sea.

Y eso me incita a volver a besar a James.

Él sonríe sobre mis labios y me rodea la parte baja de la espalda con los brazos.

—¿Sabes? —susurra—. Puedes llamarme como quieras, pero me gusta cómo dices «James».

Me acerco un poco más y le rodeo el cuello con los brazos. Este beso es tan embriagador como el primero, además de adictivo. Ahora tiene una barba incipiente y, mientras nos besamos, la fricción contra mis mejillas y mi mandíbula me hace estremecer.

Luego baja las manos y me levanta apretándome contra su cuerpo. Me coloca de espaldas a la pared de ladrillo del bar. Mis piernas rodean su cintura, buscando donde agarrarse, y mis brazos deben de estar firmemente apretados alrededor de su cuello, porque se ríe y dice:

—Tranquila, Bex.

Se me derriten las entrañas. ¿Cómo es posible que Darryl, al decir mi nombre, nunca encendiera un fuego así dentro de mí, pero cuando James lo ha hecho una sola vez yo he estado a punto de olvidar todos mis principios? James me besa como si tuviera hambre; puedo saborear la cerveza en sus labios y sentir sus manos sujetándome con fuerza. Aunque sea para aparentar, está claro que le gusta.

Luego me besa en el cuello y me quedo helada.

Besar es una cosa, pero esto es mucho más. Si continúa, voy a mojar las bragas en este aparcamiento.

Giro la cabeza hacia un lado, empujándole en el pecho hasta que me baja. Accede, pero no sin antes pasarme el pulgar por el labio inferior.

¡Joder! Me recoloco la sudadera mientras lo fulmino con la mirada.

—¿A qué ha venido eso?

Se encoge de hombros.

—Parecía que querías que te besara. Tenemos que practicar para que parezca real.

—Eso no ha sido solo besarse...

Sonríe.

—¿Nunca te han besado así?

Le doy un tortazo en el pecho.

—¡No fuera de un bar!

Me toma de la mano y entrelaza nuestros dedos.

—Entremos.

—¿Ahora?

—¿Por qué no? Te presentaré como mi cita. Podemos jugar al billar y hablar un rato.

—Darryl está dentro.

—Lo sé.

—¿Y si...? —Siento que se me calientan las mejillas—. ¿Sabes?

—Entonces yo me encargo.

—¿Así de fácil?

—Se supone que eres mi chica, ¿verdad?

Asiento con la cabeza.

—Pero no lo soy de verdad.

—Lo sé —vuelve a decir con paciencia—. Pero él tiene que creérselo y, si saliera contigo de verdad, te defendería si alguien te mirara mal.

Un calor me inunda el pecho.

—Eres un liante, James Callahan.

Y dejo que me lleve al bar.

12

JAMES

En cuanto volvemos a entrar, Bex es asaltada por una chica de pelo oscuro y rizado que pega el grito más agudo que he oído fuera de una película. La abraza con fuerza y le da un beso que le mancha de carmín la mejilla.

—¡Creía que tenías trabajo!

—La convencí para que viniera a pasar un rato con su novio —digo levantando la mano.

Bex se sonroja. Me dan ganas de besarla. En lugar de eso, le aprieto la mano.

—Bueno…

—Pero ¡¿qué dices?! —exclama la chica. Sus ojos se iluminan al ver que Bex y yo vamos tomados de la mano—. ¿En serio?

—Es… complicado —dice Bex—. ¿Verdad, cariño?

Me encojo de hombros.

—No es tan complicado. Me besó, la invité a salir, dijo que no y luego lo reconsideró.

Bex pone los ojos en blanco mientras esboza una sonrisa al recordar cómo llegamos a este acuerdo.

—James, ella es Laura. Es mi mejor amiga, así que lo sabe todo sobre mí. ¿Verdad, Laura?

—Pues esto no lo sabía —replica ella con un mohín—. No puedo creer que no me dijeras que has cambiado tu novio futbolista por otro mejor.

Pero entiendo a Bex; está a punto de decirle a Laura que no estamos saliendo de verdad.

—¿Puedo traeros algo de beber, señoritas? —pregunto—. Si quieres beber, princesa, puedo llevarte luego a casa.

Laura se queda boquiabierta.

—Eres mi nueva persona favorita —dice, y mirando al tío que tiene al lado, añade—: ¿Barry? Toma nota; haz todo lo que haga James.

Bex sacude la cabeza con cariño.

—Tomaré un ron con cola, si no te importa —dice.

—¿Con lima?

—Por supuesto.

—Yo también —dice Laura.

—Enseguida. —Me dirijo a la barra, aunque me detienen un par de chicos que me reconocen y quieren charlar sobre el partido. Cuando consigo echar una mirada, Bex ha llevado a Laura al rincón más alejado.

Esperemos que le siga gustando a Laura después de saber la verdad. Esta chica parece pura dinamita; el tal Barry debe de estar entretenido.

En la barra pido las bebidas de las chicas y otra cerveza sin alcohol para mí. Sigo observándola mientras me apoyo en la barra y espero. ¡Joder, qué guapa es! Si tuviera que fingir que salgo con alguien, la escogería a ella mil veces. Volver a besarla me puso la piel de gallina. Hacía siglos que un beso no me hacía sentir así; cuando me pasó las piernas por la cintura, tuve que echar mano de toda mi fuerza de voluntad para no empotrarla ahí mismo. Sabía a mi cerveza y a bálsamo labial de frutas, y su bonito y curvilíneo cuerpo ardía en contacto con mi pecho; podía notarlo incluso bajo su gruesa sudadera. Me va a costar mucho mantener la cabeza fría.

Pero no tengo otra opción: necesito su ayuda para aprobar. Si esto es lo que quiere a cambio, lo haré, y lo haré bien. Darryl solo va a saber que Bex tiene a alguien que joderá a cualquiera que le haga daño.

El camarero deja las bebidas en el momento exacto en que Bex se levanta las mangas y le tiende las muñecas a Laura.

¡Mierda! Se estremeció cuando la agarré de la muñeca. Pero no estaba seguro de si me lo había imaginado.

Tiro el dinero sobre la barra y recojo las bebidas. Pero ya no estoy de humor sabiendo que Darryl le ha hecho daño a Bex. Me abro paso entre la gente, agradecido por que mi tamaño me facilite las cosas. En cuanto llego a donde están las chicas, digo:

—¿Cuánto daño te hizo?

Bex levanta la cabeza para mirarme.

—No me hizo tanto. James…

—Te hizo daño, joder.

—Y no volverá a hacerlo cuando sepa que estamos juntos. Es un cobarde. Habla mucho, pero…

Le vuelvo a cortar; no puedo evitarlo.

—No volverá a hacerlo porque estoy a punto de partirle la puta cara.

Ella sacude la cabeza, me sujeta la mano y aprieta ambas palmas.

—No puedes.

—Mírame.

—No lo hagas —dice Laura.

Me dirijo a ella.

—No te lo tomes a mal, pero no he pedido tu opinión.

Se lleva las manos a las caderas y me devuelve la mirada, sin intimidarse lo más mínimo por la energía que irradio.

—Si empiezas una pelea, te echarán la culpa. Podrían suspenderte, y eso será lo de menos.

Aprieto los dientes.

—Le hizo daño.

—Y esto no la ayudaría.

—Ella tiene razón —dice Bex—. No puedes arriesgarte.

Respiro hondo. Ahora que la ola emocional está retrocediendo, me siento un poco más tranquilo.

—Tienes razón.

No puedo creer lo rápido que me he puesto al límite. En el momento en que decidí que Bex era mía, aunque solo fuera para aparentar, ya estaba dispuesto a dejarlo todo por ella. Esto es exactamente sobre lo que el entrenador Gómez me advirtió. Sara me demostró que no puedo dejarme llevar totalmente. Me lanzo por el precipicio sin pensármelo dos veces.

Los ojos de Bex buscan los míos.

—Prométeme que lo dejarás en paz. Actúa como si todo fuera normal. Dile que no es asunto suyo con quién decida salir yo. Te prometo que captará el mensaje.

—¿Estás segura?

—Sí. —Se acerca y me da un beso en la mejilla—. Pero gracias.

No tengo más remedio que creerle.

—De acuerdo. Pero avísame si intenta algo.

Coge su bebida de la mesa y le da un sorbo.

—¿Sabes? Creo que los jugadores suelen presentar a sus novias al resto del equipo.

—¿Seguro? Él está ahí detrás.

Me coge de la mano y me guía entre la multitud.

—Lo sé.

Cuando llegamos al fondo, seguimos cogidos de la mano. Seb se atraganta con su cerveza y Bo me lanza una mirada significativa. Cooper incluso se aparta de la chica con la que se está besando para mirarme.

Y Darryl parece a punto de lanzarme contra la mesa de billar. Durante unos segundos, todo el mundo se queda helado, esperando a ver cómo reacciona él. A mi lado, Bex me aprieta la mano con fuerza. Sonríe, pero está fingiendo. Tiene miedo de lo que pueda hacer Darryl.

Si tengo que protegerla, lo haré.

—Hola, Bo —dice—. Buen partido el de antes.

—Eh, gracias. —Bo me mira y añade—: No esperaba verte aquí.

—Lo sé, ¿verdad? —dice ella riendo un poco—. Porque ha pasado mucho tiempo desde que Darryl y yo rompimos.

Darryl deja la cerveza en la mesa con tanta fuerza que esta cruje.

—Cariño, sé a qué estás jugando, y tienes que cortar el rollo ya.

—Nada de juegos. Acabo de pasar página. —Ella le sonríe—. ¿Tú no?

Él tensa la mandíbula, tratando de forzar una sonrisa.

—Cuidado —me dice—. Te dejará en la estacada. Es una pedazo de...

—¿Que ella es qué? —digo con tono meloso—. No te oigo.

Darryl está a punto de decirlo. Puedo ver cómo se mueven los engranajes de su pequeño y primitivo cerebro, preguntándose si la satisfacción de llamar a Bex con una palabra desagradable valdrá la pena tras mi amenaza. Me mantengo firme, consciente de las miradas de nuestros compañeros. Por el rabillo del ojo, veo a Seb moverse hasta donde está Cooper. Los dos están listos para entrar en acción y defenderme si esto se convierte en una pelea.

—Vámonos —murmura finalmente Darryl a un par de sus colegas.

Uno de ellos, con el que todavía no he interactuado demasiado, me lanza una mirada de desprecio y me suelta:

—Cuidado, Callahan. Puede que el entrenador Gómez se haya desvivido por traerte aquí, pero no eres intocable.

—¡Vaya! —digo—. ¿Este es tu intento de mierda de hablar? No me extraña que el Notre Dame te haya machacado hoy.

Se burla, pero ante la mirada de advertencia de Darryl, se va en lugar de tomar represalias.

Me relajo en cuanto se van. La mano de Bex también se afloja en la mía; no me había dado cuenta de lo apretada que la tenía hasta que me vuelve la circulación sanguínea.

—Lo siento —dice ella—. No era mi intención que vuestra relación fuera aún más incómoda.

—No pasa nada.

—¿De verdad? —susurra mientras observa a quienes se han quedado—. No puedo joder al equipo por que estés conmigo.

—Ya le dije que si le faltaba al respeto a una mujer, tú incluida, dejaría de lanzarle el balón. Está enterado.

La conduzco hasta la mesa que Darryl acaba de dejar y toma asiento. Tarda un instante, pero finalmente decide sentarse en mi regazo. Le pongo una mano en la rodilla, evitando la sonrisa que está a punto de aparecer en mi cara. Tengo la sensación de que estar cerca de Bex significa estar maravillado todo el tiempo.

—¿Cuándo ocurrió eso? —pregunta.

—Antes de saber quién eras. Hablaba fatal de ti en la fiesta.

Sus ojos se abren como platos.

—¿Antes de que te besara?

Coop y Seb se sientan en las otras dos sillas que hay en la mesa. Les enarco una ceja, pero se limitan a compartir una mirada sombría.

—Hermano —dice Seb—, ¿qué cojones está pasando?

13

JAMES

En cuanto entro en el aula (con quince minutos de antelación, muchas gracias, señor profesor), veo que he llegado antes que Bex. Un punto para mí. Hasta ahora, ella siempre había llegado antes, con el portátil abierto y garabateando en su agenda con uno de sus bonitos bolígrafos de gel. Pero hoy puedo disfrutar de un momento a solas antes de tener que vérmelas con ella.

Fingir que salgo con Bex ha hecho que esta asignatura sea más fácil y más difícil a la vez. Por un lado, ha sido más fácil porque ella cumple su parte del trato con la tutoría. Pero, por el otro, es mucho más difícil porque me siento atraído por ella como una vela por una caja de cerillas, y sentarme a su lado durante más de una hora, mientras debería prestarle atención a algo tan aburrido como la redacción académica, es un martirio. He renunciado a luchar contra la atracción que siento por ella porque es evidente. ¿Y qué si reconozco que es preciosa y que me encantaría acostarme con ella? Son los sentimientos lo que tengo que vigilar. Eso es lo que me metió en problemas con Sara.

Dejo los dos cafés sobre la mesa y me saco la mochila del hombro. He ido varias veces a La Tetera Púrpura, sobre todo para charlar un rato con Bex, y me he dado cuenta de que le gusta el café helado con dos cucharadas de sirope de caramelo, así que se lo compré junto con un café negro helado para mí. Por impulso, le compré también un *muffin* de calabaza. Algo me dice que es el tipo de chica que se emociona con todos los productos de calabaza que aparecen durante el otoño.

Los alumnos empiezan a entrar en el aula. Un grupo de chicas se quedan embobadas conmigo, pero siempre lo hacen, así que las ignoro. Han estado mirando fijamente a Bex (supongo que la noticia de nuestra «relación» ya está circulando), pero a ella no parece importarle. Quizá si fuera real, yo querría que fuera más posesiva, pero tal como están las cosas, me siento aliviado. En todo caso, me preocupa más que esto se convierta en algo para lo que no estoy preparado emocionalmente, más por *mí* que por ella.

Entra cuando faltan un par de minutos para que empiece la clase, mientras habla por teléfono con alguien. Susurra algo al móvil con una expresión tensa y le lanza una mirada de disculpa al profesor mientras se dirige a su silla.

—Sí —está diciendo—. Dile que encontraré la forma de pagarlo. Luego haré una transferencia.

Abre los ojos como platos cuando ve la sorpresa que le estaba esperando en la mesa.

—Gracias —vocaliza mientras se sienta. Reprimo una sonrisa mientras tomo un sorbo de café.

—Entendido. Sí. Gracias.

Mete el teléfono en el bolso y bebe un poco de café.

—¿Sabías el café que me gusta?

Me encojo de hombros.

—Acabo de comprobarlo.

Se acerca y me da un beso en la mejilla.

—Gracias. Aún no había desayunado, así que es perfecto.

—¿Todo va bien?

Suelta un gemido mientras saca su portátil.

—Es solo la cafetería. Se ha averiado un electrodoméstico y necesito hacer una transferencia para pagar la pieza que el técnico necesita.

—¡Qué putada!

Rompe un poco de *muffin* y me lo ofrece, pero yo niego con la cabeza.

—No, gracias. Por desgracia, los *muffins* de calabaza no entran en la dieta de un deportista.

—Eso es horrible —dice mientras le da un bocado al *muffin*—. Una putada mayor que un frigorífico roto.

Quiero decir algo al respecto, pero el profesor empieza la clase, así que abro un documento en blanco para tomar notas y le doy otro sorbo a mi café. No es la primera vez que me pregunto por qué Bex tiene que encargarse de todos los quebraderos de cabeza de su madre cuando debería centrarse en sus estudios. No quiero decir que no sea capaz, porque es evidente que lo es, pero ¿por qué tiene que hacerlo? ¿No es su madre la dueña? No parece que su padre esté involucrado en el negocio, pero no será fácil sacarle información. Hace unos días le pregunté por su familia mientras estábamos en la biblioteca del campus para una sesión de tutoría y se cerró en banda.

Estoy intentando teclear unos apuntes mientras el profesor parlotea cuando Bex me da un codazo en el brazo. La miro y me señala su cuaderno, donde ha escrito algo con tinta azul chillón:

«Deberíamos planear esa cita».

Íbamos a ir juntos a una fiesta el fin de semana pasado, pero Bex tuvo que hacer deberes a última hora para una de sus asignaturas y no pudimos ir. Pero tiene razón, debemos tener una cita en condiciones. Aunque hemos quedado que me daría las clases en lugares públicos para que la gente nos vea, no es lo mismo que salir como lo haría una pareja.

«¿Bolos?», escribo.

Hace una mueca y escribe de vuelta:

«Para nada».

«¿Máquinas recreativas? ¿Minigolf?».

—¿Todas tus sugerencias son tan infantiles? —susurra.

—Oye, que no te oiga decir eso mi hermana. Es la reina del minigolf —respondo en voz baja, sin apartar la vista del frente—. ¿En qué estabas pensando?

—¿Antigüedades?

—¡Por Dios, no!

—¿Librería?

—Tal vez.

Exhala un suspiro.

—De acuerdo. Los recreativos no son mala idea; hay uno en el pueblo.

—¿En serio? —No puedo evitar la nota esperanzada en mi voz—. ¿Estás libre esta noche?

La pelota de baloncesto que tengo en las manos no se parece en nada a un balón de fútbol americano, pero cuando la encesto cae en la red sin tocar el aro. Sonrío y le doy un golpecito a Bex con la cadera.

—Y así es como lo hace un maestro.

Pone los ojos en blanco mientras coge una pelota de baloncesto. Llevamos media hora dando vueltas por el salón recreativo, probando los distintos juegos. Entre semana no hay demasiada gente, tal como yo lo prefiero. Según Bex, este salón recreativo, Juegos Galácticos, es un local popular tanto para adolescentes como para universitarios, así que a veces puede resultar agobiante. De momento, me ha ganado al comecocos, lo que me ha resultado muy satisfactorio (es un poco charlatana cuando le va bien en un juego, lo que me recuerda a mi hermana), y yo me he impuesto en nuestra partida de *air hockey*. Las canastas no me apasionan, pero a ella parecen gustarle, así que me dejé convencer. Es divertido verla así de relajada. Cuando llegamos, le compré un granizado de frambuesa azul, y le he estado dando algunos sorbos aunque a mi nutricionista no le haría ninguna gracia. No había tomado uno desde que, hace un par de años, pasé un increíble fin de semana en una feria con mis hermanos, y el sabor me recuerda al sol y a sus risas.

Tomo otro sorbo mientras ella se prepara para el lanzamiento. Con las caderas levantadas, su culo sobresale de una forma adorable, y los vaqueros pitillo oscuros que lleva le dan un aspecto aún más fantástico. Quiero acariciar ese culo y meterle la mano en el bolsillo trasero, pero seguro que me daría un pisotón. Los novios de verdad se salen con la suya, pero yo no lo soy. Tengo que recordármelo por mucho que me esté divirtiendo.

Su tiro va directo a la red. Pega un brinco sobre las puntas de sus pies, con una amplia y contagiosa sonrisa. Le doy una palmadita en la palma de la mano.

—Buena chica. ¿Quieres hacer una prueba de velocidad?

—Voy a darte una paliza —dice, con un brillo en los ojos que me hace saber que habla en serio. Me encanta. No me esperaba esta faceta suya, y como deportista en una familia de deportistas, el espíritu competitivo me parece muy excitante. Cualquiera que me mirara ahora podría ver el deseo en la forma en que la miro, pero me importa un bledo.

Es bueno para la imagen que intentamos promocionar, ¿no?

Pone la alarma para un minuto y, en cuanto empieza la cuenta atrás, nos ponemos en marcha. Yo cojo las pelotas de baloncesto y las lanzo a la canasta lo más rápido que puedo, pero ella es casi igual de rápida mientras se muerde el labio inferior para concentrarse. Cuando suena la alarma, le he ganado por solo cinco puntos, mucho menos de lo que esperaba.

—Buen intento, princesa.

Arruga la nariz mientras toma un sorbo de granizado.

—Vamos a repetirlo.

Le robo el granizado.

—¿Sabes cuántos pases completos he hecho hoy durante el entrenamiento?

Esta vez se lanza a por las mismas pelotas de baloncesto que yo, chocando conmigo e intentando desconcertarme. Menuda saboteadora. Sigo ganándole, pero esta vez solo por dos puntos, y los dos acabamos riéndonos con ganas. Se me acerca y yo le paso un brazo por la cintura.

—Apostemos ahora —dice—. Si yo gano, tú canjeas tus tiques y me regalas uno de esos animales de peluche.

Le rozo la cadera, resistiendo el impulso de meter la mano bajo su camiseta de tirantes.

—¿Y si gano?

Ella finge pensar, repiqueteando con los dedos en su barbilla.

—Te daré un beso.

Eso despierta mi interés. Somos muy cariñosos el uno con el otro cuando estamos en público, pero no nos hemos besado de verdad desde el Red's, y he estado pensando en ello una cantidad ingente de veces. Puede que la relación sea falsa, pero los besos seguro que no lo son. Sé lo mucho que la deseo.

—Trato hecho, princesa.

Quince minutos más tarde, está abrazando a un oso de peluche y yo sigo enfadado.

Se ríe al ver mi expresión.

—¡Vaya! Parece que necesitas animarte.

—Un beso ayudaría.

Se pone de puntillas y me da un beso en la mejilla.

—¿Mejor?

La agarro antes de que pueda escabullirse y aplasto al pobre peluche entre los dos. Le puso nombre en cuanto lo tuvo en los brazos: Albert. No tengo ni idea de por qué, pero valió la pena perder solo por verla sonreír.

Casi.

La beso como es debido, pasando antes la lengua por sus labios. Ella jadea, abre la boca y deja que nuestras lenguas se entrelacen. Cuando me aparto, el corazón me late con fuerza, y, si su sonrojo es indicio de algo, ella siente lo mismo.

Le guiño un ojo.

—Ahora estoy mejor.

14

BEX

Me aprieto la coleta mientras espero a que James abra la puerta de su casa. Nunca antes había hecho de tutora, pero estoy segura de que no implica reservas en restaurantes para cenar. Pero aquí estoy, con el portátil y el cuaderno de notas en mi bolso junto con un vestido y una muda de zapatos.

Mi vida es *tan* rara ahora...

Resulta que, incluso en las citas falsas, hay muchos mensajes de texto y quedadas para pasar el rato. En las últimas dos semanas, James me ha enviado Snapchats de sí mismo en los entrenamientos; hemos hecho FaceTime mientras sus hermanos jugaban a Super Smash Bros, y me ha enviado una cantidad ingente de mensajes de texto con vídeos de animalitos. A esto último lo llama «dosis de felicidad», que es lo más adorable que he visto nunca. La semana pasada fuimos juntos a un salón recreativo, donde le gané por goleada al comecocos, y se ha acostumbrado a aparecer por La Tetera Púrpura cuando estoy trabajando para saludarme y comprarme un café.

Y, para ser sincera, por mucho que me asuste, también me encanta.

La primera vez que me envió un mensaje sin venir a cuento, supuse que era para hacerme una pregunta sobre la redacción que teníamos que hacer para la clase. Y en parte era para eso, aunque no sin antes preguntarme cómo me iba el día. Había estado en la cafetería, así que se lo conté todo sobre el último drama con un proveedor, y él me explicó cómo le había ido en los entrenamientos.

Parecía tan real que tuve que pararlo. Ahora, solo charlamos un rato antes de que me pregunte algo relacionado con la asignatura.

La puerta se abre, pero no es James quien me saluda. Cooper me sonríe.

—Hola, Bex. James está arriba.

Lo miro.

—¿Por qué estás sin camiseta?

Cierra la puerta en cuanto entro.

—¿Por qué no?

No hace mucho que conozco a los hermanos de James, pero diez minutos con Cooper me bastaron para saber que es un fanfarrón y que sabe que su aspecto lo confirma. Tiene una complexión similar a la de su hermano, esculpido a la perfección, como si cada uno de sus abdominales estuviera hecho de diamantes. Esta noche solo lleva un pantalón bajo de chándal y tiene el pelo húmedo como si acabara de salir de la ducha. Objetivamente hablando es guapísimo. Pero el pelo no le cae sobre la frente como a James. Sus ojos no son tan azules. Su barba es atractiva, pero prefiero la mandíbula afeitada y cuadrada de James. La línea de vello que baja hasta el pubis es parecida, pero…

Cuando me doy cuenta de que lo estoy observando, me obligo a apartar la mirada. Estoy aquí para ayudar a James, no para alegrarme la vista con su hermano y fantasear con sus pectorales.

—Ahora que ya me has comido con los ojos —dice Cooper alegremente—, quiero darte las gracias. James nos dijo que su último examen no le había ido tan mal. ¿Qué fue, una C-?

—Tengo una C+, imbécil. —James baja las escaleras que hay a nuestra izquierda. Cuando llega a mi lado, me abraza y me besa en la sien. Sus hermanos saben que no estamos juntos, así que no hay necesidad de fingir, pero si hay una expresión que James Callahan no tiene en su vocabulario es «a medias». Me da un apretón en la cintura—. Coop, estaremos en la cocina. ¿Vas a salir?

Cooper suelta un gemido.

—Ojalá, pero tengo que leerme *Crimen y castigo*.

James se acerca y me susurra al oído:

—¿De verdad se titula así?

—Sí —susurro, sintiendo la piel de gallina donde me roza su aliento—. Espera. Dime que lo sabías, por favor.

Su risa es adorable.

—Es divertido burlarse de ti.

Nos sentamos en la gran mesa de comedor de la cocina. Este es el lugar más seguro para estudiar. Si estamos en su habitación, tengo miedo de hacer alguna estupidez, como pedirle un beso cuando no haya nadie. Aunque ahora estemos solos, es una zona común. Saco mis cosas y me siento en una silla, esperando a que James haga lo mismo.

Primero rebusca en la nevera.

—¿Quieres algo de beber?

—Tengo mi botella de agua. —Levanto la maltrecha botella reutilizable. Está llena de pegatinas, lo que es un capricho para mí. No tengo mucho dinero para compras, pero cuando las hago, me lanzo a por las pegatinas o los pendientes bonitos. Esta noche, sin embargo, llevo mis mejores joyas: un par de pequeños pendientes de oro que pertenecieron a mi abuela materna. Y el vestido que llevo en el bolso es un préstamo de Laura. James me dijo que íbamos a ir a un sitio elegante, cosa que yo le dije que no era necesaria para una cita falsa, pero él insistió.

Se sirve un vaso de té helado y se sienta frente a mí.

—He acabado el borrador de mi redacción.

—¿Ah, sí? ¿Puedo verlo?

—Intenté escribirlo a mano como sugeriste y creo que me ha servido. Lo acabé más rápido que cuando intentaba escribirlo en el ordenador y no paraba de borrar cosas.

Él hojea su cuaderno y me lo pasa por la mesa. Sus dedos rozan los míos de forma accidental y me muerdo el interior de la mejilla. Concentrarme. Tengo que concentrarme en ayudarlo, en cumplir mi parte del trato. Aparte de unos molestos mensajes, Darryl me ha dejado en paz, como imaginaba que pasaría. Eso me ha permitido enfocarme en la escuela y el trabajo.

Estamos esforzándonos en añadir más temas de investigación en nuestros escritos. Como estudiante de Empresariales, lo hago constantemente, pero es una habilidad que lleva tiempo desarrollar y no culpo a James por necesitar práctica. Miro lo que ha escrito con el bolígrafo en la mano mientras él espera.

—Escribes de forma tan desordenada…

Se encoge de hombros.

—Al final solo necesitaré escribir una cosa.

—¿El qué?

—Mi autógrafo.

Sonrío mientras niego con la cabeza.

—¿Mucho ego?

—No es ego, sino mi manifestación. —Da un sorbo a su bebida y alza las cejas cuando le doy una patada por debajo de la mesa.

—No pensaba que fueras esa clase de chico.

—Hay muchas cosas de mí que no sabes —replica—. Pero como eres mi novia falsa, acabarás sabiéndolo todo.

Dejo el cuaderno y le dirijo mi mirada más severa. Funciona siempre que tengo que ser estricta con un cliente.

—¿Vamos a estudiar o no?

Levanta las manos.

—Tienes razón. Dejaré la charla típica de una cita para la cita.

—Gracias. —Entiendo sus palabras unos segundos después—. No la cita. La cena.

—Nadie va solo a cenar al Vesuvio. Es un lugar de citas.

—¿Ahí es a donde vamos? —¡Gracias a Dios que me traje mis mejores tacones! Ese restaurante es lo más lujoso que hay en un pueblo como Moorbridge. Me sorprende que haya escogido ese sitio y, bueno, la verdad es que me siento halagada. Nadie pensará que estamos fingiendo si me lleva allí. Es tan evidente que es un lugar de citas que el año pasado, durante un par de meses, hubo una cuenta de Instagram gestionada por algún cotilla de McKee donde aparecían las fotos de todas las parejas que se dejaban ver por el restaurante.

—Como si fuera a llevar a mi novia a comer una mala pasta.

—Falsa novia.

Sonríe.

—¿No es eso lo que acabo de decir?

Agarro el cuaderno y me sumerjo entre sus páginas. A pesar de su desorden, puedo seguir la lectura y salto de alegría cuando compruebo que ha clavado las transiciones entre párrafos. Este había sido el punto débil de su última redacción, que no tuvimos tiempo de revisar debido a sus compromisos, así que acabó sacando un notable alto en lugar del sobresaliente que se merecía.

Cuando acabo le apunto algunos comentarios y me pongo a trabajar en mis deberes mientras él lo revisa. Pasa al ordenador para empezar a escribir y, más de una vez, tengo que recordarme a mí misma que no puedo quedarme mirando sus largos y precisos dedos mientras se mueven por el teclado. Es tan elegante aquí como en todo lo demás; debe de ser el deportista que lleva dentro. Hay en él una ausencia de esfuerzo que no puedo evitar que me atraiga.

Me muerdo el interior de la mejilla mientras me concentro en mi propio portátil. Sabía que sería difícil estar cerca de él. No funciono de forma racional cuando hay atracción de por medio, por eso es mejor no involucrarse para nada. Pero me va a llevar al sitio más elegante del pueblo y sé que va a querer besarme en la mesa por si algún chismoso nos está mirando.

Necesito establecer unas reglas básicas. Un beso en la mejilla sí, pero no un beso como el que me dio fuera del Red's o en Juegos Galácticos. Esto no es real y tampoco es que él quiera una relación. O que yo la quiera. No quiero nada en absoluto, excepto sobrevivir a este semestre (a todo este curso, la verdad) y estar preparada para el futuro.

—¿Bex?

—¿Mmm? —Levanto la vista como si no hubiera estado mirando cómo tamborileaba en la mesa con los dedos mientras decidía qué escribir.

—Estás pensando tan alto que puedo oírlo desde aquí.

El calor estalla en mis mejillas.

—Lo siento.

—¿Pasa algo?

Lo miro. Lo cual no ayuda en absoluto. Hay una auténtica preocupación en sus ojos azules y, por un agónico segundo, me imagino inclinándome sobre la mesa, apartando a un lado nuestros deberes y besándolo.

Besa *tan* bien que es criminal.

—No. —Trago saliva mientras me coloco un mechón detrás de la oreja—. ¿Cómo van las revisiones?

—Creo que bien. —Frunce el ceño y vuelve a mirar la pantalla—. ¿Puedes comprobar esta cita? Creo que lo hice bien, pero no estoy seguro.

Me levanto y camino alrededor de la mesa para mirar por encima de su hombro. Se tensa un poco cuando me acerco. Puede que demasiado. En cierto modo, agradezco que me recuerde que no me desea de verdad. Puede que sea engreído y coquetee un poco, pero así es como se hace pasar por mi novio. Y, aunque no le gusten las relaciones, sí que le gustan los ligues, como a todos los chicos populares. La forma en que me besó es como debe de besar a todas las chicas.

La cita me parece buena, así que se lo digo y me doy la vuelta para volver corriendo a la seguridad del otro lado de la mesa, pero él me detiene agarrándome la mano con delicadeza. Trago saliva de nuevo, intentando ignorar el estúpido vuelco que me da el estómago.

Este acuerdo es cada vez más ridículo.

—Tengo hambre —dice mirándome—. ¿Quieres cambiarte?

—¿Qué pasa con la reserva?

—Puedo hacer que entremos más temprano.

—¿Así de fácil? Hay siempre tanta gente...

Se encoge de hombros.

—Mi familia conoce al dueño, así que sí. Es así de fácil.

Nunca podríamos funcionar como pareja por muchas razones, pero una de ellas es que James y su familia están en un nivel totalmente diferente. Mi madre y yo vivimos en un apartamento de mierda con una secadora estropeada. Él debió de tener niñeras y todo lo que quiso cuando era pequeño; después de todo, su padre sigue siendo uno de los deportistas más famosos del país. Durante la temporada de fútbol, todo el mundo puede verlo en televisión porque hace los comentarios de los partidos.

Me obligo a sonreír.

—Me parece estupendo. ¿Puedo cambiarme en tu cuarto de baño?

15

JAMES

Esta chica me va a matar.

Me enrollé con un par de chicas después de Sara, pero ninguna me hizo sentir ni la mitad que ella. Ni siquiera me he acostado con Bex (no es que lo vaya a hacer) y, cuando estoy cerca de ella, mi cuerpo reacciona como lo hacía con Sara. Como un maldito bosque ardiendo que fuera a quemarme vivo si me acerco demasiado.

Sara me quemó. No puedo dejar que me pase lo mismo con Bex. Pero ¿qué cojones puedo hacer si su pelo me roza el hombro y ya se me pone dura? Menos mal que volvió a la mesa, porque estuve a punto de subirla a mi regazo. Vamos a irnos a cenar temprano para evitar la tentación de hacer una estupidez como esa mientras estamos solos. En el restaurante habrá testigos. Me recordará que todo esto es una actuación.

Lo peor es que sé que le gusto. Lo veo en la forma en que me mira, en su respiración entrecortada cuando me acerco demasiado. Sé que ella tampoco quiere complicar las cosas, y lo agradezco, porque si estuviera más dispuesta, ya podría tirar el plan de juego. Quiero más de su piel. Más de sus murmullos. Más de ella, oliendo a vainilla y con esa piel suave como el terciopelo.

Igual que me ocurría con Sara.

El recuerdo me tensa la mandíbula mientras acabo de abrocharme la camisa. Bex se ha apoderado de mi cuarto de baño, así que estoy en el dormitorio vistiéndome para la cena. Durante un breve instante, tras cerrar la puerta, me siento como en casa, como si fuéramos una pareja de verdad y esto fuera algo que hacemos todas las semanas.

Ahora los gemelos. Cojo el par de gemelos de acero, regalo de mi padre, y me los pongo. Sara era un abismo. Cada llamada con lágrimas, cada pelea tormentosa, cada polvo desesperado me hundían un poco más, hasta que perdía trabajos, clases y entrenamientos. ¿Cómo podía ir a entrenar cuando mi novia me suplicaba que no lo hiciera, que si iba podría cometer una locura? Desperdicié mi vida por ella.

Bex no es Sara. Eso lo sé. Pero si me permito acercarme demasiado, haré cualquier cosa por ella. No importa lo ridículo, extravagante o dañino que sea.

La puerta del cuarto de baño se abre. Bex sale poco a poco, con una mano tapándose los ojos.

—¿Estás decente?

Me río.

—Acabas de conseguirlo.

Me mira de arriba abajo.

—¡Vaya! Me alegro de haber traído este vestido.

El vestido en cuestión es uno precioso de color lila con un ajustado corpiño que revela sus curvas y una falda con vuelo que se balancea mientras se acerca. Lleva unos tacones negros que hacen que sus piernas parezcan interminables. Sus pendientes son los mismos: unas pequeñas estrellas doradas que brillan cuando se pasa un cepillo por la cabellera.

—Estás muy guapa.

Ella sonríe.

—Gracias. Y mira, ya no soy tan bajita. —Da una vuelta, lo que hace que la falda se levante unos centímetros.

Trago saliva, concentrándome en un punto de la pared para no pensar sobre algo indecente, como meter la mano bajo esa bonita tela para ver qué tipo de bragas lleva puestas.

—¿Harás la parte de atrás?

—¿Perdón?

—La cremallera trasera. —Se gira y entonces veo que el vestido solo tiene cremallera en una parte. Lleva un sujetador morado con algún tipo de encaje en los tirantes. Tal vez haga juego con sus bragas. Esta es, sin duda, su ropa para una cita elegante. ¿La ha llevado con Darryl en el mismo restaurante al que vamos a ir? La verdad es que dudo que él se la comprara, pero ella se podría haber puesto esta ropa sexi igualmente y luego quitársela poco a poco para él al llegar a casa.

Bex me devuelve la mirada.

—Mmm... ¿James?

—Lo siento. —Me aclaro la garganta mientras le subo la cremallera del vestido, intentando tocar lo menos posible su piel. Tiene una adorable marca de nacimiento en la espalda, justo entre los omóplatos. Podría besarla, y luego seguir más abajo, y quitarle todo el vestido.

Pero no lo hago. En lugar de eso, dejo que se gire. Me sonríe.

—Tú también estás guapo. Es bueno saber que sabes arreglarte tan bien.

—Es un requisito para nosotros los Callahan. No te imaginas en cuántos actos benéficos he estado.

Mete el cepillo en el bolso y saca de él un pequeño bolso de mano.

—Lo sé.

—¿Ah, sí? —digo mientras cierro la puerta a nuestras espaldas.

Me mira mientras baja las escaleras.

—Puede que haya... Mmm...

—¡Vaya! —digo cuando lo capto. Le grito a Cooper que nos vamos y me dirijo al coche—. ¿Me buscaste en Google?

—Más concretamente busqué a tu padre. A tu familia. Pero apareces tú. —Se abrocha el cinturón de seguridad en el asiento del copiloto, mordiéndose el labio mientras me mira—. ¿Te ha molestado? Lo siento.

—Bueno, no es que hayas fisgoneado. Está ahí, en internet. —Aunque me parece raro. No tengo ningún gran secreto, aparte del verdadero motivo del problema del otoño pasado, pero saber que ella me ha investigado, como si yo fuera una noticia, me sienta mal y no estoy seguro de por qué.

—Sí. —Se alisa la falda—. La Fundación de la Familia Callahan, ¿verdad?

—El orgullo de mis padres. Se lo toman muy en serio.

En un semáforo en rojo, le lanzo una mirada. Hay algo en su expresión que me inquieta. Me he esforzado mucho para que se sienta cómoda: le he enviado mensajes, he hablado con ella, he llegado a conocerla. Que no podamos salir de verdad no significa que no podamos ser amigos. Me gusta y agradezco que saque tiempo de su ajetreada vida para ayudarme con esta asignatura. De repente, siento como si todo lo que habíamos avanzado hubiera desaparecido y ahora ni siquiera fuéramos amigos. En el restaurante, hablo en voz baja con el encargado, que está más que encantado de prepararnos una mesa una hora antes. Nos lleva a la parte de atrás, donde hay un reservado con una pequeña mesa redonda.

Bex se sienta antes de que pueda acercarle la silla.

—No estabas mintiendo; conoces al dueño de verdad.

—También tiene un negocio de cáterin; hemos recurrido a él para un montón de eventos.

Ella asiente mientras desenrolla la servilleta y se la coloca con cuidado en el regazo. Yo hago lo mismo, odiando la incomodidad que se respira en el ambiente. Toma un sorbo de agua y mira al techo como si le fascinara.

—¿Pasa algo?

Me mira.

—No.

—Algo va mal.

—No, estoy bien. De verdad.

Abre su menú. Pero es evidente que algo va mal porque tiene la mandíbula tensa.

—¿Es mi familia?

No me mira.

—Bex —digo—, dime qué pasa.

Se muerde el labio mientras repasa la tipografía del menú.

—Es raro, ¿vale? —dice—. Tu familia es famosa y tú también lo serás.

—¿Y eso es un problema?

—Yo solo soy una persona cualquiera que está cenando contigo.

—No eres una persona cualquiera.

Por fin me mira. Exhalo al ver sus bonitos ojos marrones.

—Sí que lo soy. No estoy contigo de verdad, y no digo que deba estarlo, o que… lo quiera, pero no somos el mismo tipo de persona. —Deja el menú y señala el restaurante—. No soy de las que vienen a sitios así.

—Pues yo no veo la diferencia.

—Claro que no. Tú lo tienes todo. —Alarga la mano para tocarme la muñeca, girando el brazo para mostrar los gemelos—. Y vas a seguir teniéndolo todo. No digo que no te lo merezcas, porque te lo mereces. Tienes talento para lo que te gusta. Pero esa nunca voy a ser yo y acabo de recordarlo.

Ella se echa hacia atrás, pero yo le cojo una mano con delicadeza y paso un dedo por las líneas de su palma.

—¿Qué es lo que más te gusta hacer?

Ella sacude la cabeza.

—Los novios falsos no saben ese tipo de cosas.

—Así que hay algo.

—La fotografía —dice, levantando los ojos—. Soy fotógrafa. Si pudiera hacer otra cosa, sería eso.

—Pero…

—Pero no puedo, ¿vale? —interrumpe—. Por favor, no sigas. Ya conozco mi futuro.

—¿Y cuál es?

—La cafetería.

—Podrías venderla. Te estás especializando en Empresariales. Puedes hacer lo que quieras.

Se ríe sin humor.

—¿Acaso te he pedido consejo?

Suelto su mano.

—No.

—Vamos a cenar, ¿vale?

Odio el tono de cansancio que tiene su voz, pero me temo que si sigo insistiendo se levantará y se irá, lo que no ayudaría a la imagen de pareja feliz que queremos dar, así que lo dejo estar. De todos modos, es lo mejor. Si nos abrimos demasiado el uno al otro, será mucho más difícil decirnos adiós el día que Bex decida que Darryl ya no es una molestia.

Estoy temiendo ese día.

16

BEX

Soy una idiota.

James se dio cuenta de que algo iba mal e intentó ayudar, pero yo le cerré el paso. Si estuviéramos saliendo, sería una de las candidatas al premio a la peor novia de la historia. Tal y como están las cosas, soy una amiga de mierda.

¿Es eso lo que somos? ¿Amigos?

Eso no me gusta. Pero ¿cuál es la alternativa? Él no está interesado en salir conmigo y yo tampoco debería estarlo. Podemos ser amigos mientras fingimos salir, pero me estoy haciendo ilusiones si creo por un segundo que lo nuestro podría ser algo más. Y aunque lo quisiera (que no lo quiero), no funcionaría. Los *quarterbacks* ricos con padres en el Salón de la Fama no salen con aspirantes a fotógrafas como yo, que apenas consiguen sobrevivir.

Y, aunque lo intentáramos, acabaría dándose cuenta de que no valgo la pena y me abandonaría. Igual que... papá.

Su futuro está en otra ciudad. El mío está a media hora. No somos iguales, y tengo que dejar de pensar en ello porque esta cena se está volviendo cada vez más incómoda y en la mesa más cercana se acaba de sentar otra pareja de nuestra edad, y la forma en que la chica nos mira deja claro que sabe quién es James y que le encantaría fisgonear. Que Darryl descubriera que he estado mintiendo sobre esta «nueva relación» sería peor que fingir que tengo novio.

—Esto tiene muy buena pinta —le digo a la camarera mientras me pone los raviolis delante. Es langosta con salsa de tomate, algo que me encanta pero que no suelo comer. Me sonríe, pero se vuelve más coqueta cuando le deja el filete a James.

Necesito esforzarme más si quiero que esta falsa cita salga bien. Los ojos en el premio. Coloco una mano en el brazo de James de forma posesiva.

—Tiene una pinta deliciosa, cariño. Déjame probar luego un bocado.

Si está sorprendido, tiene la delicadeza de ocultarlo.

—Claro, princesa, pero solo si tú compartes el tuyo.

Suelto una risita mientras hago contacto visual con la chica de la otra mesa.

—¡Qué generoso eres!

Me agarra el brazo con una mano y me acerca a él para poder susurrarme al oído:

—¿Qué cojones está pasando? Hace dos segundos pensaba que te volvías a casa andando.

Sin dejar de sonreír le susurro:

—Esa chica de ahí me está mirando. Estoy intentando que la cita parezca de verdad. Tú sígueme el juego.

Por suerte, él se acomoda en su silla.

—Aún no me has contado cómo te ha ido el día —dice mientras corta su filete.

Aprovecho la oportunidad, sintiendo un nudo en el estómago.

—Estuvo bien. Hice una presentación en mi clase de Administración.

—¿Cómo te fue?

Aparto los ojos de la chica (que necesita meterse en sus propios asuntos) para mirarlo a él, y le respondo:

—Genial. No estaba nada nerviosa; el profesor es muy tranquilo. Lo que es raro en esta especialidad. La mayoría de mis profesores han sido muy intensos.

—Asistí a un par de clases de Empresariales antes de decidirme por Matemáticas —dice—. Lo digo en serio.

—Todavía no puedo creer que hagas eso, por cierto.

—¿El qué?

—Estudiar matemáticas. —Hago una mueca mientras me meto un trozo de ravioli en la boca.

Él reprime una sonrisa.

—Me gusta.

—Yo hago las cuentas para la cafetería y siempre acabo metiendo la pata.

—¿Cómo las haces? ¿A mano?

Lanzo un suspiro.

—Por desgracia. Sé que hay programas para eso, pero no puedo utilizarlos con un negocio que solo acepta efectivo.

—¿Solo aceptáis efectivo? ¡Vaya!

—Hay muchas cosas que mi madre no va a cambiar.

Parece que lo que mi padre estableció antes de irse está grabado en piedra en la cafetería. Hacer mejoras ha sido un proceso lento y doloroso. Antes de que pueda decir más de la cuenta, cambio de tema.

—¿Qué tal el entrenamiento? ¿Contra quién vas a jugar esta semana?

—Estuvo bien. Jugamos contra la LSU.

—Tu antiguo equipo.

Asiente con el rostro sombrío.

—Va a ser un partido interesante. Me conocen bien, pero yo también los conozco bien a ellos. —Me da un empujoncito en el hombro—. Deberías venir el sábado. ¿Tienes trabajo? Es a mediodía.

Una parte de mí quiere decir que no al instante, pero ¿no iría una novia a los partidos de su novio, sobre todo cuando juega contra su antiguo equipo? Probablemente sería raro que yo no fuera.

—Claro, suena bien.

—Fantástico. —Me dedica una sonrisa radiante y su bello rostro se convierte en impresionante. Se me corta la respiración, pero me recuerdo que esta atracción no puede ir a más—. Puedes traerte a Laura o a quien quieras; tengo muchas entradas.

—¿Estarán tus hermanos?

—Cooper no, por desgracia. Tiene un partido en Vermont. Pero Seb y mis padres sí que estarán.

Casi me atraganto con la bebida.

—James.

—¿Qué? Te gustarán. —Se me acerca y baja la voz—. Incluso las novias falsas pueden conocer a gente.

—¿Y qué pasa con tus amigos? —susurro.

Me roza la frente con los labios.

—También.

Su beso desata el vuelo de un montón de mariposas en mi estómago. He intentado ignorar esta sensación, pero es inútil. Mi cuerpo reacciona ante él como no lo hace con nadie más. Quiero sentir sus labios sobre los míos. Sus manos. Cuando me rozó la piel al subirme la cremallera del vestido, tuve que apretar las piernas para evitar un estremecimiento.

Si sus besos son el preludio de algo, él debe de ser increíble en la cama. Si yo fuera capaz de tener solo sexo esporádico con él, sería genial. Nunca funcionaríamos como pareja, pero ¿tal vez como ligue?

—Me estás mirando —digo.

Sonríe.

—Cariño, tú me miraste primero.

¡Mierda! Lo más probable es que sea verdad.

Me pone la mano en el muslo. La tiene debajo de la mesa, así que nadie puede verlo. No lo hace, pues, ni para el camarero ni para la entrometida pareja. Lo hace para mí.

Trago saliva. Sus ojos bajan hasta mi cuello y siguen más abajo antes de volver de nuevo a mi cara. Me da un ligero apretón con la mano, que me cubre casi todo el muslo.

—No intentes forzar esto en ningún sentido —dice.

Asiento con la cabeza.

—No me dejes solo esta noche, cariño. Quédate.

No debería decir que sí. Debería poner unos límites claros entre nosotros. Porque esto me asusta. Porque yo podría sentir mucho más y acabar siendo la tonta cuando él conozca a alguien con quien quiera estar de verdad o, simplemente, decida que ya no quiere seguir con el trato.

Antes de conocerlo, no me costaba hacer lo más inteligente. ¿Y ahora? No dejo de tomar las peores decisiones. Como pedirle a alguien que me vuelve loca que haga ver que sale conmigo.

Sin embargo, continúo por el mismo camino. Asiento con la cabeza y me inclino hacia él. Le doy un beso largo en la boca, haciéndonos una promesa prohibida.

Pero en este momento, a la luz de las velas que hay en la mesa y con los ojos azules de James fijos en los míos, no me importa en absoluto.

17

BEX

En cuanto entramos en la casa, James me carga al hombro. Le grito que tenga cuidado con el vestido, lo que le hace reír. Echada de cualquier manera sobre su hombro, puedo sentir cada uno de sus músculos, y entiendo por qué los deportistas son los mejores: sus cuerpos están tonificados a la perfección. Me equilibra poniéndome la mano en el culo, lo que me provoca un escalofrío mientras subimos las escaleras.

Esperemos que a Cooper le guste mucho *Crimen y castigo*. Sería un desastre que saliera justo ahora y viera cómo me está llevando James hasta su guarida como un cavernícola. Sabía que estaba maquinando algo; me dejó la mano en el muslo durante todo el camino a casa.

Quizás esté un poquitín emocionada por excitar tanto a alguien. Esto me estallará en la cara, pero ya me he resignado, así que voy a divertirme todo lo que pueda.

—Estás siendo un bárbaro.

Se ríe.

—No finjas que no te gusta.

—No sabes lo que me gusta. —Remarco mis palabras dándole un pellizco en la espalda. Pensaría que no le ha molestado en absoluto, pero me agarra con más fuerza el culo—. Solo tenemos citas falsas, ¿recuerdas?

—Desde luego.

Prácticamente abre la puerta de una patada. Mi bolso sigue en el mismo sitio donde lo dejé. Esperaba quitarme el vestido, coger el bolso y regresar a casa a tiempo para ver un par de episodios de *New Girl* antes de dormirme. Esto es… diferente.

Podría detenerlo ahora mismo. Decirle que no podemos continuar.

Pero no lo hago. En lugar de eso, dejo que me coloque con delicadeza en la cama, todo un contraste con el modo como me ha traído hasta aquí. Se quita la americana, la deja en el respaldo de la silla y, para mi sorpresa, se arrodilla frente a mí.

Mis manos van directamente a sus hombros y los acaricio sobre la tela de la camisa.

—¿James?

Me recorre la pierna con la mano hasta llegar al tobillo y me desabrocha la hebilla del zapato. Lanzo un débil gemido cuando me quita el zapato, que me ha estado apretando toda la noche. Hace lo mismo con el otro y los coloca ambos a un lado con cuidado.

—Y así es como vuelves a tener un tamaño manejable.

Le doy un pequeño manotazo en el hombro.

—Grosero.

—¿Y si te dijera que me gustas más así?

—¿Ah, sí?

Me da un beso en el interior del muslo, justo en el dobladillo del vestido.

—Ya deberías saber que no me gusta mentir.

No puedo evitar sonreír.

Habla con los labios sobre mi piel.

—Podemos hacerlo. Es obvio que nos atraemos.

—Solo una vez para quitárnoslo de encima y luego volvemos a ser amigos.

Me mira fijamente a los ojos.

—Exacto.

Mi cuerpo palpita de necesidad. En la postura en la que estamos, él podría bajar la cabeza hasta mi sexo y saborearme todo lo que quisiera.

Y, si lo hiciera, yo no se lo impediría. Ahora no. Ahora me niego a pensar en el futuro. Sigo creyendo lo que dije antes, que no somos el mismo tipo de persona, pero la atracción no tiene nada que ver con eso.

Mi cuerpo desea al suyo, simple y llanamente. Solo he tenido sexo un par de veces desde que lo dejé con Darryl y no valió la pena, pero tengo la sensación de que James no me decepcionará. Después de todo, tiene mucho talento con su cuerpo en otros sentidos.

Me atrae con un beso que hace que mi corazón dé un salto mortal.

—¿Estás segura?

—Sí —susurro sobre sus labios—. Si tú también lo estás.

Me baja lentamente la cremallera del vestido. Este cae hasta mi cintura y me quedo solo con el sujetador de encaje. El ardor de su mirada casi puede quemarme. Sin decir palabra, me levanta, me baja el resto del vestido y lo coloca en la silla como hizo con su abrigo.

Me paso la lengua por el labio inferior mientras él se desnuda. Joder, tiene un pecho increíble. Cada músculo está definido a la perfección y muestra toda su potencia. Tiene un tatuaje sobre el corazón, una especie de remolino de líneas gruesas y negras. Mis ojos persiguen la línea de vello oscuro que baja hasta su entrepierna, donde veo que ya está medio empalmado, con la polla dura tirando de la tela de sus calzoncillos negros.

Sé que estoy mirándolo fijamente, pero eso solo le hace soltar una carcajada.

—¿Te gusta lo que ves, princesa?

—Ven aquí. —Empiezo a desabrocharme el sujetador, pero él lo hace por mí y luego lo arroja al suelo. Jadeo cuando me agarra cada pecho con una mano y los manosea con delicadeza. Luego baja la cabeza para lamerme los pezones y mi mente sufre un cortocircuito. Gimo cuando me pellizca uno y me chupa el otro para ponérmelo duro.

—Están muy sensibles —dice—. Seguro que si jugueteara un poco con ellos, se te mojarían las bragas.

Sacudo la cabeza, gimoteando.

—No lo hagas. Quiero que me la metas.

—Y lo voy a hacer, cariño. Pero he estado soñando con este momento; déjame disfrutarlo.

Me sigue provocando, pasándome los labios por la hipersensible base de las tetas y la lengua por la parte superior de una de ellas. Me las aprieto por las intensísimas sensaciones. A este paso voy a romper las bragas. Nunca me he corrido solo con este tipo de estimulación, pero algo me dice que con James no tendría problema. Recorro su espalda con los dedos y le clavo las uñas sin querer cuando me pasa una de sus ásperas manos por el vientre. Cuando me agarra con los dedos la cinturilla de las bragas, lanzo un gemido.

Se echa hacia atrás, con la boca mojada por su propia saliva, y me dedica una arrogante sonrisa que me tensa los músculos de la vagina.

—Eres fácil de provocar, ¿lo sabías?

Lo acerco a mi cuerpo.

—Sigue tocándome.

Me pasa las bragas por los muslos.

—La próxima vez te chuparé esas preciosas tetas hasta que te corras.

Me quedo helada. Tiene la mano justo encima de mi sexo y deseo con desesperación que la baje hasta allí.

—No habrá otra vez.

La sonrisa desaparece de su cara.

—De acuerdo.

—Esto es solo sexo. —No puedo evitar el titubeo de mi voz. Pero eso es exactamente lo que es, y cuanto más claro lo tengamos, mejor.

—Lo sé. —Se acerca y me besa en los labios—. Pero eso no significa que no podamos divertirnos.

—Simplemente… no hables en futuro.

—De acuerdo. —Acaricia la parte superior de mi sexo y sube la otra mano para pellizcarme de nuevo un pezón.

—Pero te estoy saboreando.

—No…

Me abre las piernas y mete la cabeza entre mis muslos.

18

BEX

Lanzo un gemido y lo agarro del pelo con fuerza mientras me pasa la lengua por el sexo. Me tiemblan las piernas, que intentan cerrarse, pero él las mantiene abiertas con facilidad. Cuando su lengua encuentra mi clítoris, lo chupa con fruición y yo grito y arqueo las caderas sobre la cama. Él suelta un gemido en respuesta y luego me lame el agujero de la vagina.

Mi cerebro sufre un cortocircuito cuando me introduce un dedo junto con la lengua. Utiliza la otra mano para seguir jugueteando con mi clítoris mientras me lame los fluidos y yo tenso los músculos de la vagina. Suelto un sollozo de alivio cuando añade otro dedo y los abre y cierra dentro de la vagina.

—Eso es, princesa —dice con los labios sobre mi piel, y el estruendo de su voz aumenta las placenteras sensaciones que me recorren. Vuelve a acercar la boca a mi clítoris, lo besa con delicadeza y me mete un tercer dedo. Tiemblo, pues apenas puedo resistir que me lama con la lengua. Lo agarro del pelo con tanta fuerza que debe de dolerle, pero él no intenta detenerme.

Gira la cabeza y me besa la cara interna de un muslo.

—Sé una buena chica y córrete para mí.

Remarca sus palabras metiéndome el pulgar en el culo.

Mis caderas empiezan a moverse con frenesí en la cama y me corro con un alarido. Él sigue tocándome, provocándome, atormentándome mientras me recupero del clímax. Cuando por fin saca los dedos y me besa el vientre en lugar del sexo, estoy tan sensible que el más simple roce me hace jadear.

Me aparta el pelo de la frente. Sus labios y su barbilla brillan con mis fluidos y, cuando me besa, me saboreo a mí misma.

—Joder, James.

—Pronto llegaremos ahí —dice. Se sienta en la cama y me coloca de frente en su regazo. Me agarra el culo con ambas manos mientras me frota contra su entrepierna. Estando tan cerca de él, solo puedo concentrarme en su perfume y en la sensación de tener su polla cerca de mi vagina. Es tan grande que me duele mientras nos frotamos. Utiliza muy bien los dedos, pero en el fondo no deja de ser uno de los juegos preliminares. Puedo volver a correrme y quiero hacerlo cuando esté dentro de mí, penetrándome con todas sus fuerzas.

Le rodeo el cuello con los brazos y lo beso con pasión, frotándome contra su erección hasta que empieza a respirar de forma entrecortada. Ha estado haciendo de las suyas conmigo, y me encanta, pero no voy a ponérselo tan fácil. Me agacho, se la agarro y le paso lentamente la palma de la mano ahuecada arriba y abajo. Suelta un gemido y hunde la cara en la curva de mi cuello mientras se la meneo, pasándole el pulgar por el glande.

Me da un beso en la oreja.

—Joder, qué bien lo haces, nena.

—Tienes condones, ¿verdad?

Se acerca y saca a ciegas uno de la mesilla. Se lo quito con impaciencia e intento abrirlo con los dientes. Pero no hay suerte. Se ríe mientras me lo quita, lo abre con facilidad y se lo pone.

—¡Marchando!

Le paso los dedos por el tatuaje. ¿Se lo hizo por un motivo en particular o solo por diversión? Ahora que recuerdo, su hermano tiene otro en el mismo sitio. Quizá se lo hicieron juntos. Si es así me parece adorable.

Si estuviéramos saliendo de verdad, se lo preguntaría. Pero ese es el tipo de pregunta que hace una novia, no un ligue. Necesito recordarme que esto no es de verdad. Esto solo lo hacemos para quitarnos el calentón de encima. Aunque me llame «princesa» y vea las estrellas cuando me corro.

Me pone boca arriba y me separa las piernas con la rodilla. Le sigo el juego y me agarro a sus brazos para estabilizarme mientras él se coloca en posición. Un músculo de su brazo se tensa cuando lo aprieto. Coloca la polla en la entrada de mi vagina, mojándose la punta con mis fluidos.

—James —jadeo cuando su mano roza mi clítoris, que aún está sensible—, no me hagas esperar más.

Baja la mirada. Hay algo en ella que no logro identificar.

—No lo haré, Beckett.

Empuja hacia dentro poco a poco. Tiene la cara tensa por la concentración y me deja embelesada mientras observo la intensidad de sus ojos. Beckett. Me ha llamado por mi nombre completo; ni Bex ni «princesa».

Beckett.

Esto hace que se me contraigan los dedos de los pies, aunque no debería ser así.

Cuando por fin me la mete entera, arqueo la espalda y le paso las piernas por la cintura. Se queda quieto un momento, pero fiel a su palabra, no me provoca. Tiene la polla muy gruesa y, aunque me preparó un poco con los dedos, la siento dentro de una forma deliciosa. La saca casi del todo, con una lentitud exquisita, antes de volver a empujarla hacia dentro.

—¿Te gusta así? —pregunta mientras va tomando ritmo—. Dime si tengo que hacer algo diferente.

Asiento con la cabeza y lo agarro con más fuerza.

—Háblame, nena.

—Sí —digo, y suelto un grito cuando me da en el punto en el que quiero derretirme—. Continúa. Por favor, no pares.

—Buena chica —dice mientras empuja las caderas hacia delante. Vuelve a buscar mi clítoris y lo acaricia al ritmo de sus embestidas—. ¡Me encanta penetrarte!

Cierro los ojos, perdida en el tsunami de placer que me golpea desde todos los ángulos: su enorme pene dentro de mí, sus diestros dedos, la intensidad con la que estamos disfrutando los dos. Cuando vuelve a bajar la cabeza hacia mis pechos me corro, y el orgasmo me arranca un alarido. Me sujeta con fuerza contra su pecho mientras se mueve a un ritmo errático y acaba corriéndose dentro de mí con un grave gemido.

Durante unos minutos, no decimos ni una palabra. Siento que su corazón late con fuerza, igual que el mío, y me reconforta saber que necesita serenarse tanto como yo. Hace ademán de cambiarse de posición, pero niego con la cabeza y le clavo las uñas en la piel.

—Me gusta así —murmuro—. Eres una manta muy sexi.

Se ríe sobre mi cuello.

—No quiero aplastarte.

—Mmm… Eres puro músculo.

—Eso no lo sabes.

Se queda quieto, pasándome una mano por el pelo sudoroso, pero acaba moviéndose. Me reincorporo mientras él se ocupa del condón en el cuarto de baño. Por mucho que odie tener que vestirme y conducir hasta el campus, no tengo más remedio que hacerlo.

Cuando regresa, se pasa una mano por el pelo y sonríe cuando me ve acurrucada en el cabecero. No tiene derecho a tener una sonrisa tan encantadora.

—¡Ey! Es muy tarde.

—Lo sé —digo rápidamente—. Iré a cambiarme y desapareceré de tu vista. Envíame un mensaje con los detalles del partido, ¿de acuerdo?

Se acerca a la cómoda y saca una camiseta. Pero en lugar de ponérsela, me la lanza.

—Quédate. Es tarde, no quiero que conduzcas ahora.

—Está a diez minutos en coche del campus.

—Pueden pasar muchas cosas en diez minutos. —Cruza los brazos sobre el pecho—. Mañana tengo que madrugar para ir a entrenar, así que tendrás tiempo de sobra para ir a donde quieras. Quédate. Podemos ver algo juntos en la tele o solo dormir si estás preparada para algo así.

Es muy tentador decir que sí. Mañana no tengo clase temprano, así que podría tomármelo con calma. ¿Y qué chica dice que no cuando un chico le ofrece pasar la noche juntos? Por lo general, nos quejamos de que ellos no quieren mimarnos después del sexo.

Pero se parece peligrosamente a lo que haría una pareja. Es muy doméstico. Y, por mucho que lo desee, sé que no puedo tenerlo de verdad.

Levanto un brazo y lo beso con delicadeza antes de salir de la cama.

—No puedo.

Me observa mientras recojo la ropa. Me pongo la que llevaba cuando llegué a su casa y guardo el vestido y los zapatos en el bolso. Sé que debo de estar echa un desastre, pero no me importa. Con un poco de suerte, Laura ya estará durmiendo o pasará la noche con Barry.

—Llámame cuando llegues a tu estudio —dice James. Se pone un pantalón de chándal y me acompaña hasta la puerta—. ¿De acuerdo?

—Puedo enviarte un mensaje.

—Llámame.

Su voz tiene un tono muy serio, así que me lo quedo mirando.

—No quiero molestarte.

—No vas a molestarme. Quiero saber que has llegado bien a casa.

Espero a que abra la puerta y se despida, pero no lo hace. Se queda mirándome mientras espera una respuesta.

—De acuerdo —digo—. Te llamaré.

—Perfecto. —Se me acerca y duda unos segundos antes de darme un beso en la mejilla—. Podemos hablar del partido mañana.

Mientras conduzco a casa, una idea martillea en mi cabeza: «Acabo de acostarme con mi novio falso».

19

JAMES

—¡Cariño! —me llama mi madre.

Aún está a medio camino del aparcamiento, pero camina con los brazos abiertos, lista para achucharme. Corro hacia ella y dejo que me rodee con sus brazos. Hablamos por FaceTime todas las semanas, pero no hay nada como verla de verdad. Le devuelvo el abrazo, respirando el familiar aroma floral de su perfume, mientras me da un beso en la mejilla. Un abrazo de Sandra Callahan no se parece a nada en el mundo. Ya estoy en modo partido, pero no puedo evitar relajarme un poco. Sé que no todo el mundo tiene una buena relación con sus padres, pero yo tengo la suerte de contar con dos personas que me apoyan al cien por cien, así como a mis hermanos. Aún me siento mal por que Bex se sintiera intimidada por ellos. Sí, tenemos muchos privilegios, pero mis padres son buenas personas y también utilizan su dinero para hacer el bien. Si tengo la mitad de éxito que ellos en mi carrera y en mi vida, consideraré que han hecho un buen trabajo.

Mi padre nos alcanza cuando mi madre me está soltando. Me tiende la mano para que se la estreche antes de abrazarme también y darme unas palmaditas en la espalda.

—¿Cómo estás, hijo? ¿Todo va bien?

—Estoy un poco nervioso —admito. El partido no será hasta más tarde, pero llevo pensando en ello desde que me levanté para entrenar. No tengo muchos rituales el día del partido (cuanto más sencillas sean las cosas, mejor), pero no puedo evitar sentir los nervios en el estómago. Si ganamos hoy, mantendremos la trayectoria perfecta que llevamos esta temporada. Pero, además, una victoria demostrará a todo el mundo que tomé la decisión correcta cambiando la LSU por McKee.

Cada partido que juego esta temporada me está probando para dos cosas: el Trofeo Heisman y la ronda selectiva de la NFL. Mientras que la selección no se hará hasta la primavera (lo que me deja toda la temporada para impresionar a mis potenciales jefes), el Heisman se concede en diciembre, antes de los partidos de la liga universitaria. No he querido pensar demasiado en ello, pero las nominaciones llegarán pronto y sé que mi nombre está en el aire. ¿Otro ganador del Heisman? Mi padre, que me mira con el orgullo en los ojos. Cooper, Izzy y yo tenemos sus ojos azules y pelo oscuro. Mi madre siempre bromea diciendo que si alguna chica quiere saber qué aspecto tendremos Cooper y yo cuando seamos mayores, que se fije en papá.

Siempre he estado muy unido a mis padres, pero sobre todo a mi padre. Cooper, Sebastian e Izzy son unos deportistas talentosos, pero yo soy el que escogió seguir los pasos de papá. Tuvo la suerte de jugar toda su carrera en la NFL con los Cardinals y los Giants, de ganar varias veces la Super Bowl y, desde que se retiró, de desarrollar una carrera deportiva en la radiodifusión. Lo he admirado desde que era pequeño y, cuanto más cerca estoy de la liga, más presión siento para convertirme en él. Joder, empezaron a escribir artículos sobre mi potencial para el fútbol americano profesional cuando estaba en la secundaria. Si no alcanzo el éxito como *quarterback* de la NFL será una decepción para todos, pero sobre todo para mí y para mi padre.

—Lo harás muy bien —dice con voz gruñona—. Gómez no para de enviarme mensajes sobre tus progresos.

Siento que me ruborizo.

—¿Eso ha hecho? Papá…

Levanta las manos.

—Lo sé, lo sé. Quieres hacerlo por tu cuenta. Solo estoy orgulloso, hijo.

De repente, se abalanza contra mí una larga cabellera oscura y una camiseta morada del McKee. Le sigo el juego a Izzy, fingiendo que me tambaleo hacia atrás mientras ella me abraza con sus delgados brazos con tanta fuerza que me duele. Frota su mejilla contra la mía y le doy un beso en la coronilla.

—Hola —dice sin aliento mientras da un paso atrás—. Lo siento, Chance me llamó.

Levanto una ceja.

—¡Vaya! ¿Sigues con Chase*?

Se coloca un mechón detrás de la oreja.

—Llevamos saliendo casi un año; ya sabes cómo se llama.

—Lo sé, pero Chance es un nombre ridículo —digo alegremente—. ¿Qué tal, Iz? Me alegro de que hayas podido venir.

—Quería ir a Vermont para ver el partido de Coop, pero papá y mamá no me dejaron ir sola —contesta.

—¿Y dejar que Cooper te lleve a una fiesta universitaria? —replico, horrorizado de solo pensarlo. Quiero a mi hermana, pero lleva una vida social intensa y le ha provocado más de un quebradero de cabeza a nuestros padres cuando iba al instituto. Por un lado, es bueno que esté a punto de graduarse, pero por el otro, no estoy seguro de que McKee esté preparado para ella—. Para nada.

—¡Exacto! —dice mi madre.

Izzy suelta un suspiro.

—De todos modos, esto cuenta como mi visita al campus de McKee. Enviaré mi solicitud en cuanto acabe mi carta de presentación.

—Eso es genial —digo—. Pero es una mierda que no vayamos a coincidir en ninguna clase.

Se encoge de hombros.

—Me quedaré tu habitación.

Suelto una carcajada ante la idea de que Cooper le deje a nuestra hermanita la mejor habitación. Aunque nos tiene a todos agarrados por los huevos al ser la hermana pequeña de tres protectores hermanos mayores, me apuesto a que eso sería ir demasiado lejos.

—Que tengas suerte.

---

* Juego de palabras en inglés. «Chase» significa «persecución», «cacería», en este contexto. (N. de la T.)

—Viene Seb, ¿verdad? —pregunta mientras entramos en el restaurante. Como vienen todos de Long Island, han decidido pasar el día aquí, así que desayunaremos en Moorbridge. Aunque luego tengo que prepararme para el partido y estarán solos, me emociona saber que me verán jugar. Pero aún me emociona más saber que Bex también lo hará.

—Sí —le digo a Izzy—. De hecho, ya está aquí, mira.

Seb se levanta de una mesa que hay al fondo, con una sonrisa en la cara.

—¡Izzy!

—¡Sebby! —grita ella, lanzándose a darle un abrazo que le molerá los huesos.

Mi padre me dedica una agotada sonrisa mientras nos dirigimos a la parte de atrás.

—Ojalá estuvieras por aquí para vigilarla.

—Me aseguraré de que Coop y Seb lo hagan —afirmo—. Incluso si estoy en San Francisco.

—Sé que es tu primera opción —dice—. Pero yo no descartaría Filadelfia.

Antes de llegar a la mesa, me aparta a un lado.

—¿Cómo van las cosas en realidad? —pregunta—. ¿Qué hay de esa clase a la que estás yendo?

Su voz es seria; ha cambiado a modo entrenador. Aunque nunca me ha entrenado de forma oficial, ha sido tanto mi mentor futbolístico como mi padre y, cuando hablamos así, hay una serie de reglas implícitas. Me pongo más erguido cuando respondo:

—Va bien, señor. Estoy estudiando con una tutora.

Bex no es solo mi tutora; en cuanto la tengo de nuevo en mi cabeza, recuerdo lo jodidamente bueno que fue el sexo. Sé que acordamos que no se repetiría, pero en los dos días que han pasado desde entonces, solo he deseado volver a besarla. Recordar los bonitos sonidos que hace cuando se excita. Hacerla disfrutar tanto que apriete los músculos de su coño cuando tenga mi polla dentro, jadeando, mostrándome sus preciosas tetas mientras arquea la espalda.

Es un problema, pero no uno que vaya a contarle a mi padre. Después de lo que ocurrió con Sara, dejamos claras mis prioridades muy rápido. Cuando conozca a Bex luego, solo le diré que es mi tutora y que nos hemos hecho amigos. Con suerte, la falsa relación que estamos teniendo ni siquiera saldrá a relucir.

Asiente con la cabeza.

—Bien. ¿Y el equipo? ¿Algún problema?

Me viene a la memoria la cara de engreído de Darryl. Bex tenía razón: ahora que cree que está enamorada de otro tío solo le envía algunos mensajes de vez en cuando. Es todo una estupidez, pero mientras él esté fuera de su vida, a mí no me importa. Aunque Darryl sigue sin gustarme.

—Nada importante.

No aparta los ojos de mí. Juro que a veces su mirada es tan intensa que parece que me está haciendo una radiografía.

—De verdad, señor. Ningún problema.

—Me alegro. —Me da una palmada en el hombro—. Recuerda tus objetivos, hijo. Ya tendrás tiempo para todo lo demás cuando hayas llegado a donde te mereces. Esta temporada está sentando las bases para tu futuro.

No podría habérmelo dejado más claro si me hubiera dicho directamente que no la cague. Aunque ya lo sé, agradezco que me lo recuerde. Puede que últimamente haya pensado muchísimo en Bex, pero eso no significa que vayamos a tener nada serio. Nunca he intentado ser amigo de las chicas con las que me he acostado, pero siempre hay una primera vez, ¿verdad?

Lo más importante ahora mismo es ganar el partido.

20

BEX

El sábado por la mañana, cuando entro a trompicones en la cocina, hay un paquete esperándome sobre la mesa.

Laura, que sigue en pijama (una camiseta gris que debe de ser de Barry), da un sorbo a la taza que sujeta con ambas manos. Se encoge de hombros cuando enarco una ceja.

—El paquete estaba apoyado en la puerta cuando volví de casa de Barry. Ah, y he traído *bagels*.

—¡Ooooh! ¿Has ido a por *bagels*? —Coloco una nueva cápsula de café en la máquina de nuestra pequeña encimera y la pongo en marcha mientras rebusco en la bolsa de papel que tiene al lado. Contiene un *bagel* de sésamo aún caliente con el mejor relleno del mundo: queso crema con cebolleta—. Eres increíble.

—Lo sé. —Sonríe, repiqueteando en la taza con sus largas uñas. Cuando le dije que tenía entradas para el partido y que quería que me acompañara, fue a hacerse la manicura, así que ahora tiene las uñas plateadas y moradas, los colores del McKee. Yo tenía trabajo, así que no pude acompañarla, pero anoche me pintó también las uñas de morado. Espero que James no piense que es una tontería.

Añado crema a mi café, tuesto mi *bagel* y me siento a la mesa frente a Laura. El paquete me está mirando fijamente y no puedo evitar que el corazón me dé un vuelco. No he visto a James desde que nos acostamos; los dos hemos estado demasiado ocupados para la sesión de tutoría, pero nos hemos estado enviando mensajes de texto, y cada vez que su nombre aparece en la pantalla de mi teléfono, no puedo evitar sonreír.

—Esperemos que sea de James, no de Darryl —digo mientras agarro el paquete. Hace un par de días, Darryl me acorraló en la biblioteca para ligar conmigo, así que no me extrañaría que intentara algo.

—Todavía no puedo creer que te hayas acostado con él —dice Laura—. ¡Y que no me hayas dado detalles!

Me sonrojo.

—Ya sabes que estuvo bien.

—*Claro* que estuvo bien, pero ¿cómo es en la cama? ¿Dulce? ¿Dominante?

Pongo los ojos en blanco.

—Voy a abrir el paquete.

Hay una nota en la parte superior y, cuando veo mi nombre escrito con la letra de James en el sobre, reprimo en vano una sonrisa. Dentro hay una hoja de un bloc de notas y una sola línea firmada con una «J».

«Pensé que necesitarías la camiseta adecuada, princesa».

Laura me arrebata la nota de la mano mientras yo rompo el paquete.

—¿Princesa? ¿Te llama «princesa»?

—Algo así.

—¡Qué romántico!

Jadea cuando despliego la camiseta. Es suya, claro, con el número 9 cosido a ambos lados y CALLAHAN en la espalda en letras de imprenta. Antes tenía la camiseta de Darryl, pero me deshice de ella en primavera, cuando descubrí que me engañaba.

—Tiene el tamaño perfecto —digo.

Laura asiente con sabiduría.

—Se te verán las tetas. Seguro que lo escogió pensando en eso.

Le doy una patada por debajo de la mesa, pero ella se ríe y, al cabo de un momento, yo también empiezo a reírme. Tengo que hacer una presentación para clase y escribir una redacción, pero hoy voy a ver a James jugar al fútbol.

Gracias a Dios que no estamos intentando engañar a los padres de James con nuestra falsa relación, porque estoy segura de que Richard Callahan me odia.

Cuando Laura y yo llegamos a la tribuna con Sebastian, él me presentó como una amiga de James. Sandra me abrazó al instante y me preguntó de qué conocía a su hijo, así que le expliqué lo de la tutoría, omitiendo el resto del trato. Richard me saludó con amabilidad, pero me ha estado mirando durante todo el partido.

Quizá sea por la camiseta; todo el mundo sabe que las chicas llevan las camisetas de sus novios. Pero ¿por qué debería importarle que su hijo saliera con alguien? Tal vez no crea que hagamos una buena pareja. Los Callahan son ricos y famosos. Yo solo soy una chica cualquiera que trabaja en una cafetería. Cuando James tenga una relación de verdad, ella pertenecerá a su clase y será la perfecta esposa de la NFL.

Esa idea me hace apretar con más fuerza mi bebida.

Sebastian me da un codazo.

—James ha vuelto al terreno de juego. La LSU solo consiguió un gol de campo.

Miro a la gran pantalla que tenemos enfrente, la cual muestra un primer plano de la cara de James mientras observa el campo. Tiene un corte en la nariz provocado por un placaje en el segundo cuarto y la camiseta, que estaba impoluta al comienzo del partido, está cubierta de suciedad y manchas de hierba. Señala y grita mientras ajusta la línea defensiva. Mientras estoy observando, agarra el balón y, al instante, se lo pasa a uno de sus compañeros, que corre a toda velocidad aprovechando un agujero en la defensa y gana veinte yardas. El público estalla en vítores. Por el rabillo del ojo, veo a Richard asentir con el rostro serio mientras se echa hacia delante en su asiento.

Ha sido un partido de idas y venidas, en el que tanto el McKee como la LSU han tenido muchas oportunidades. El McKee va ganando, aunque por poco, así que hacer un *touchdown* con la posesión del balón es importante. Antes de salir con Darryl no me había interesado demasiado el fútbol americano, pero el otoño pasado me aficioné y ahora sé lo que está pasando. James se prepara de nuevo y lanza un pase, pero este se desvía, por lo que pasan a un segundo *down*.

Sebastian se me acerca para hablarme.

—Después saldrás con nosotros, ¿verdad?

—Y tanto que sí —dice Laura antes de que yo pueda responder.

Pongo los ojos en blanco.

—Claro. Izzy me amenazó de muerte si no lo hacía.

—Te acostumbrarás —dice—. Izzy puede ser muy persuasiva.

Por un momento deseo que lo que acaba de decir sea verdad: que me acostumbraré porque, si fuera su novia, vería mucho más a su familia. Pero sacudo la cabeza para alejar ese pensamiento. En todo caso, puedo llegar a sentirme cómoda siendo su amiga. Nada más.

El McKee recorre el campo durante las siguientes jugadas, y una penalización les da una nueva serie de intentos. Richard aplaude para celebrarlo, se ríe y responde a algo que le dice el hombre que tiene sentado a su lado. Sebastian grita y se levanta para ver mejor el campo. Yo hago lo mismo, aunque me mareo con la altura. El estadio de fútbol americano de McKee es enorme y sus luces parpadean en una tarde de cielo encapotado.

James escapa de un *sack** y lanza el balón mientras se cae hacia atrás, aunque de alguna manera el balón llega a uno de los receptores, que lo atrapa con la punta de los dedos y lo recoge justo en el borde de la zona roja.

—¡Vamos, James! —grito. Luego me sonrojo porque medio palco me está mirando. Pero mi corazón late al mismo ritmo que el público y James está tan cerca de sentenciar el partido que no puedo evitar la emoción que corre por mis venas. Se preparan de nuevo y él amaga un pase antes de girar sobre sí mismo y lanzarlo a la zona de anotación. El balón pasa por encima de la cabeza del receptor.

---

* Maniobra defensiva en la que un jugador placa al *quarterback* del equipo contrario detrás de la línea de *scrimmage* antes de que pueda lanzar el balón o pasárselo a un corredor. (N. de la T.)

Vuelven a intentarlo. Mismo resultado.

—Vamos —susurro, con un nudo en el estómago cuando lo veo en primer plano corriendo hacia el entrenador para reagruparse en tiempo muerto. Es el tercer *down*. Si no consiguen ahora el *touchdown*, o una penalización por nuevos intentos, intentarán hacer un gol de campo; de lo contrario, le darán a la LSU la oportunidad de ganar con un *touchdown* en el último minuto.

Se le ve tan serio mientras prepara la línea y, a la vez, tan relajado. Nunca he sido deportista, así que no puedo entenderlo, pero algo me dice que él lo lleva dentro.

Esta vez, el pase entra en la zona de anotación. Grito y pego un brinco mientras Laura me agarra la mano con fuerza y me grita al oído. Izzy grita el nombre de su hermano y Richard y Sandra se miran a los ojos y se sonríen, un gesto que me parece muy dulce. Abajo, en el campo, James levanta el puño a modo de celebración y corre hacia sus compañeros.

Van a ganar el partido. Puedo sentirlo y el resto del público también, porque todo el mundo se está volviendo loco. La LSU tiene aún un minuto, pero necesitan un *touchdown* y una conversión de dos puntos para empatar, y la defensa del McKee les cierra el paso para evitarlo.

El McKee sigue teniendo una temporada perfecta. James sigue teniendo una temporada perfecta. Su antiguo equipo ha venido a su nueva casa y él les ha enseñado la puerta de salida.

Estoy tan jodidamente orgullosa de él que no puedo dejar de sonreír.

21

JAMES

Tardo muchísimo en llegar a donde están Bex y mi familia. Primero, el equipo de prensa de la ABC, que ha retransmitido el partido, quiere entrevistarme, así que me pongo los auriculares e intento responder a las preguntas del periodista, aunque todavía estoy sin aliento y mis compañeros de equipo no dejan de acercarse para felicitarme. Segundo, llega la celebración en el vestuario, donde el entrenador Gómez me pide que dé un discurso. A mí se me dan fatal estas cosas, así que digo algo así como «Buen partido, chicos», lo que provoca las risas de todos. Luego me meto en las duchas, donde me quito rápidamente la suciedad y el sudor, pero en cuanto me visto, el entrenador me detiene para hablar conmigo en privado. Cuando por fin me suelta, me da una palmada en la espalda y, solo entonces, consigo recoger mi bolsa de deporte y dirigirme al vestíbulo.

Veo a mi padre, que está hablando con alguien apartado del resto del público. Se me encoge el estómago cuando me doy cuenta de que es Pete Thomas, el ojeador más respetado de la NFL. Fue jugador de los Dolphins durante varios años antes de convertirse en entrenador y, finalmente, en ojeador, y aunque ya nos conocemos sigue intimidándome. Le presta atención a cada detalle con mejores ojos que los de un halcón y, en sus informes, solo comenta las habilidades básicas de un jugador. Las estadísticas no significan nada para él cuando hay unas reglas básicas con las que trabajar. Estoy seguro de que, por muy bien que haya jugado esta noche (y sé que lo he hecho, dejando a un lado la intercepción del segundo cuarto), tiene mucho que criticar.

Es el tipo de hombre que le dice a mis potenciales jefes quién merece su tiempo y quién no tiene nivel para la NFL. El hecho de que sea amigo de mi padre no significa una mierda.

—Señor —digo mientras me dirijo hacia ellos—, no sabía que estaba aquí.

Mi padre tiene una expresión seria, lo que es raro. ¿No debería estar contento de que haya ganado? Pero entonces sonríe y me da un medio abrazo.

No es una sonrisa genuina. Lo conozco lo suficiente para distinguirla.

—James —dice Pete, alargando la mano para estrechármela. Sus profundos ojos marrones muestran un respeto genuino, lo que me relaja un poco—. Acabo de hablar con tu padre sobre el partido. Ha sido un placer verte jugar, hijo. Me alegro de que te llevaras la victoria.

—Gracias, señor.

—No tenemos ninguna duda de que, si sigues sumando victorias como esta, acabarás ganando el Heisman. Que quede entre nosotros, pero sé de buena tinta que vas a ser nominado para el premio.

Me arde la nuca. Espero que no me llegue el rubor a la cara. Ganar el premio sería increíble y precisamente por eso he intentado no pensar demasiado.

—Sería un honor, pero esta ha sido una victoria de equipo. La temporada ha ido tan bien porque los chicos están jugando al máximo de sus posibilidades.

—Hablas como un jugador de equipo —dice Pete con aprobación—. Rich, hiciste un buen trabajo con él.

Agacho la cabeza, con el orgullo hinchándome el pecho, mientras mi padre asiente con un murmullo.

—Aunque ese error en el tercer *down* del segundo cuarto fue un paso en falso —continúa Pete.

Levanto la cabeza.

—Sí, señor. Revisé la grabación durante el descanso. —Todavía me estoy abofeteando por ello. Las intercepciones son siempre una mierda, pero sobre todo cuando sé que ha sido culpa mía. Asegurar el balón es la prioridad número uno.

Asiente con la cabeza.

—Que reconozcas tus errores también es importante. Espero ver más progresos, James.

Estrecha la mano de mi padre, luego la mía otra vez y se va, abriéndose paso entre la multitud con facilidad gracias a su complexión atlética.

Me vuelvo hacia mi padre, esperando que me diga algo sobre la intercepción, pero antes de que él pueda hablar, Bex aparece a mi lado. Me agarra del brazo y me da un beso en la mejilla.

—Hola.

—Hola, princesa —digo sin pensar. Echo un vistazo rápido a mi padre, que frunce el ceño de una forma que no me gusta. ¡Mierda!—. ¿Te ha gustado el partido?

Me gira la cara con un dedo y me besa en los labios. Me queda claro por qué lo ha hecho en cuanto veo pasar a Darryl frente a nosotros. Me fulmina con la mirada, pero por suerte no se acerca.

—Ha sido increíble —dice ella, con sus bonitos ojos marrones brillando de emoción. Tiene purpurina en el pelo y esparcida por las mejillas, y la camiseta que le envié esta mañana le sienta de maravilla. Se me forma un nudo en el estómago cuando recuerdo que lleva mi nombre y mi número en la espalda—. Me lo he pasado muy bien. Además, tu hermana es divertidísima.

—Beckett —dice mi padre—, ¿te importaría dejarnos un momento a solas?

Bex nos mira con el ceño fruncido.

—Claro. Lo siento.

No quiero que se vaya, pero tampoco protesto cuando lo hace.

Mi padre está cabreado.

Él se aleja del público y se adentra en el estadio, y yo lo sigo sin decir palabra. Sabía que pedirle a Bex que viera el partido desde el palco sería arriesgado, pero esperaba poder explicárselo todo antes. No la culpo por besarme (al fin y al cabo, el trato es actuar como si fuéramos una pareja, sobre todo delante de Darryl), pero la situación es muy incómoda.

Cuando nos quedamos a solas, mi padre se da la vuelta, con los brazos cruzados sobre el pecho.

—¿Cuándo ibas a decirme que te estás tirando a tu tutora?

Su tono es cortante. Respiro hondo. Mi padre es estupendo, pero desde que ocurrió lo de Sara desconfía de mí cada vez que miro a una chica más de cinco segundos. Verme besar a alguien que lleva mi camiseta habrá hecho saltar todas sus alarmas. Aunque no es lo que él piensa.

—Nos acostamos una vez —digo—. Pero no estamos saliendo.

—Parece que ella cree que sí.

—Estamos fingiendo que salimos —corrijo—. A cambio de clases particulares.

Se le tensa la mandíbula.

—Fingiendo.

—Su ex no la dejaba en paz. El muy cretino la estaba amenazando. —No menciono que también está en el equipo porque eso solo complicaría las cosas. Mi padre dudaría de mi compromiso con el fútbol, cuando estoy haciendo esto precisamente porque estoy comprometido al cien por cien—. Yo necesitaba un tutor para la asignatura de Redacción Académica y ella me está enseñando de una manera totalmente diferente a los demás tutores. No quería cobrarme nada, sino que fingiera ser su novio en público para tener a su ex alejado.

Gruñe.

—Y luego te acostaste con ella.

—Solo una vez. —Me paso una mano por el pelo todavía húmedo—. Somos amigos, papá. Por eso la invité al partido. Que nos hayamos liado no tiene nada que ver.

Sacude la cabeza.

—No me gusta.

—Tomo nota. —Me giro para irme porque está empezando a cabrearme, pero entonces dice mi nombre. Me doy la vuelta.

Hay una preocupación genuina en sus ojos. Eso es lo que pasa con mi padre. A veces es duro conmigo, pero siempre lo hace desde el amor. Nunca he dudado de eso. Cuando ocurrió lo de Sara, se comportó como mi padre primero y como mi entrenador después.

—Te quiero —dice—. Y quiero lo mejor para ti. Una relación no es lo que más te conviene en este momento.

—Ya te he dicho que no estamos saliendo.

—Lleva tu camiseta, hijo.

—Esta noche cientos de personas llevaban mi camiseta. Puede que miles. —Pero tiene razón. Bex lleva mi camiseta porque yo se la regalé. Fui a la tienda del campus, escogí la que más me gustaba, la envolví para regalo y se la dejé en la puerta. Es la camiseta con la que quería que Darryl la viera. Con la que yo quería verla.

Suspira, frotándose la mandíbula.

—¿Has dicho que su ex la estaba amenazando?

—Es un gilipollas. —Recuerdo cómo se encogía ella de miedo, los moratones de sus muñecas, y siento que se me forma un nudo en el estómago—. Pero no tienes que preocuparte por mí.

Me mira fijamente a los ojos. Le devuelvo la mirada, aunque una parte de mí quiere apartarla. Debe de gustarle lo que ve en mi expresión, porque finalmente asiente.

—No me preocuparé si no dejas que te atrape.

—No va a atraparme. Solo ocurrió una vez.

—De acuerdo. —Me abraza y me da una palmada en la espalda tan fuerte que me escuece.

Puede que lo haya convencido a él, pero no estoy tan seguro de que estarlo yo mismo.

࿄ ≈ ࿄

Más tarde, de vuelta en el campus, Sebastian detiene el coche frente a uno de los bonitos edificios de ladrillo. Echa una mirada a Bex y a Laura.

—Es aquí, ¿verdad?

—Sí, gracias —dice Laura, abriendo la puerta del coche. Vuelve a sonreírle a Bex de forma burlona—. Me lo he pasado genial. Te veo dentro, Bex.

Bex espera a que Laura entre en el edificio de la residencia para desabrocharse el cinturón de seguridad.

—¿Me acompañas a la puerta?

—No tienes ni que preguntarlo.

Ella sonríe.

—Adiós, Seb. Ha sido muy divertido pasar el rato contigo y tu hermana.

Seb me lanza una mirada significativa al salir del coche. ¿Y qué si parezco su novio? No es de verdad. Ya se lo dije a mi padre. Simplemente es lo más educado, ya que ha sido mi invitada al partido.

Según Seb, ella se lo pasó bien. Habría sido divertido verla reaccionar a las diferentes jugadas, porque cada persona lo hace de una manera distinta. Algunas gritan y aplauden, mientras que otras permanecen en silencio, suplicando a los dioses del fútbol americano que las jugadas favorezcan a su equipo. En cuanto acabó el partido, quise verla y empaparme de su reacción.

Debía de estar muy guapa, con esos ojos brillando de emoción.

La tomo de la mano mientras caminamos hacia el edificio.

—¡Vaya! Te has pintado las uñas de morado. ¡Qué bonito!

—Laura insistió.

—¿De verdad te has divertido?

Ella sonríe.

—Sí. Sabía que tenías talento, pero lo tuyo es otro nivel. Eres increíble en el campo.

Se me hincha el pecho de orgullo.

—Gracias.

Ella agacha la cabeza, sonrojada.

—Seguro que te lo dicen todo el tiempo.

—Significa más viniendo de ti.

—¿De verdad?

—De verdad.

—Mi camiseta te queda bien. —Le coloco un mechón detrás de la oreja—. Chica guapa.

—James —susurra.

La beso.

Hace un ronroneo y me pasa la lengua por los labios. La agarro de las caderas y la acerco a mí. La voz de mi padre resuena en mi cabeza y sé que tiene razón, que no debería hacerlo, pero aquí solo está mi hermano. No hay nadie más a quien engañar.

Y no puedo evitarlo.

—Entra —dice.

Y no puedo negarme.

22

JAMES

Después de enviarle un mensaje a Seb para que se vaya a casa, entro con Bex en el edificio. Su estudio está en el tercer piso y, cada vez que llegamos a un nuevo rellano, me da un beso. Todavía estoy excitado por el partido y la sangre me corre caliente por las venas. Para cuando llegamos a su puerta, ya estoy medio empalmado. Si me dijera que me arrodillara y le comiera el coño aquí mismo, lo haría sin dudarlo.

Quiero verla solo con la camiseta puesta.

Se detiene con la llave en el pomo de la puerta.

—Esto sigue siendo solo sexo.

—Desde luego.

—Solo estamos explorando nuestra atracción.

Asiento sobre su cuello mientras la beso.

—Enséñame el estudio.

Tiene una mirada tímida cuando abre la puerta y me deja ver un pequeño salón con cocina integrada. El sofá tiene una manta rosa sobre uno de los brazos y está cubierto de cojines. No sé cómo podría nadie sentarse en él, pero no tengo intención de averiguarlo. Lo que quiero saber es cuál de las puertas es la del dormitorio de Bex.

Se pone de puntillas para besarme. La rodeo con los brazos y la levanto; ella me pasa las piernas por la cintura. Tenerla entre mis brazos y oler su perfume de vainilla me hace desear con desesperación el roce de su piel.

—¿Cuál es tu habitación?

—La de la derecha. —Me da un beso hambriento, mordiéndome el labio inferior.

Abro la puerta y busco a tientas el interruptor de la luz. La lámpara del techo se enciende y puedo ver un pequeño y ordenado dormitorio. Hay una cama en una esquina, hecha a la perfección con una colcha de motivos florales y el oso de peluche, Albert, apoyado en las almohadas. En la esquina opuesta hay un escritorio lleno de libros y papeles, además de muchas fotografías colgadas en las paredes. Quiero mirarlas más de cerca, porque estoy seguro de que son suyas y aún no me las ha dejado ver, pero ahora mismo estoy demasiado excitado para pararme a preguntar.

Una gruesa alfombra amortigua mis pasos cuando nos acercamos a la cama. La siento en ella, pero en lugar de tumbarse, se arrodilla y me agarra las trabillas del cinturón.

Se lame los labios.

Sus ojos brillan mientras me desabrocha los pantalones.

—Bex —digo con voz ronca.

—He estado pensando en esto desde que me lo chupaste —dice mientras me saca la polla. Me la acaricia y yo jadeo—. Te gusta, ¿verdad?

—Joder, claro que me gusta.

Me pasa un dedo por el miembro con delicadeza.

—Perfecto.

Cuando me pone los labios encima, sabe lo que hace. La agarro del pelo y tiro de ella para acercármela. Necesito todo mi autocontrol para no empujarla hacia abajo y metérsela hasta el fondo. No quiero ahogarla, pero, joder, creo que nunca he visto nada más excitante que ella de rodillas chupándomela.

Pasa la lengua por el glande y luego se la mete un poco más en la boca, mientras me acaricia los huevos con una mano. Están tan tensos que creo que voy a explotar. Cuando la agarro del pelo, jadea sobre mi pene y yo cierro los ojos sobrecogido por el placer.

Se la mete en la boca hasta el fondo. Cuando ahueca las mejillas, se las acaricio con un dedo tembloroso. La simple sensación de tener mi polla dentro de su boca casi me hace correrme, pero consigo controlarme. Quiero recibir todo lo que ella esté dispuesta a darme.

—Joder, princesa. Estás preciosa de rodillas —digo. Levanta la vista y veo lágrimas en sus ojos, pero no se aparta. Le limpio el rabillo del ojo con el pulgar y lamo la sal. Abre los ojos como platos y murmura algo sobre mi polla. Cuando la agarro del pelo con más fuerza, ella reacciona haciéndome lo mismo en los huevos. Gimo y aprieto el culo para no correrme.

No exagero si digo que no he visto nada más bonito en toda mi vida. Su pelo enroscado en mi mano, el aleteo de sus largas pestañas, la saliva corriendo por su barbilla. Continúa así, chupándome la polla con una lentitud agonizante, hasta que tiene cada centímetro dentro de su preciosa boca. Esta está caliente y húmeda, pero lo que me hace perder la cabeza es observar que tiene una mano dentro de sus *leggings*. Se está tocando mientras me la chupa, demasiado excitada para esperar.

—Me corro —gruño un segundo antes de que ocurra. Lo hago en su boca y en sus labios, no dentro de su garganta.

Y la muy descarada se limita a sonreír mientras se relame los labios. La mano que tiene entre las piernas sigue moviéndose. Lanzo un gruñido mientras la arrojo a la cama, tirando al pobre peluche al suelo. La beso, saboreando mi semen en su lengua, y le bajo los *leggings* y las bragas de un tirón. Le lamo toda la boca, deleitándome con sus gemidos entrecortados mientras le meto dos dedos en la vagina. Mi pulgar encuentra su clítoris y lo acaricia en rápidos círculos.

No tarda en correrse en mis dedos, que empapa con sus fluidos. Cuando los saco de su vagina ardiente, se los paso por los labios y ella abre la boca para chuparlos. Aparto los dedos y la beso hasta que nos quedamos sin aliento, y finalmente nos acurrucamos juntos en la cama.

Me quito los vaqueros de un tirón y me saco la camiseta por la cabeza. Ella hace lo mismo con los *leggins*, pero, cuando está a punto de quitarse la camiseta, la detengo.

—Me encanta verte así.

Coloca su cara sobre mi pecho desnudo mientras me besa el tatuaje.

—¿Ah, sí?

—Eres tan jodidamente sexi, nena…

—Tú sí que lo eres. Estuve pensando en chupártela todo el partido. Jugueteo con el dobladillo de la camiseta.

—¿En serio?

—Tú mandas en el campo. Es muy excitante, créeme.

Después de unos minutos, nuestras respiraciones se calman. Me gusta tener las piernas entrelazadas con las suyas. Su cama es individual, así que casi tengo los pies colgando por el borde, pero me las apaño. El agotamiento debido al sexo, por no mencionar el orgasmo, me está afectando. Doy un largo bostezo mientras palmeo en el suelo buscando a Albert.

Ella se incorpora un poco y me mira.

—¿James? —Dejo a Albert en la cama cerca de nosotros.

—¿Sí?

—Lo siento si te he metido en un problema con tu padre.

Sacudo la cabeza antes de que pueda decir nada más.

—No te preocupes. Yo me encargo.

—Creo que no le gustó verme allí.

—Solo estaba sorprendido.

Frunce el ceño.

—¿Sabe que no estamos saliendo?

—Ahora sí —digo, aunque eso hace que me duela el pecho—. Solo le preocupaba, pero se lo expliqué.

—Pero ¿por qué le preocuparía que estuvieras con alguien? Quiero decir, si fuera real, ¿no se alegraría por ti?

—Ya sabes que no salgo con nadie.

—Por el fútbol.

Asiento con la cabeza.

—Él me ayudó a tomar esa decisión.

Una parte de mí quiere seguir explicándoselo, pero estoy de bajón y la idea de ser tan sincero, aunque sea con Bex, me pone nervioso.

Sigue recorriendo mi tatuaje con un dedo.

—Tu hermano tiene uno igual.

—Sí. Seb también. Nos los hicimos juntos hace un par de veranos.

—Me resulta familiar —dice—. ¿Qué es?

—Es el nudo celta. Ya sabes, Callahan. Raíces irlandesas.

—Te queda bien. —Lo besa con delicadeza—. Sé que no quise quedarme a dormir la última vez. Pero tú lo harás, ¿verdad?

Le doy un beso en la mejilla antes de decirle:

—Enséñame tus fotografías.

Ella parpadea, con los ojos muy abiertos.

—¿De verdad quieres verlas?

Le sostengo la mirada.

—Claro. Iba a preguntártelo antes, pero, para ser sincero, la tenía demasiado dura.

Suelta una carcajada, se levanta de la cama y toma una carpeta del escritorio. Se acurruca conmigo y la rodeo con un brazo. Sonrío abiertamente; me encanta hacerla reír.

—He estado haciendo retratos a los clientes de la cafetería; es una buena forma de practicar. Los he tomado desde diferentes ángulos —dice.

Le acaricio el brazo.

—Déjame verlas.

Abre la carpeta y veo que está llena de impresiones.

—Obviamente, tengo más en el ordenador —dice—. Imprimir es caro, pero me sirve para ver cómo quedaría la foto física, ¿sabes?

—No —admito, lo que la hace reír—. Pero me encanta que me hables de ello.

Vamos pasando el montón de fotografías. Me explica cómo tomó cada una de ellas y creo que le hago preguntas medio inteligentes, porque empieza a divagar sobre cosas como la apertura, el balance de blancos y el bokeh. Resulta adorable, incluso cuando se emociona demasiado y me da un codazo en la cara sin querer.

—¡Mierda! —dice, girando mi cara de lado a lado—. ¿Estás bien?

—Estoy bien —miento, y la beso. La verdad es que es más fuerte de lo que parece, porque me escuece el pómulo—. Háblame de esta foto.

Señalo la fotografía de un lugar que reconozco; es la gran sala de la biblioteca de McKee. La mesa me resulta familiar, porque es en la que nos sentamos cuando vamos allí a estudiar. Mi portátil está abierto en la mesa junto al suyo; nuestros abrigos cuelgan de los respaldos de dos sillas.

Ella se sonroja mientras recorre la fotografía con la mirada.

—La hice cuando fuiste a llamar a tu hermana.

Resoplo mientras me viene el recuerdo.

—Temía haberse comido accidentalmente un *brownie* de marihuana.

—¿Y lo hizo?

—Para serte sincero, todavía no estoy seguro. Coop cree que sí. —Levanto la fotografía. Ver una prueba del tiempo que pasamos juntos me hace sentir un calorcillo por dentro, como si acabara de tomarme un trago de sidra caliente—. Tienes mucho talento.

—¿La quieres? —Ella baja la mirada—. Quiero decir que si la quieres, puedo dártela.

—No así.

Levanta la vista, con el dolor reflejado en el rostro.

Le doy un beso rápido.

—Princesa, tienes que firmármela primero.

Tira la fotografía a su mesilla de noche y se sube a mi regazo. Mis manos se aferran al dorso de sus muslos y gimo cuando me besa en el cuello.

—¿Estás listo para otro asalto? —dice sin aliento, frotando su mejilla contra la mía mientras se acomoda en mi regazo—. Quiero montarte ahora mismo.

Y, de nuevo, no puedo decir que no. No a ella. No quiero estar en ningún otro lugar que no sea su cama, viéndola cabalgar sobre mi polla con mi camiseta puesta. Levanto las manos y le manoseo el culo.

—Solo si luego me dejas comerte ese bonito coño.

23

BEX

Varias semanas después, me despierto en la cama de James. Otra vez. Después de Darryl, pensé que no volvería a despertarme en una cama que no fuera la mía hasta que me fuera de McKee.

Sin embargo, aquí estoy, entre las sábanas de James Callahan, mientras lucho contra el nudo que se me ha formado en el estómago al despertarme sola.

No me preocupa que se haya ido porque anoche me dijo que tenía que despertarse temprano para ir a entrenar. Pero eso no significa que no preferiría que estuviera aquí para que pudiéramos despertarnos juntos de una forma mucho más agradable.

Me froto los ojos y me incorporo bostezando. Anoche, antes de irnos a dormir, cerró las cortinas (que me confesó que su madre le había obligado a poner para darle un toque más hogareño a la habitación), así que, aunque ya haya salido el sol, la luz dentro del dormitorio sigue siendo de un suave tono gris. En la pared de enfrente veo la fotografía que le regalé. Se la firmé como él quería y la enmarcó. Queda muy bien encima de su escritorio, como si fuera una auténtica obra de arte.

Hay una nota en la almohada, escrita en su desordenada caligrafía. Me muerdo el interior de la mejilla mientras la leo. Paso mis dedos por las letras que forman mi nombre.

Bex:

Odio dejarte sola. Quédate, así te veo cuando vuelva.

J.

Odio tener que recordarme, una vez más, que no estamos saliendo. No. Estamos. Saliendo.

Después del partido contra la LSU, algo cambió. Lo invité a mi estudio y se quedó a pasar la noche. Lo hicimos tres veces antes de quedarnos dormidos. Cuando me desperté por la mañana, estaba acurrucado a mi lado de una forma muy divertida, con los pies colgando en la cama y una mano sobre mi culo y la otra agarrando a Albert. Lo estuve mirando fijamente, con el miedo recorriéndome la columna, y la intensidad de mi mirada lo acabó despertando.

Me había sonreído con una mirada dulce y las comisuras de los ojos fruncidas de una forma adorable.

Y luego había intentado echarlo. Ahora me sonrojo al recordarlo.

—Tengo trabajo —le dije, aunque era mentira. Me levanté de la cama, me saqué la camiseta por la cabeza y la tiré al cesto de la ropa sucia antes de cruzar los brazos sobre mi pecho desnudo. Él se había incorporado y me miraba con serenidad, y a mí me tembló la voz cuando le dije que tenía que irse.

Pero, en lugar de irse, volvió a estrecharme entre sus brazos y me besó la parte superior de la cabeza.

—Que no cunda el pánico —me dijo—. Esto no tiene por qué cambiar nada.

—¿Cómo? —susurré.

—Somos amigos —dijo, acariciándome el pelo enmarañado—. Amigos que se sienten atraídos el uno por el otro. Podemos seguir haciendo esto sin complicar las cosas.

—Suena como una receta para el desastre.

—¿Quieres dejarlo? Si es así, solo tienes que decirlo.

—¿El trato?

—No el trato. El sexo.

Sacudí la cabeza. No podía mentir.

—No quiero dejarlo.

—Entonces seguiremos con esto.

Entonces me besó como es debido y yo le di un manotazo en el brazo porque nuestro aliento apestaba, y él se limitó a sonreír y me acercó aún más. Y ahí lo dejamos. Luego vinieron los mensajes de texto, las tutorías y las falsas citas de cara a los demás. Hago cosas como despertarme en su cama y desear que esté cerca para poder cabalgarlo.

Hace un par de días, recibió oficialmente su nominación para ese increíble premio de fútbol americano y, ¿dónde estaba yo?, al fondo del dormitorio, dando brincos en silencio mientras él llamaba a sus padres para darles la noticia.

Salgo de la cama, estiro las sábanas para que la vea hecha más tarde y me dirijo a la ducha. Tener un cuarto de baño privado es una gran ventaja. Sus hermanos se han portado bien conmigo, pero sigo prefiriendo no tener que verlos hasta que me haya arreglado. Me visto con la muda de ropa que me he traído, me maquillo un poco y me pongo mis pendientes favoritos. Me guardo el móvil en el bolsillo trasero y bajo las escaleras.

Huele a café y me gruñe el estómago. Tengo un poco de tiempo antes de ir a la cafetería (hace días que no veo a mi madre, gracias a un turno doble en La Tetera Púrpura y a que estoy trabajando con James en los exámenes parciales) y quizá, si tengo suerte, pueda desayunar como es debido. Anoche Sebastian hizo un pollo asado que estaba delicioso. Quizás hayan sobrado unas patatas y pueda saltearlas con huevos.

Mientras camino por el salón, sonrío al recordar lo intensos que se pusieron anoche James y Cooper jugando a *Mario Kart*. Cuando acabamos las clases particulares, tenía cosas que leer, así que me dejé caer en el sofá con mi libro de texto, pero participé en todas sus tontas conversaciones. Ojalá tuviera hermanos con los que pasar el rato como hace James.

Si no fuera por el aborto que sufrió mi madre, tendría un hermano. Debe de haber un universo paralelo en el que mi madre tuvo a ese bebé. Antes solía preguntarme cómo habría sido mi vida si mi padre no nos hubiera abandonado. Si mi madre hubiera superado su desamor. Pero es inútil darle vueltas. Solo acabo triste. Ahora intento no pensar demasiado en lo que hubiera pasado.

Parpadeo para evitar que las lágrimas corran por mis mejillas y abro la nevera. Aunque hay una cafetera en la encimera, estoy sola en la habitación. Me sirvo una taza y añado mitad leche y mitad crema.

Hay huevos, lo que es un buen comienzo. También sobras de patatas. Una loncha de beicon. Encuentro una cebolla y medio pimiento, lo que significa que puedo hacer un picadillo. Si hay algo que puedo cocinar decentemente gracias a la cafetería es el desayuno. Desayuno y tarta.

Pongo una de mis listas de reproducción, un *mix* de pop que me hace mover las caderas, y curioseo hasta que encuentro una sartén. En media hora tengo un delicioso y humeante picadillo en la sartén, beicon crujiente escurriendo su aceite en papel de cocina y unos huevos listos para freír. Estoy cortando unas frutas que he encontrado en el cajón de las verduras cuando oigo abrirse y cerrarse la puerta principal.

—Sí, me encuentro bien —dice Cooper—. Pero el moretón estuvo muy feo durante unos días.

—Si a mí me dieran un porrazo así, no podría caminar derecho —responde Sebastian.

—Eso es lo que dijo ella.

—Eres un crío.

—¿Recuerdas cuando te dieron con aquel lanzamiento tan bestia la temporada pasada?

—Juro que aún me duele la cadera.

—Hermano, serías un jugador de *hockey* malísimo.

—O de fútbol americano —oigo decir a James. Se me encoge el estómago cuando aparece por la puerta y me sonríe—. Hola. ¿Qué es todo esto?

Me coloco un mechón detrás de la oreja.

—Pensé que querrías desayunar.

—Huele de maravilla —declara Cooper al pasar junto a su hermano. Coge una taza y la llena de café de la cafetera que acabo de preparar; luego pilla unas patatas fritas.

—Oye —le digo—, déjame prepararte un plato. Todavía tengo que freír los huevos.

—No tenías que hacer nada de esto —dice James. Me sirve una taza de café y me besa la cabeza antes de coger un trozo de beicon.

Sebastian y Cooper se miran. Disimulo mi sonrojo volviendo a los fogones y echando la primera tanda de huevos en la sartén que he estado calentando.

—Pasé mi infancia en una cafetería —digo—. Puedo hacer esto con los ojos cerrados. Además, no quería que se desperdiciaran las patatas de Sebastian.

—¿Cómo puedo ayudar? —pregunta.

—Puedes poner la mesa si quieres.

James lo hace mientras yo desmenuzo el beicon en el picadillo. Sebastian me baja cuatro platos y yo pongo una cucharada grande de fritada en cada uno. Cuando los huevos están perfectos, pongo uno encima de cada cucharada de picadillo y le doy el último toque con sal, pimienta y una pizca de pimentón. No suelo fotografiar la comida, pero ahora desearía tener mi cámara. Me la olvidé en mi habitación cuando tuve que regresar corriendo al campus para asistir a un grupo de estudio de última hora. La recogeré cuando vaya a la cafetería para el turno del almuerzo.

—¡Caray! —dice Cooper mientras toma dos de los platos y los lleva a la mesa—. Bex, tenías muy escondidas algunas habilidades.

Me encojo de hombros mientras reprimo una sonrisa.

—Espera a probarlo.

James se sienta a la mesa a mi lado; tan cerca que me roza un brazo.

—Siento haber tenido que irme esta mañana. Aunque ahora lo siento menos.

—¿Fuisteis los tres al gimnasio?

—Sí —dice mientras rompe la yema de su huevo—. Puede que te parezca una tontería, pero nos gusta entrenar juntos. Oye, Coop, enséñale el moratón que te hiciste en el partido.

Cooper se levanta la camiseta y me muestra un moratón azul y morado en el pecho. Jadeo.

—¿Qué te ha pasado?

—Me metí con el tío equivocado.

Ladeo la cabeza.

—¿Estuvisteis fanfarroneando?

Sonríe mientras toma un bocado de picadillo.

—Exacto. Seguro que él tiene un morado a juego; nos dimos bastante fuerte en la pista.

Sebastian pone los ojos en blanco.

—Y luego fuiste al banquillo para darle un poco más.

Cooper se encoge de hombros ante el tono de reprimenda de Sebastian.

—Él también.

—Te va a pasar factura que tengas tantas sanciones.

—¿Quién eres, papá?

—Tiene razón —dice James—. No querrías que tu agente se cabreara contigo.

Mis ojos se abren como platos.

—¿Ya tienes un agente?

—No es oficial —dice Cooper—. Es una amiga de nuestro padre. De hecho, firmaré un contrato con ella después de la graduación.

—Coop todavía está resentido porque mi padre no lo dejó ir a la ronda selectiva —se burla James.

—¿Cómo? —pregunto—. Aún no te han seleccionado.

—El *hockey* es diferente. A muchos chicos los seleccionan mucho antes de acabar fichando por un equipo, pero nuestros padres lo habrían matado si hubiera dejado la universidad antes de tiempo.

—No me lo recuerdes —refunfuña Cooper.

—Pero la NFL hace las cosas de otra manera.

—Sí. La mayoría de los chicos no entran en la ronda selectiva hasta que son veteranos. Yo entraré en ella en primavera e iré directo a la NFL después de graduarme.

Me reclino en la silla, con la taza de café en la mano.

—¿Y el béisbol?

—También es diferente —dice Sebastian—. Incluso si te seleccionan en el instituto, tienes que jugar en las ligas menores durante un tiempo.

Me vibra el teléfono en el bolsillo trasero. Estoy a punto de no contestar, pero es mi madre.

Lo primero que oigo son las sirenas.

El corazón me sube hasta la garganta. Me levanto de repente y la silla cae al suelo. James se me queda mirando.

Creo que dice mi nombre, pero no puedo oírla, no por encima de las sirenas, los latidos de mi corazón y, lo peor de todo, los sollozos desesperados de mi madre.

—Mamá —digo—, habla más despacio. No te entiendo.

—¡Ha pasado tan rápido! —dice—. ¡Bex, no sé qué hacer!

Me apresuro a rodear la mesa y me dirijo hacia las escaleras. Entro en la habitación de James, agarro mi bolso y meto todas mis cosas en él. Apenas la entiendo, pero escucho la palabra «fuego».

Me doy la vuelta y choco con James. Me sujeta y me mira con expresión preocupada.

—Bex, ¿qué está pasando?

—¿Quién es? —Oigo decir a mi madre al otro lado de la línea.

—Nadie —respondo—. Voy para allá ahora mismo. —No tengo tiempo para esto. Y no tengo tiempo para el dolor que veo en la mirada de James. Lo rozo al pasar, rebuscando en mi bolso las llaves del coche.

—¡Bex! —le oigo llamarme desde el rellano. Baja las escaleras a toda velocidad y llega a la puerta principal poco después que yo. Abro la puerta del coche con dedos temblorosos y me siento frente al volante.

James aparece en la ventana y empieza a golpearla con los nudillos.

—Bex, para. Dime qué está pasando.

—Me tengo que ir.

—¡Y una mierda! —Abre la puerta del coche, colocando su mano encima de la mía para evitar que meta la llave en el contacto—. Tienes un ataque de pánico, vas a tener un accidente. Déjame conducir a mí.

—No. Déjame…

—¡Joder, Bex! Te harás daño.

Me seco las lágrimas que corren por mis mejillas. A pesar de la confusión que me ha provocado el miedo, reconozco que tiene razón. No quiero que me acompañe a mi pueblo; no quiero que vea la cafetería así (si es que aún hay una cafetería que ver) y, sobre todo, no quiero que vea a mi madre. Pero necesito llegar lo antes posible y él es mi mejor opción.

—De acuerdo —murmuro.

Se relaja visiblemente.

—Bien. Entra en el coche, cariño. Déjame agarrar las llaves.

Cooper y Sebastian se acercan. Cooper sujeta un juego de llaves. Se las lanza a James, que las alcanza con facilidad.

—Las tengo. Vámonos.

En este momento, estoy demasiado nerviosa para discutir, así que me deslizo hasta el asiento del copiloto mientras James arranca el motor. Sus hermanos van en el asiento trasero. Tecleo la dirección de la cafetería en la aplicación de navegación de mi teléfono y, en el silencio del interior, la voz robótica de las indicaciones empieza a hablar.

Con cada kilómetro, se me encoge más el estómago.

24

JAMES

Después de diez minutos conduciendo llegamos a una zona céntrica; a nuestra izquierda hay una oficina de correos y a la derecha, una cafetería. Nunca había estado en este pueblo, pero me recuerda un poco a Moorbridge.

Cuando me incorporo a un hueco para aparcar, Bex jadea. El sonido me crispa los nervios y piso el freno con demasiada fuerza. Se oye un golpe en el asiento trasero y a Cooper murmurar:

—Imbécil.

Por el rabillo del ojo, veo las luces rojas y azules de las sirenas.

Bex abre su puerta antes de que pueda detener el coche. Cuando empezamos a caminar, consigo sonsacarle una sola cosa: ha habido un incendio en la cafetería. Se pierde en su propio mundo presa del pánico y se niega a que yo entre con ella. Intenté tomarla de la mano durante el trayecto y me miró como si me hubiera bajado los pantalones ahí mismo. Traté de presionarla para que me diera más información y solo conseguí que me gritara. Llegados a este punto, me alegro de que al menos me dejara traerla en coche.

Pero no voy a dejarla sola. Ahora no. Necesita a alguien que la apoye, le guste o no.

Corro tras ella, recordando que mis hermanos me pisan los talones. Se queda parada en medio de la carretera. ¡Joder! Tiene suerte de que no la hayan atropellado. La llevo hacia la acera. Debe de estar en *shock* mientras observa los camiones de bomberos, porque no protesta. El aire está cargado de humo, pero no veo fuego por ninguna parte.

Cuando llegamos al final de la calle (de forma segura, por la acera), Bex se acerca a un grupo de bomberos que están enrollando una manguera. A uno de ellos se le ilumina la cara cuando la ve; debe de tener nuestra edad, quizás un par de años más, lleva el pelo muy corto y le chorrea el sudor por la cara.

—Hola, Bex. Tu madre me dijo que venías para acá.

¿Conoce a este tío? Sé que no debería importarme, pero lo hace. Me acerco a Bex.

—Kyle —dice Bex—, ¿es muy grave?

¿De qué lo conoce? ¿Fueron juntos al instituto?

Él hace una mueca.

—Podría haber sido peor. El fuego empezó arriba.

Bex mira el edificio y se muerde el labio inferior.

—¿Arriba? ¿En el apartamento?

—Tu madre tendrá que quedarse en otro sitio mientras se hacen las obras de rehabilitación. El humo estropea más de lo que crees.

—¿Ha habido daños en la cafetería? —pregunto. Kyle me mira.

—¿Quién es este?

—Soy James. —Le tiendo la mano—. Su novio.

Detrás de mí, Seb o Coop empieza a toser. Me da igual. Lo último que Bex necesita ahora es que este tío coquetee con ella.

Kyle me estrecha la mano, pero no aparta sus ojos de Bex.

—La cafetería está bastante bien, aunque habrá que reparar algunas cosas. Hay que inspeccionar todo el edificio, claro. Tu madre estaba arriba cuando empezó el fuego, pero por suerte está ilesa.

Ella tiene una expresión extraña, como si dudara entre echarse a llorar o ponerse a gritar, y se acerca a grandes zancadas a la cafetería.

—¡Yo no me acercaría demasiado! —grita Kyle.

Pero ella sigue caminando. Me apresuro a seguirla y la alcanzo en cuanto se detiene. Miro el edificio. La fachada de la cafetería tiene buen aspecto. La puerta está abierta y puedo ver una larga fila de reservados; el letrero de neón, aunque apagado, está intacto. Pero en la planta superior hay dos ventanas destrozadas y la pared de ladrillo tiene zonas quemadas. La tomo de la mano y la sigo al interior del local.

Caminamos alrededor del mostrador. Veo fotografías colgando de las paredes, taburetes rojos y un revestimiento de tablones de madera en la pared de los reservados. Abre una pequeña puerta que hay detrás del mostrador. Conduce a unas escaleras estrechas. El aire aún huele a humo, que todavía no se ha disipado del todo. Reprimo la tos y se me humedecen los ojos.

Kyle nos alcanza.

—Bex —dice—, tiene que venir alguien a inspeccionar los daños del edificio. No subas, no es seguro.

—Tiene razón —le digo, aunque me fastidia ponerme del lado de Kyle. No quiero que respire este aire de mierda o que intente entrar en el apartamento y tenga un accidente.

Ella da un paso adelante de todos modos y toca la barandilla chamuscada. Mi mano le aprieta la suya. Si tengo que sacarla del edificio para que no se haga daño, lo haré, pero preferiría no tener que llegar a ese punto.

—¿Es muy grave? —pregunta.

Kyle duda un instante.

—Deberías preguntárselo a la policía. El comisario Alton está hablando con tu madre.

Los ojos de Bex brillan mientras mira de reojo el edificio.

—¿Cuán grave es?

Él traga saliva y su nuez de Adán se mueve arriba y abajo.

—Como te he dicho, lo que más hay son daños por el humo. El seguro puede ayudarte con lo que hayas perdido. Creo que tienes la mayoría de tus cosas en el campus, ¿verdad?

Su expresión se apaga.

—No todo.

Nos da un empujón a Kyle y a mí, y se abre paso tapándose la nariz con la manga. Observo que se dirige al coche de policía que hay aparcado junto a los camiones de bomberos. Un hombre mayor y que viste de uniforme está hablando con una mujer que lleva *leggings* y una sudadera vieja y raída. Un cigarrillo cuelga de sus largos y finos dedos. Tiene el pelo del mismo color rubio cobrizo que Bex y la cara en forma de corazón. Debe de ser su madre, Abby.

—Esto es un lío —dice Cooper en voz baja—. Le estás creando expectativas, hombre.

Bex se acerca a Abby, que se vuelve hacia ella y la estrecha entre sus brazos. ¿Quién cojones enciende un cigarrillo a unos metros de distancia de un fuego de verdad? No me gusta la culpa que veo en su rostro, cómo mira a Bex. Aquí pasa algo.

¿Qué ha perdido Bex en el incendio?

—Necesita apoyo —le digo.

—Claro —dice Seb—. Pero acabas de presentarte como su novio.

—Y parece que estás a punto de matar a alguien por ella —agrega Coop—. Sé que es una chica estupenda, pero...

Me vuelvo hacia él.

—Cuidado con lo que dices.

—James, vamos. Va a creer que tenéis algo.

El corazón empieza a latirme con fuerza.

—Y puede que así sea. No es asunto tuyo, joder.

Me marcho antes de hacer algo de lo que me arrepienta, como matar a mi hermano. Quiero a Cooper, pero él no lo entiende.

Algo cambió en el instante en que ella contestó al teléfono. No puedo pensar ahora en ello, pero tampoco puedo olvidarlo.

—¡Ha sido culpa *tuya*! —está diciendo Bex cuando me acerco.

Aprieto la mandíbula. Me lo había imaginado al ver a su madre, pero esperaba que Bex lo descubriera de otra manera.

—Voy a dejaros un momento a solas —dice el comisario Alton. Cuando nos cruzamos, me lanza una mirada significativa—. ¿Estás con Beckett?

Asiento con la cabeza.

—Sí, señor.

—¡Menudo desastre! —dice, sacudiendo la cabeza—. Al menos la cafetería se ha salvado.

—Cariño —le dice Abby a Bex—, solo ha sido un pequeño incendio.

Bex cruza los brazos sobre el pecho con fuerza. Le paso el brazo por la cintura esperando que me rechace, pero en lugar de eso se apretuja contra mí. Es sutil, pero suficiente para aflojar un poco el nudo que se me había formado en el pecho.

—¿Pequeño? —dice ella—. Kyle me acaba de decir que tienes que irte a vivir a otro sitio mientras reparan los daños. Todo ha desaparecido, incluso… No ha sido una tontería, mamá. Tienes suerte de seguir viva.

Abby da una calada a su cigarrillo.

—¿Quién es el cachas? ¿Estás engañando a Darryl?

—Él me engañó a mí —dice Bex con exagerada paciencia—. No estamos juntos desde la primavera pasada. Este es James.

—¿Y los otros dos? —Abby mira hacia mis hermanos, que no están seguros de acercarse—. ¿Y el rubio? Es guapo.

Bex fulmina a su madre con la mirada.

—Tengo que llamar a la tía Nicole para ver si puedes quedarte con ella. Y luego llamar a la compañía de seguros para hacer una reclamación. ¿En qué mierda estabas pensando, quedándote dormida con un cigarrillo?

Abby tiene la decencia de parecer avergonzada.

—No hablemos de esto delante de tu amigo, Bexy.

—No me llames Bexy. Y es mi novio, así que se queda.

Me muerdo el interior de la mejilla para no sonreír. Aunque la situación es grave y me gustaría zarandear a la madre de Bex, que me haya llamado «novio» me hincha el pecho de orgullo.

—Siempre te han vuelto loca los deportistas —dice Abby con sorna—. ¿Por qué te preocupa tanto lo que ha pasado? Ya no apareces por aquí.

—Eso no es verdad. Vengo a la cafetería muy a menudo.

—¿Para qué? ¿Para trabajar un turno y cobrar las propinas?

Mi mano se tensa en la cintura de Bex.

—No es justo —dice en voz baja.

—Te diré lo que no es justo —replica Abby—. Que un hombre deje a su mujer y a su hija no es justo. Que una hija deje a su madre no es justo.

—Mamá —dice Bex temblando—, voy a McKee para que podamos salir adelante, ya lo sabes.

—Hasta que te marches.

—Mi trabajo fotográfico estaba ahí arriba. Y mi *cámara*. —Bex da un paso adelante; las lágrimas corren por sus mejillas—. Y, por tu culpa, lo he perdido todo. ¡Porque te quedaste dormida en pleno día, cuando se supone que deberías estar dirigiendo la maldita cafetería!

Sus palabras son ruidosas y se propagan por el aire de tal forma que todos las oyen. Mis hermanos. Los bomberos. La policía. Algunos jodidos chismosos que quedan por allí, aunque el espectáculo ya se ha acabado. Me muevo intentando proteger a Bex con mi cuerpo. No se merece esto. Quiero abrazarla tan fuerte que sepa que nunca la soltaré.

Abby hace una mueca.

—Ya sabes cuánto me cuesta, cariño.

—No me importa. —Se pasa las manos por el pelo con la respiración entrecortada—. Se supone que eres mi madre. Tú deberías cuidar de mí, no al revés. —Solloza—. Te hice una promesa y tú me hiciste otra a cambio.

Abby no dice nada. El cigarrillo se le escurre de los dedos y yo doy un paso adelante y lo piso antes que ella.

—Mamá —susurra Bex—, dime que lo recuerdas. Me lo hiciste prometer.

Pero Abby no dice una palabra.

25
BEX

—¿Estás segura de lo que haces? —pregunta Laura.

Está sentada en mi cama, mirándome mientras hago la maleta. Vaqueros, un vestido bonito, la camiseta de James. Lencería elegante que compré en una visita al centro comercial con Laura. Allí también compré la maleta pequeña. Nunca tuve una porque no tenía a donde ir. Aunque solo es Pensilvania, no puedo evitar estar emocionada.

Haría cualquier cosa para olvidarme de la situación de mierda de la cafetería. Así me lo propuso James cuando me invitó al partido que jugaban fuera de casa en Penn State. He estado muy ocupada discutiendo con la compañía de seguros, intentando organizar las obras del apartamento y sacando adelante la cafetería ahora que mi madre se ha sumido en el dolor, por no mencionar mi trabajo y mis deberes de la universidad. La tía Nicole me llama todas las tardes para ponerme al día. Mi madre no había estado tan mal desde la última vez que mi padre apareció por aquí.

Ojalá pudiera sentirme culpable, pero no es así. Que me acusara de abandonarla me dolió, pero más lo hizo saber que el incendio me había dejado sin cámara y montones de fotografías. Aún tengo algunas en mi dormitorio del campus y un par de ellas están colgadas en la cafetería, pero todo el trabajo fotográfico que hice en primaria y secundaria estaba en el apartamento. El incendio y el humo lo echaron todo a perder. La maravillosa cámara que la tía Nicole me había regalado por mi decimosexto cumpleaños quedó destrozada.

Nunca abandonaría a mi madre ni a la cafetería, pero una pequeña y egoísta parte de mí desearía que el incendio también hubiera
acabado con el negocio.

Meto un pijama en la maleta y cierro la cremallera.

—Es solo un fin de semana.

—A solas con él en una habitación de hotel. —Laura frunce el
ceño—. No es lo normal cuando es sexo esporádico. O cuando finges
que tienes una relación.

—Creo que ya no fingimos —admito. La confesión hace que Laura se quede boquiabierta. Intento reírme, quitarle importancia, pero
me da miedo decirlo en voz alta. Si estoy hablando en serio, James
Callahan ha entrado en mi vida y se niega a marcharse.

Cuando se presentó como mi novio, me sentí bien. Quizás entre
las sesiones de tutoría y los mensajes de texto, las citas falsas y los
besos, algo cambió. Cuando lo miro, me siento más segura. No solo
cuando estamos cerca de Darryl. Todo el tiempo, aunque solo estemos en la mesa del comedor, haciendo los deberes mientras Seb
prepara la cena y Cooper lee.

Me cubrió las espaldas en la cafetería. Ahora quiere que yo le
cubra las suyas en este partido.

—Has estado pasando *mucho* tiempo con él. Te lo mereces —dice
Laura. Me abraza y me planta un beso en la mejilla—. Diviértete tirándotelo cuando haya ganado. Aunque todavía no me has contado
cómo tiene la polla.

—¡Laura! —Le doy un tortazo en el hombro, riendo.

Arquea una ceja perfectamente depilada.

—No puedes decirme que un tío como él no tiene un buen paquete. He visto lo ajustados que son sus pantalones de fútbol.

No se equivoca, claro. Pero no voy a darle la satisfacción de con-
firmárselo.

—Siempre he querido saber de qué hablan las chicas cuando
están solas —oigo decir a James—. Ahora sé que son tan guarras
como nosotros.

Me doy la vuelta. Está en la puerta de mi habitación, vestido con
una cazadora de cuero y una camiseta de fútbol americano del McKee.

Se me dibuja una sonrisa en la cara y, antes de que pueda darme cuenta de lo que está pasando, estoy entre sus brazos, plantándole un beso en los labios. Me acaricia la cabeza con una mano.

—¿Cómo has entrado? —pregunto.

—Dejaste la puerta abierta. —Hace un ruido de reprimenda—. Tienes suerte de que fuera yo quien entrara. Podrías haber sido asesinada por el próximo Ted Bundy.

—Puedes asesinarme cuando quieras —dice Laura con una sonrisa.

Pongo los ojos en blanco.

—¿Aún te parece bien que vaya?

—Claro. Aunque la verdadera pregunta sería si a ti te parece bien que yo cante desafinando en el coche.

—Siempre que sean los clásicos.

Recoge mi maleta antes de que yo lo intente siquiera y la lleva a la zona principal.

—¿Cuáles son?

—Britney Spears sobre todo. Pero también los primeros temas de Beyoncé. Spice Girls —dice Laura. La fulmino con la mirada, pero se limita a levantar las manos—. ¿Qué? Nena, sabes que estoy de tu lado.

James suelta un gemido.

—He cambiado de opinión. Nos vemos allí.

Le sonrío con inocencia.

—No, no lo harás.

—¡Divertíos y no hagáis tonterías! —grita Laura mientras bajamos las escaleras.

Cuando salimos a la carretera con el coche, me arrellano en el cómodo asiento del copiloto y me desplazo por mis listas de reproducción de Spotify. Aún no me creo que James conduzca un Range Rover. Solo tardaremos un par de horas en llegar a Penn State, pero quiero aprovechar al máximo el tiempo que esté en este lujoso coche. Hay calefacción en el asiento, lo que agradezco con el frío que hace.

—¿Vas a enfadarte si pongo esta lista de reproducción?

James le echa un vistazo antes de volver a fijar la mirada en la carretera.

—Pon lo que quieras, nena.

—¿No estropeará tu rutina previa al partido o lo que sea?

—Mi rutina no empieza hasta el día del partido. —Él tamborilea con los dedos el volante y me mira de reojo. Sus mejillas están un poco sonrojadas—. Y espero añadir nuevas rutinas, de todos modos.

Mi corazón da un vuelco; no puedo evitar sonreír.

—¿Ah, sí?

—Despertar junto a mi chica no puede hacerme daño.

«Mi chica». Las palabras impregnan el aire del interior del coche. Una parte de mí quiere preguntar, pero no quiero acabar con la magia, no ahora. Es suficiente saber que me considera su chica.

Selecciono la lista de reproducción de música pop que me pongo cuando hago ejercicio y la voz de Rihanna empieza a sonar por los elegantes altavoces.

Y, casi al instante, James empieza a cantar.

Me vuelvo hacia él encantada. Por lo visto, se sabe toda la letra de *Umbrella* y no parece avergonzado por ello. Tiene una voz horrible, pero canta con tanta convicción que no puedo evitar unirme a él y mover el cuerpo al ritmo de la canción. Cuando acaba los dos estamos sin aliento por la risa y su mano está sobre mi muslo, que aprieta un poco. De forma posesiva. Giro la cabeza hacia él, pero está ocupado mirando por los retrovisores antes de incorporarse al siguiente carril.

Nunca me había parado a pensar si conducir podía ser sexi, pero, ¿sabes qué?, me encanta.

꧁~୬~꧂

Antes de conocer a James me gustaba el fútbol americano, pero no tanto como para aprenderme todos sus entresijos. Veo los partidos de la NFL en Acción de Gracias en casa de la tía Nicole, como todo el país, y gracias a Darryl llegué a saber lo más básico. Pero ver jugar a James me ha llevado a otro nivel. Él es más rápido de lo que cabría esperar y sus pases son como balas que surcan el aire. Me estremezco cada vez que se cae al suelo, lo aplaudo cuando se libra de un placaje y grito como una *banshee* cada vez que anota un *touchdown*.

El McKee logra la victoria por los pelos.

—¡Todavía tengo el corazón a mil! —dice Debra Sanders mientras bajamos las escaleras después de que ambos equipos hayan abandonado el campo. James me consiguió un asiento junto a la madre de Bo y congeniamos durante el partido. Ahora sé mucho más de Bo de lo que él querría que supiera la novia de un compañero de equipo, como que su apodo hasta la secundaria fue «Apestoso».

—Bo hizo un bloqueo impresionante justo al final —digo—. Con eso han ganado el partido.

—Desde luego. Mi niño jugará con los chicos grandes de la liga.

Antes de irse, me da un abrazo y me acaricia la mejilla. Es más o menos de mi estatura y tiene un precioso mechón de color rosa en las trenzas por el que la felicité en cuanto la vi.

—Encantada de conocerte, Bex. No conozco muy bien a James, pero parece un buen chico. Darryl no era lo bastante bueno para ti.

Eso casi me hace saltar las lágrimas.

—Gracias.

—Ahora, solo faltaría que Bo se buscara una buena chica. Le dije que trajera a alguna a casa durante las vacaciones, pero creo que no me ha hecho ni caso.

Me río mientras se va.

—¡Adiós, señora Sanders!

En lugar de esperar a James después del partido, llamo a un taxi para que me lleve al bonito hotelito que reservó para este fin de semana. Tuvo que pedirle permiso al entrenador Gómez para quedarse en otro sitio que no fuera con el equipo. Estará entusiasmado por la ajustada victoria. Hambriento. Esta mañana le he preguntado si quería salir con el equipo, pero me ha dicho que no necesitaba quedar bien con los chicos cuando lo único que quería era estar a solas conmigo. Cuando vuelva a la habitación, pediré comida a domicilio en un restaurante que nos gustó.

Salgo a esperar el taxi y veo cómo los aficionados de Penn State regresan al campus o a sus coches.

—¿Ahora vas a todos sus partidos como una especie de *groupie*?

Me tenso, pero intento mantener una expresión neutra mientras miro a Darryl. Todavía lleva puestas algunas prendas del uniforme deportivo, con la camiseta de Under Armor pegada a la piel y el pelo húmedo en la frente.

Está demasiado cerca, pero no voy a darle la satisfacción de retroceder.

—¿Así me llamabas cuando éramos novios? *¿Groupie?*

Su expresión se tensa.

—Ya has dicho lo que tenías que decir, Bexy. Ahora deja de jugar con él.

—No estoy jugando.

Él se burla.

—¡Vamos! Ese tío es un idiota.

—¿Ah, sí? ¿Qué te ha llevado a esa conclusión? ¿Que haya hecho ganar a tu equipo toda la temporada? ¿Que lo hayan nominado para el Heisman? ¿Que no te echara la bronca cuando me hiciste daño?

Él tensa la mandíbula.

—No quería...

—Déjalo estar. —Bajo la voz porque estamos en público. Al menos no ha intentado encontrarme a solas—. Vuelve al vestuario, Darryl.

Me empuja contra la pared, debajo de una placa conmemorativa. Me toma por sorpresa, así que no intento zafarme, pero el corazón me late desbocado. Coloca una mano a un lado de mi cabeza, con la palma en la pared, como si simplemente quisiera charlar conmigo. Nadie nos mira al pasar.

—Para.

—Quizá creas que se preocupa por ti, pero es tan egoísta como crees que soy yo —dice—. ¿Te ha dicho por qué dejó la LSU?

Me quedo en silencio. Se toma mi falta de respuesta como un «no» y se ríe por lo bajo.

—Ya me lo imaginaba.

—Cierra la boca, Darryl.

—Pregúntale por Sara Wittman, nena. Su exnovia.

—No me llames así. —Trato de escabullirme, pero él utiliza su altura y peso para inmovilizarme—. Y quítate de encima o gritaré para que venga.

—No lo harás. —Los ojos de Darryl se clavan en los míos—. Si me pega, lo echarán del equipo. Eso ya le ocurrió una vez.

Sus palabras me toman desprevenida y no puedo evitar preguntar.

—¿Qué estás insinuando?

—Su padre solucionó el problema, claro. Intentó hacerlo desaparecer. Pero eso no cambia que Sara casi se matara.

Me muerdo el labio inferior, secándome las sudorosas palmas en la americana.

—Estás mintiendo.

—Y cuando se dé cuenta de que no eres más que otra puta, te dará una patada en el culo como hizo con ella. ¿Crees que te va a salvar? Nena, en el momento en que le molestes, estarás fuera. Y yo te estaré esperando.

—¡Que te jodan! —digo, incapaz de controlar el temblor de mi voz. Le doy un empujón.

Esta vez se va riendo. Tardo un minuto en dejar de darle vueltas a la cabeza. Para cuando se me ocurre mirar el móvil, veo que mi taxi ha llegado y se ha ido, así que tengo que llamar a otro.

Pero, cuando el miedo va desapareciendo, una pregunta ronda por mi cabeza: ¿Quién es Sara Wittman y qué ocurrió cuando estuvo con James?

26

BEX

Cuando regreso al hotelito, hay una botella de champán con hielo sobre la mesa, dos copas de cristal y una caja de bombones. También hay un regalo envuelto en papel plateado en medio de la colcha blanca.

Me da un vuelco el corazón. Él es tan dulce...

Pero no puedo sacarme de la cabeza la conversación con Darryl.

Me quito el abrigo y los vaqueros, y me siento en la cama solo con su camiseta. Saco el móvil y veo que me ha enviado un mensaje diciendo que está de camino. Le contesto y busco a Sara Wittman en internet.

Quizá Darryl me esté mintiendo. Obviamente está celoso; no puede renunciar a mí y diría cualquier cosa para perjudicar a James.

No encuentro demasiado sobre ella. Un Instagram privado. Una página web de la LSU con una foto del director deportivo Peter Wittman con su mujer y su hija Sara.

Así que es una persona real. Eso no lo dudaba. La cuestión es qué ocurrió cuando James estuvo saliendo con ella. ¿Intentó hacerse daño? Y si fue así, ¿qué tuvo que ver James con eso?

No volví a buscar a James en Google tras nuestra cena en el Vesuvio. Aunque no quise incomodarlo, creo que no le gustó. De todos modos, eso ocurrió antes de que yo pensara que tenía algún derecho sobre él.

Si hubiera pasado algo horrible, ¿me lo diría?

Pensé que había dejado la LSU porque no podía ganar un campeonato con ese programa. Lo había dejado siempre muy claro. Pero Darryl lo mencionó como si se hubiera marchado tras una desgracia.

¿Lo habían amenazado con expulsarlo del equipo? Me estremezco de compasión. Eso habría sido devastador para él.

Estoy tecleando su nombre en el teléfono cuando se abre la puerta.

Salgo de la búsqueda y dejo el móvil a un lado. Entra en la habitación con toda la energía que cabría esperar tras una victoria tan ajustada; me abraza y me besa al instante.

—Te he echado de menos —susurra—. En cuanto acabó el partido solo pensé en volver a verte.

Me obligo a sonreír. Aunque me muero por obtener algunas respuestas, no puedo hacerle eso ahora. No después de una victoria que mantiene intacta una temporada perfecta. No mientras me mira como si fuera la única persona del mundo y me abraza como si deseara que nos fundiéramos en uno solo.

—Ha sido un partido increíble —digo, en lugar de cualquiera de las preguntas que resuenan en mi mente—. Me preocupaba que no ganarais.

—Sanders lo consiguió. —Me recorre la espalda con una mano—. ¿Hablaste con su madre?

—Sí, es muy agradable.

—Desde luego. ¿Has pedido ya la cena?

¡Mierda! Me olvidé.

—No. Acabo de llegar.

—No hay problema. —Se acerca al champán, descorcha y nos sirve una copa a cada uno—. ¿Quieres hacerlo tú o lo hago yo? Me muero de hambre.

—No, yo me encargo. —Fuerzo otra sonrisa mientras acepto la copa de champán—. ¿Qué estamos celebrando?

Se sienta conmigo en la cama.

—Es la primera vez que viajamos juntos. Pensé que nos gustaría tener un bonito recuerdo, en lugar de aquella vez que fui a un Holiday Inn y mis compañeros de equipo intentaron arrastrarme a una fiesta.

Esta vez sonrío de verdad.

—Eres un encanto. ¿Quieres que pida aquel plato de cerdo?

—Suena bien.

Llamo al restaurante y hago el pedido, lo que resulta más difícil de lo que cabría esperar porque él no deja de acariciarme, besarme en el cuello y subirme la camiseta para toquetearme el culo. Lo miro de reojo, pero él aprovecha para darme un beso.

Cuando cuelgo, me recoloca el pelo.

—¿Tienes curiosidad por el regalo?

—Es grande.

—No es lo único grande que vas a tener esta noche.

—¡James! —exclamo, abriendo los ojos de forma exagerada, como si estuviera escandalizada.

Se limita a sonreír mientras alcanza el regalo y me lo entrega.

—¿Quieres abrirlo ahora?

—Me sorprende que no quieras darme antes esa otra cosa tan grande —digo con tono seco.

—Merece la pena esperar.

Le echo una mirada mientras rasgo el papel de regalo. Hay dos cosas envueltas juntas. Primero veo un álbum de fotos y luego una caja.

Una cámara.

—James —susurro.

Se me acerca, un poco inseguro.

—¿Está bien? Investigué un poco, pero si no es la que necesitas, la devolveré y te conseguiré otra.

La saco de la caja despacio, maravillada por las líneas limpias y el objetivo impoluto. Una Nikon Z9 con todas sus prestaciones. Cámaras como esta cuestan varios miles de dólares, y ahora tengo una en mis manos. La dejo a un lado con cuidado y me lanzo a sus brazos.

Me atrapa con facilidad.

—¡Ey, princesa! ¿Lo he hecho bien?

—Lo has hecho perfecto. —Le doy un largo beso, estrechándolo con mis brazos. Sus manos se colocan firmes bajo mis muslos—. Pero no tenías por qué hacerlo; no es barata y siempre puedo...

—No. —Me interrumpe al instante—. Es un regalo. Haz arte con ella, cariño. ¿De acuerdo?

En lugar de decir «gracias» como una persona normal, dejo escapar un sollozo. Ni siquiera puedo responder porque siento un nudo en la garganta. En lugar de eso, hundo la cara en el pliegue de su cuello, inhalo su perfume y disfruto de la firmeza de su abrazo. No sustituye lo que arrasó el incendio, pero me permitirá volver a empezar.

—Gracias —susurro finalmente. Vuelvo a besarlo y le acaricio la fuerte mandíbula. Me mira con esos ojos que tanto me gustan antes de devolverme el beso y tumbarme en la cama.

Abro las piernas para que pueda acomodarse entre ellas y sus manos empiezan a explorar bajo mi camiseta. Me recorre con los labios desde la cara hasta el cuello y luego me quita del todo la camiseta, dejándome el pelo revuelto. Pero no parece importarle, pues sigue mirándome de una forma que me hace arder la zona del vientre y más abajo. Es como si yo fuera un premio que acaba de ganar. Como si fuera algo precioso.

—¡Joder, Bex! —exclama—. Eres preciosa.

Me pone la mano en el vientre y me besa de nuevo. Le acaricio la cabeza con la mano y le devuelvo el beso.

—Tú también —le digo con sinceridad.

Y, como está convencido de su masculinidad, no trata de parecer humilde. Solo se separa para mirarme, con una expresión tierna en el rostro.

—Esta lencería es muy bonita —dice mientras recorre el encaje de una de las copas del sujetador rosa palo. Se me corta la respiración ante las caricias que están por llegar—. ¿La has comprado para mí?

Asiento con la cabeza mientras me muerdo el labio inferior. Se saca la camiseta y los vaqueros y luego me quita el sujetador. Me acaricia los pechos, se pasa un pezón entre el pulgar y el índice, y me chupa el otro hasta que arqueo la espalda. Siento que me mojo y que me palpita el clítoris en busca de atención. Intento escurrir una mano entre ambos, pero él la agarra.

—Deja las manos en la cabeza, nena —dice.

Gimo, con los dedos de los pies contraídos como garras, mientras aferro las sábanas con ambas manos. Me recompensa bajándome las bragas por las piernas. Pero no le presta atención a mi sexo, sino que sigue observando mis tetas hasta que le suplico que me toque. Cuando por fin baja una mano, abro más las piernas y él suelta una suave carcajada. Encuentra mi clítoris y lo acaricia en círculos antes de bajar los dedos y meterme dos a la vez. Estoy tan mojada que sus dedos entran con mucha facilidad. Él jadea cuando aprieto los músculos de la vagina. Me mete los dedos en tijera mientras sigue jugueteando con mi clítoris y, con cada movimiento, con cada respiración, estoy más cerca de alcanzar el clímax. Vuelve a bajar la cabeza hasta mis tetas, las mordisquea y las sensaciones me hacen gritar.

—James, voy a…

—Córrete, princesa —me dice bruscamente mientras me mete un tercer dedo en la vagina—. Córrete en mis dedos y te daré mi polla. —Sollozo mientras me corro, frotándome contra él todo lo que puedo, a pesar de que estoy tan sensible tras el clímax que solo quiero acurrucarme y recuperar el aliento. Él continúa penetrándome con los dedos hasta que los retira y yo me estremezco; odio la sensación de vacío.

Busca su cartera, saca un condón y se lo pone rápidamente.

—Dime lo que quieres, Bex.

Parpadeo, sin conseguir articular palabra. Está guapísimo mientras se agarra la polla con una mano y la mueve arriba y abajo. Joder, tiene unos músculos increíbles. Quiero lamer los surcos que hay entre sus perfectos abdominales. Intento incorporarme para poder besarlo. Me lo permite y jadea cuando le muerdo el labio. Cuando me retiro, tiene una mirada oscura, como si luchara consigo mismo para no tirarme al suelo y hacérmelo salvajemente.

Joder, lo deseo con toda mi alma. Quiero que me penetre tan fuerte que no pueda más que correrme.

—Bex —dice. Su voz es tan grave que me hace estremecer.

—Te deseo —digo—. Quiero…

—Continúa.

—Quiero que me folles —digo de forma apresurada.

—Buena chica —dice. Me pasa el pulgar por los labios y luego me lo mete en la boca con delicadeza. Antes de que pueda volver a pedírselo, me da la vuelta, me tumba boca abajo y me separa las piernas. Me agarra el culo con fuerza, me levanta un poco y me pone a cuatro patas. Me presiona con la punta de su pene, que me frota hasta que gimo y empiezo a mover las caderas. Me penetra de golpe y tan profundamente que no puedo sentir nada más que a él.

Esta postura hace que los músculos de mi vagina se tensen y mis pechos se bamboleen mientras empuja. Me coloca con fuerza la boca sobre la nuca, respirando entre mi pelo mientras me folla. Entrelaza una de sus manos con la mía, presionándola contra la cama.

—Ya estoy cerca —susurra con los labios sobre mi piel—. Contigo no puedo aguantar.

—Córrete —susurro—. Lléname.

Empuja las caderas hacia delante y se corre dentro de mí con un alarido. Los músculos de mi vagina aprietan su polla y veo cómo se le entrecorta la respiración y me agarra la mano con más fuerza. Me tumba de lado y me acaricia el clítoris hasta que vuelvo a correrme dando un pequeño grito.

Ambos recuperamos el aliento, jadeantes, durante un largo instante. Tengo una extraña sensación en el pecho, una presión que no consigo que desaparezca. Quizá sea por cómo me mira cuando vuelve de tirar el condón con una toallita en la mano para limpiarme. O quizá por cómo me besa, con su mano acariciándome la mandíbula. O cómo me pasa su camiseta por la cabeza en cuanto empiezo a temblar. Llega la comida y veo cómo lo prepara todo, sirviéndonos más champán a cada uno.

Estoy sintiendo algo que no quiero nombrar, ni siquiera en mi mente, porque me asusta demasiado. Sobre todo después de lo que Darryl me dijo.

James Callahan me ha llegado al corazón.

27

JAMES

Cuando me despierto, Bex me está mirando fijamente.

Tiene su nueva cámara en la mano y una expresión de concentración en la cara, con los dientes mordiendo su labio inferior. Aún lleva mi camiseta y el pelo revuelto, y me da un vuelco el corazón solo de verla.

Anoche algo cambió. Ha estado cambiando desde la cena, cuando me sentí cerca de ella de una manera incontestable. La miré, vi sus mejillas sonrojadas y el deseo en sus preciosos ojos, y estuve a punto de decir algo que le prometí a mi padre que no le diría a una chica en mucho tiempo.

Ahora tengo ganas de volver a decirlo, así que en lugar de eso sonrío y le agarro una pantorrilla con la mano.

—Espero que hayas captado mi lado bueno.

Se coloca un mechón detrás de la oreja.

—La luz natural es tan buena ahora mismo…

Le beso la rodilla.

—¿Y?

—Y tú eres un objetivo muy guapo —dice ella—. ¡Pero James, esta cámara!

Me siento sobre un codo.

—¿Es buena?

—Es increíble. —Ella la mira con una tierna sonrisa—. Gracias. Todavía no puedo creer que me la hayas regalado.

—¿Bex?

—¿Sí?

—No entiendo de fotografía, pero sé que tienes talento. Deberías dedicarte a esto, no resignarte a llevar la cafetería.

En el momento en que las palabras salen de mi boca, sé que he tensado demasiado la cuerda. Deja la cámara con una mirada inexpresiva. Me preparo para que me eche la bronca, porque aunque mi chica está empezando a aceptar mi ayuda, la cafetería es un tema delicado para ella. Pero en lugar de eso me pregunta algo que no me esperaba.

—¿Quién es Sara Wittman?

Me incorporo, con el corazón martilleándome en el pecho.

—¿Qué has dicho?

—Sara Wittman —dice—. ¿Era tu novia?

—Sí — respondo—. Cariño, ¿cómo...?

Aprieta los labios.

—Cuéntame lo que ocurrió con ella. Dime la verdadera razón por la que viniste a McKee.

Sé que me está pidiendo algo razonable (es mi novia, merece conocer mi pasado), pero la parte de mí que aún quiere proteger a Sara se rebela contra ello. No he hablado con ella desde aquel día en el hospital, pero aún la tengo en mi mente de vez en cuando. Yo la quería. Pensé que algún día me casaría con ella.

—James —dice Bex, con una nota de urgencia en su voz.

Me paso una mano por el pelo.

—Nos conocimos el año pasado —le cuento—. Era una estudiante de primer año y su padre estaba involucrado con el equipo, así que la conocí en un evento al inicio de la temporada. La invité a salir. Había salido con otras chicas antes, pero eso era diferente.

No me gusta la forma en que Bex se encoge sobre sí misma, pero no aparta los ojos de mí, así que me obligo a continuar.

—Sara es una persona intensa —digo—. Muy pronto empezamos a pasar todo el tiempo juntos. No le gustaba estar sola y yo me convertí en su persona favorita, ¿sabes? Venía a todos mis entrenamientos. Prácticamente vivíamos juntos; yo tenía un apartamento en el campus y ella se quedaba allí. Y funcionó por un tiempo. Tal vez fue estúpido, pero supuse que íbamos a casarnos, así que ¿por qué no iba a querer pasar todo el tiempo con ella?

Bex juguetea con mis dedos.

—¿Y luego?

Trago saliva.

—Luego no quiso que saliera con los chicos del equipo. Cada vez que tenía un partido fuera de casa al que ella no podía ir, me llamaba con insistencia hasta que contestaba. Yo empecé a faltar a mis compromisos para estar con ella, y luego a los entrenamientos. Cada vez que intentaba poner distancia, ella se aferraba más. Decía que ella tenía que estar siempre en primer lugar.

Bex abre más los ojos, pero no dice nada.

—El entrenador me dio un poco de margen al principio, por lo bien que me había comportado durante los dos primeros años. Pero suspendí dos asignaturas a mitad del semestre, incluida la de Redacción Académica, y, según la política de la universidad, eso significaba que tenía que pasar al banquillo.

—¿Acabaste ahí?

Cierro los ojos.

—No. Llegamos al acuerdo de que yo recuperaría las asignaturas y entrenaría más horas para prepararme para la postemporada. Pero, para que eso funcionara, le dije a Sara que necesitábamos darnos un tiempo. Solo hasta el final de la temporada. —Miro a Bex y le paso el pulgar por los nudillos—. No rompí con ella, pero se lo tomó así. Y no me había dado cuenta de lo débil que era. Ella seguía diciendo que estaba bien, pero empezó a descontrolarse.

—¿A descontrolarse cómo?

—Dejó de ir a clase. Dejó de trabajar en el centro de estudiantes. Siempre había sido un poco fiestera, pero empezó a beber durante el día y a tomar pastillas.

Los ojos de Bex se abren como platos.

—¿Qué?

—Yo no le atendía el teléfono porque quería poner límites. No tenía ni idea de que estaba tan mal. No lo supe hasta que me llamó la noche anterior al último partido de la temporada y me dijo que se iba a…

Me detengo con la voz temblorosa. Nunca había estado tan aterrorizado como cuando oí su voz. El miedo que sentí entonces aún me revuelve el estómago.

—No —dice Bex en voz baja.

—Se cortó las venas. —Trago saliva—. Cuando llegué, ya se lo había hecho. Estaba desmayada y no podía despertarla. Lo intenté mientras estuve esperando a la ambulancia. —Me arden los ojos. Parpadeo, intentando que no se me salten las lágrimas. Bex se acerca y me rodea con los brazos.

Coloco mi barbilla sobre su hombro. Es más fácil hablar así.

—Me perdí el partido. No quería estar lejos de ella ni un segundo. El equipo perdió, claro; el *quarterback* suplente no había jugado. —Aprieto a Bex contra mi pecho, estremeciéndome con un suspiro—. Y no quería que las noticias sobre Sara se hicieran públicas por mi culpa. Así que, cuando los medios me preguntaron por qué me había perdido el partido, fingí que yo había metido la pata. Como si hubiera sido un irresponsable y no tuviera nada que ver con ella.

Bex se aparta para mirarme.

—¡Oh, James!

—Ahora está bien. Sus padres la metieron en una institución para que recibiera ayuda. —Mi voz vuelve a ser temblorosa—. Su padre estaba agradecido de que la hubiera protegido en lugar de utilizarla como una excusa para quedar bien, así que cuando todo estuvo dicho y hecho, me ayudó a traspasarme al McKee para que tuviera la oportunidad de ganar un campeonato y mantener mi puesto en la ronda selectiva. Le hice daño a su hija y aun así…

A Bex le brillan los ojos. Parpadea y una lágrima resbala por su mejilla. Me da un beso en la mía con delicadeza.

—No fue culpa tuya.

Sacudo la cabeza.

—No tienes que fingir que crees eso.

—No lo hago. —Me acaricia la mejilla; sus ojos buscan los míos—. Cuando tenía once años, mi padre abandonó a mi madre. Un buen día hizo las maletas y se fue. Resultó que tenía otra familia y todo lo que había construido con mi madre (la cafetería, su matrimonio…) lo tiró por la borda en un instante.

La miro fijamente.

—¡Menudo cabrón!

Se ríe sin humor.

—Destrozó a mi madre. Estaba embarazada y la noticia la conmocionó tanto que abortó. Se convirtió en alguien a quien ni siquiera reconocía y ahora, años después, sigue sin ser la misma. —El color le abandona del rostro—. Se convirtió en alguien que se toma un Valium con vino al mediodía y prende fuego al apartamento por accidente.

—Bex…

Ella sacude la cabeza.

—Aunque odio a mi padre, no lo culpo por cómo sigue comportándose mi madre diez años después. Lo que ocurrió con Sara no fue culpa tuya. No podías saber que reaccionaría así. Estaba enferma y necesitaba ayuda.

—Podría haber muerto.

—Y no lo hizo. Tú la ayudaste. Hiciste mucho más de lo que haría la mayoría de la gente. —Me acaricia la cabeza y luego junta nuestras frentes.

Nos quedamos así un rato, respirando al unísono.

Después de todo aquello, mi padre y yo hicimos un trato: nada de novias hasta que entrara en la liga. Nada de distracciones.

Pero ¿y poder abrazar a Bex así? Por esto estoy dispuesto a correr el riesgo.

28
JAMES

Bex: Pero no quiero molestar a tu familia.

Yo: No sería ninguna molestia. Quiero que vengas.

Bex: ¿Eso significa que no puedo ir al Heisman?

Yo: No. Lo ideal sería que vinieras a ambas cosas, pero si tuviera que escoger, sería la Navidad. Los Callahan tenemos unas tradiciones magníficas ;)

Bex: :) Cualquier cosa sería mejor que estar sola con mi madre LOL.

Dejo el móvil, aunque Bex acaba de enviarme otro mensaje, e intento concentrarme en los deberes. Que acepte pasar la Navidad con mi familia va a requerir mucha persuasión por mi parte. Ya lo sabía, pero si algo soy, es persistente. Bex tuvo que pasar Acción de Gracias sola con su madre; sus tíos se fueron a Florida a visitar a unos parientes. Según Bex, no habían hablado mucho desde el incendio, así que la situación fue bastante incómoda.

La postemporada aún no ha empezado, pero con el final de la temporada llegando a su fin, he estado preparándome sin descanso.

También está la presión por la ceremonia del Heisman, por lo que ni siquiera he *visto* a Bex en un par de días, lo que es una tortura.

En el mismo instante en que vuelvo a concentrarme en mis deberes, Cooper entra en mi habitación. Me paso una mano por el pelo con impotencia.

—Hola —dice mientras cierra la puerta a su espalda.

Ni siquiera le comento que ha entrado sin llamar.

—¿Qué pasa?

Ambos hemos estado tan ocupados con nuestras respectivas temporadas que apenas lo he visto a él tampoco. Al equipo masculino de *hockey* de McKee no le está yendo tan bien como al de fútbol americano, pero Coop sigue dándolo todo. Tiene un moratón en el pómulo por un disco que le dio en la cara en el último partido.

Deja escapar un largo suspiro mientras se sienta en la cama.

—Parece que tú y Bex vais en serio.

Reprimo una sonrisa mientras meto la nariz en el libro de texto.

—*Sip.*

—Aunque dijiste que no ibas a salir con nadie el resto de tu carrera universitaria.

—Ella es diferente, colega.

Coop se deja caer en la cama.

—Seb me ha dicho que le has pedido que venga en Navidad.

—Sí.

—*Navidad.*

—¿No es eso lo que acabo de decir?

Últimamente he estado pensando mucho en ello. Bex encajaría en nuestras tradiciones. Quiero enseñarle la casa de mis padres en Port Washington. Ellos siempre se esmeran con la decoración, poniendo un árbol altísimo en la entrada que mi madre decora como una profesional, además de otro más pequeño en el salón que lleva adornos caseros. Quiero llevarla al centro de la ciudad para que vea la iluminación del árbol de Navidad. Besarla bajo el muérdago que mi madre siempre pone en la entrada de la cocina. Invitarla al Monopoly al que jugamos mis hermanos y yo cada Nochebuena.

Quizá sea una tontería, pero quiero dormir con ella en la habitación de cuando era niño. Quiero ver si lleva unos bonitos pendientes de Navidad y, si no es así, comprarle un par o diez. Quiero que mi familia vea lo especial que ella es.

Cooper me saca de mi ensoñación con un murmullo de frustración.

—James, ya sabes que te quiero. Pero es una mala idea. A papá no le gustará.

—Puedo encargarme de papá. Ella no es Sara.

—Pero Sara te habría seguido a cualquier parte durante la liga.

—¿Qué?

—Bex trabaja en la cafetería, ¿verdad? Lo que significa que tendrá que quedarse aquí mientras tú estés al otro lado del país.

Dejo mi cuaderno. Quiero a mi hermano, pero esto me cabrea. A veces su sobreprotección, una cualidad que admiro en él, puede ser un agobio. Cuando se trata de nuestra hermana está bien. Pero yo puedo arreglármelas solo y tampoco conoce a Bex.

—Es complicado. Su madre sigue llevando la cafetería.

—¿Su madre la pirómana?

—¡Joder, Coop!

Se reincorpora en la cama.

—¿Qué? ¿Me equivoco? Empezaste fingiendo que salías con ella, lo que estaba condenado al fracaso desde el puto principio por cómo eres, hombre. Idealizas las cosas. Te estás volviendo loco por una chica que no va a entregarse a ti como tú lo estás haciendo con ella.

—¿Y me lo dices tú porque eres un gran experto en relaciones? ¿Alguna vez has intentado tener una? —Finjo pensar un momento—. ¡Ay, no! Nunca lo has hecho.

—Te conozco. Sé cómo te pones cuando te enamoras.

—No estoy enamorado de ella —respondo. Pero el corazón me da un vuelco.

No estoy mintiendo del todo. Pero tampoco estoy diciendo toda la verdad y, joder, Cooper lo sabe.

—Creo que es estupenda —dice—. No digo que no lo sea.

—¿Pero...?

—Pero te va a hacer daño. Solo es cuestión de tiempo.

La ira se apodera de mí.

—Tomo nota.

Se mueve por la cama hasta que se sienta a mi lado.

—Solo te pido que te lo pienses bien.

—¿Has venido solo para insultar a mi novia? —digo de forma escueta. Ya he acabado con esta conversación.

Se frota la barba y me observa. Debe de notar mi cabezonería porque sacude un poco la cabeza.

—No. Quería hablar de Izzy. ¿Todavía quiere ir de compras a la ciudad? ¿Y cenar después en Le Bernardin?

Lanzo un suspiro. Discutir con él sobre Bex no nos llevará a ninguna parte, así que en lugar de eso le digo:

—Esperaba que quisiera ir al concierto de Harry Styles o algo así.

Él resopla.

—Yo también. Pero tienes que admitirlo, este es el día más Izzy que se le ha ocurrido nunca. ¿De compras por la Quinta Avenida? Le encantará.

Cuando éramos más jóvenes, nuestros padres convertían nuestros cumpleaños en divertidas excursiones a las que llamaban «Día de James» o «Día de Sebastian». Así fue como Cooper pudo patinar en el Madison Square Garden durante un entrenamiento de los Rangers por su decimosexto cumpleaños, y cuando yo cumplí catorce tuvimos el día de máquinas recreativas más alucinante de la historia. Cuando Izzy cumplió los dieciséis, nuestros padres se la llevaron a ella y a sus amigas a St. Barths para un largo fin de semana. ¿Y este año? Lo que ha querido últimamente es disfrutar de la ciudad, así que no me sorprende, pero va a ser brutal verla probarse vestidos durante seis horas seguidas.

—Tal vez pueda ayudarme a escoger el traje para la ceremonia del Heisman. Eso sería productivo al menos.

—Será bueno que pasemos tiempo con ella —dice Coop—. Mamá me contó que ha roto con ese tío raro.

Hago el gesto de la victoria con el puño.

—¡Por fin!

—Lo sé. Era horrible.

Mi alegría se desvanece cuando caigo en que mi hermana quizá tenga el corazón roto.

—¿Le ha hecho daño? ¿Tenemos que ir a patearle el culo? ¡Mierda! Ha sido su primer novio.

—Creo que coqueteaba con otras chicas, el muy idiota.

—¡Qué imbécil!

—Me gustaría darle una paliza, pero estoy seguro de que ella lo tiene controlado.

—Es peleona, tengo que reconocerlo. No os envidio a ti y a Seb por tener que vigilarla el año que viene. —Me río—. Espera, cuéntame qué te pasa. Pensaba que te vería más a menudo ahora que vivimos juntos, pero es como cuando tenías que ir a la pista justo cuando yo volvía de mi entrenamiento.

—Aquella temporada fue una mierda —dice con un gemido—. Y he estado leyendo muchísimo. Llevo semanas sin ligar. Es *horrible*. He olvidado lo que es un coño.

Me río tanto que resoplo.

29

BEX

—¿Te gusta la ceremonia? —digo por teléfono en la entrada de la casa de la tía Nicole. El frío de diciembre es cortante, incluso llevando el grueso jersey que le tomé prestado a James, así que me alejo de la ventana. Fuera está diluviando—. ¿Estás nervioso?

—Me gusta mucho —responde James. No puedo evitar que se me dibuje una sonrisa en la cara al escuchar el tono serio de su voz—. El Lincoln Center es precioso. Joe Burrow acaba de felicitarme y creo que me he meado un poco encima.

Sonrío, aunque él no puede verme.

—Es muy atractivo.

—¡Ey! —dice.

—Aunque no tan atractivo como tú, claro —corrijo—. O como Aaron Rodgers.

—Cariño, no —dice, con una nota de horror en la voz.

—No sé, creo que me va todo ese rollo de Nicolas Cage en plan hombre rústico de las montañas. No actúes como si no te hubieras enamorado también de famosos. Vi esa foto de Jennifer López en tu teléfono.

—Voy a colgar.

Suelto una risita.

—Perdona. Pero, en serio, ¿estás nervioso?

—No. No me pongo nervioso cuando me desempeño.

—Creo que hay un chiste verde ahí —digo con sorna—. ¿En serio? Yo me derretiría en el suelo.

—Quiero decir que espero ganar —dice—. Pero aunque no lo haga, es un honor que me hayan nominado.

—Menudo diplomático estás hecho.

—Ni te imaginas.

Le dice algo a alguien que está por allí y vuelve al teléfono para despedirse.

—Buena suerte —digo.

Me responde con tono dulce:

—Gracias, princesa.

Estoy sonriéndole como una idiota al teléfono cuando la tía Nicole asoma la cabeza por la puerta.

—La ceremonia está a punto de empezar. ¿Quieres que caliente un poco de salsa de queso?

—Sería genial.

Me da un apretón en el brazo.

—Si te sirve de algo, creo que es mucho más guapo que Darryl.

Vuelvo al salón y me siento en el sofá junto a mi madre. Me mira mientras toma un sorbo de vino.

—¿Cuál es el tuyo?

Me fuerzo a sonreír. Cuando James me invitó a ir con él y su familia a la ceremonia, habría aceptado, claro, pero nunca dejaría sola a mi madre el día que mi padre nos abandonó.

—Ya sabes quién es. Vino a la cafetería después de que la incendiaras.

No debería sentir una satisfacción morbosa al ver su expresión de horror, pero no puedo evitarlo. Sigo cabreada por el incendio, aunque James me haya comprado una cámara nueva.

La tía Nicole pone un plato de patatas fritas y salsa de queso en la mesa. Palmea el muslo del tío Brian mientras se sienta a su lado en el otro sofá.

—¿No es emocionante que el chico de Bex pueda ganar, Bri?

El tío Brian gruñe un «sí». Mi tío no es mucho de hablar, pero ahora que sé un poco más sobre fútbol americano, hemos podido conectar.

—He visto algunos partidos del McKee esta temporada. Tengo que reconocer que el chico tiene talento.

Sonrío mientras cojo una patata.

—Se lo merece. Verlo en directo ha sido increíble, tío Brian, de verdad.

—Por supuesto que prefiero la NFL —afirma—. El juego universitario puede ser muy diferente del profesional. Pero creo que tiene lo que hay que tener. ¿Dónde dicen que acabará con toda probabilidad? ¿Filadelfia o San Francisco?

—Hasta Filadelfia está lejos —dice mi madre—. ¿Ya has pensado en eso?

—No —digo, y es la verdad. He intentado no pensar en el próximo abril. Si pienso que el año que viene por estas fechas estará viviendo en otra ciudad, jugando como profesional todos los domingos, se me forma un nudo en el estómago y apenas puedo tragar. No es que no esté emocionada, feliz u orgullosa. Siento todo eso a la vez.

Es que no encajo en su futuro.

La tía Nicole sube el volumen del televisor para llenar el silencio. Me olvido de mi madre y me concentro en el programa.

James sigue diciéndome que los otros tres finalistas tienen el mismo talento que él, si no más, y que ya es un honor que lo hayan nominado, pero yo sé que quiere este premio. El Heisman se concede cada año al jugador de fútbol americano universitario más destacado. Demostraría al mundo que ni siquiera con lo que ocurrió con Sara (incluso si la historia que circula por ahí no es la verdadera), se está quedando atrás como jugador. Que está preparado para esta carrera deportiva. No puedo evitar sonreír cada vez que la cámara lo enfoca. Parece tan seguro de sí mismo...

Ojalá estuviera allí con él. Ojalá estuviera entre el público, a punto de gritar su nombre.

Me vibra el teléfono y miro la pantalla sin pensar. ¡Uf! Otro mensaje de Darryl. Algo me dice que está viendo lo mismo que yo en la tele. Al menos, cuando me contacta por teléfono puedo ignorarlo. Cuando vino a La Tetera Púrpura el otro día durante mi descanso, solo pude escaparme porque mi colega de trabajo se apiadó de mí.

—Parece un chico ostentoso —dice mi madre mientras se echa hacia atrás, colocando su copa de vino sobre la rodilla—. ¿Qué es eso, un traje de diseño?

—Yo creo que está guapo —dice diplomáticamente la tía Nicole.

Mi madre toma otro sorbo de vino mientras la cámara enfoca a James y a los demás finalistas.

—No son de los nuestros, Nicole.

James lleva un traje azul oscuro con una camisa blanca y una fina corbata morada. Es de diseño (lo sé porque Izzy me lo dijo por FaceTime), pero lo lleva con tanta naturalidad que no parece fuera de lugar. Supongo que para él es normal; su familia tiene mucho dinero. El coste de un traje como ese nos mantendría a mi madre y a mí durante meses.

Mi madre me echa una mirada.

—Es evidente que puede comprar lo que quiera. Te compró esa cámara nueva tan cara.

No comento que fue para reemplazar la que ella echó a perder porque añadiría más tensión a la velada. Esta noche es horrible todos los años, pero desde que mi padre apareció para husmear en mi primer año de universidad, ha sido una mierda. No sé si mi madre está deseando que algo cambie o simplemente se regodea en el hecho de que nada va a cambiar. En cualquier caso, siempre recuerda la fecha en que nos convertimos en una familia de dos y aquí es donde tengo que estar.

Cuando presentan a James, ya estoy temblando. Muestran un vídeo con sus mejores jugadas; algunas con la LSU, pero también con el McKee. Lo comparan con su padre y con otros *quarterbacks* que han ganado el premio. Hacen lo mismo con los otros finalistas: el *quarterback* del Alabama, un extremo defensivo del Míchigan y un receptor del Auburn.

Y finalmente anuncian el ganador.

Es James.

Oigo a lo lejos el grito de la tía Nicole y las palmas del tío Brian. También oigo el bufido de mi madre mientras se levanta. Se me llenan los ojos de lágrimas y me tapo la boca con la mano. Él sube al escenario con la mayor sonrisa que le he visto nunca y acepta el trofeo con un apretón de manos. Su aspecto es perfecto. Guapo y educado, el hijo pródigo que espera el mundo del fútbol americano. Cuando cesan los aplausos, se queda mirando el trofeo durante un largo instante antes de aclararse la garganta.

—No sé por dónde empezar —admite, y el público le complace con risas amables.

Oigo un ruido que viene de la cocina. Cristales rotos.

Me pongo de pie antes de que lo haga la tía Nicole y voy a la cocina. Mi madre está inclinada sobre el fregadero. Está lleno de cristales que aún gotean vino tinto, pero enseguida me fijo en la sangre que le corre por la palma de la mano.

—¿Mamá? —No puedo evitar que la voz me salga temblorosa.

Me mira con lágrimas en los ojos. Se le ha corrido la máscara de pestañas. Hace una mueca de dolor y se saca un trozo de cristal de la palma de la mano.

—¡Por Dios! —Me apresuro a agarrar un trapo de cocina, le envuelvo la mano con él y aprieto. Me sorprende dándome un fuerte abrazo.

Hacía tiempo que no me abrazaba así.

—Bex —susurra—, cariño.

—Mamá —digo, frotando mi mejilla contra la suya—, ¿qué has hecho?

—Me resbalé.

Estoy segura de que es mentira, pero no se lo digo. Me retiro y empieza a recoger los trozos de cristal del fregadero. Ella se me acerca.

—Cariño, mírame.

Recojo un par de trozos más y los pongo sobre una servilleta de papel.

—Te dejará.

Parpadeo con fuerza, manteniendo la vista en el fregadero.

—¿Ah, sí? ¿Qué, tienes una bola de cristal?

—No, pero es un hombre, y los hombres se van.

—El tío Brian está ahí con su esposa. Tu hermana.

—Los hombres que nosotras queremos —dice ella, con voz baja e insistente—. Piénsalo, pequeña. ¿De verdad crees que podrás competir con todas las mujeres que conocerá en cuanto salga con su nuevo uniforme? Por algo los hombres como él se casan con modelos. ¿Quién te crees que eres, la jodida Gisele Bündchen? —Se ríe; un sonido amargo que resuena en la silenciosa cocina—. Puede que ahora tengas su atención, pero para él no eres más que otra puta. Te engañará como el resto. Como Darryl. Como tu padre.

Aprieto los dientes.

—No lo conoces.

Vuelve a mirar en dirección al salón. El televisor sigue encendido, pero parece que mis tíos están viendo ahora un concurso.

—Sé lo suficiente —dice ella—. ¿Un hombre con una sonrisa así? Es un tiburón y tú una presa. Solo intento protegerte para cuando te mastique y te vuelva a escupir, cariño.

Nunca he odiado a mi madre. Me ha molestado su incapacidad para seguir adelante y que se haya quedado encallada en hábitos poco saludables. He sentido pena por ella. He querido zarandearla, gritarle en la cara, hacer lo que fuera para recuperar la versión de ella que recuerdo de cuando era pequeña. La Abby Wood que probaba nuevas recetas de tartas para la cafetería, que se ponía a bailar en el salón sin motivo y que me acompañaba al colegio todos los días. La Abby Wood que me animaba a hacer fotos de todo lo que veía con las cámaras desechables baratas que me compraba en la droguería.

Pero, en este momento, dos palabras aparecen en mi mente por primera vez.

«Te odio».

La odio a ella y a lo que se ha convertido. Odio tener que solucionar sus problemas. Odio la promesa que me hizo a los quince años de que se encargaría del negocio que empezó con papá. Odio verla convertirse en una persona vacía que puede decir cosas hirientes a su hija y llamarlo «cariño».

Pero, sobre todo, odio que tenga razón.

No importa en qué ciudad acabe James. Podría ser San Francisco, Filadelfia o cualquier otra parte, y el resultado sería el mismo. Conocerá a una chica, se enamorará de ella y olvidará que alguna vez tuvo algo que ver conmigo. ¿Y yo? Yo estaré aquí, viviendo la misma vida de siempre.

Ahora mismo, él está exactamente donde debe estar. Y el problema es que yo también lo estoy.

30

JAMES

Pego un brinco y los tacos de mis zapatillas rebotan en el suelo helado cada vez con más fuerza. Mi aliento se parece al vapor que sale de mi taza de café. Anoche nevó y, como el fútbol no se detiene por nada, estamos calentando como siempre para el entrenamiento. Lo único que me ha sacado de la cama esta mañana ha sido la perspectiva de ver a Bex, que prometió pasarse por aquí para practicar su fotografía en vivo.

—¡Esto es un poco diferente a los bayous*! —me grita Demarius cuando pasa corriendo a mi lado, con una sonrisa de idiota en la cara—. ¡Pareces un polo de hielo, colega!

Fletch se acerca corriendo y le da un tortazo en el brazo.

—Él no es de Luisiana, idiota.

—No, tiene razón —digo cabizbajo—. Olvidé lo horrible que es jugar en la nieve.

—¡¿Por qué cojones no estáis corriendo?! —grita el entrenador Gómez mientras se acerca al campo—. ¡Venga, caballeros! No vais a calentaros ahí parados.

Me quito el abrigo y lo dejo en un banco. No uso guantes cuando lanzo, siempre he preferido el agarre que consigo con las puntas de los dedos, pero hoy desearía habérmelos puesto para ir más abrigado. Al menos llevo unos *leggings* debajo de los pantalones cortos y una camiseta térmica de manga larga debajo de la del equipo. ¿Qué

---

* Un «bayou» es un término geográfico que en Luisiana designa una masa de agua formada por antiguos brazos y meandros del río Misisipi. (N. de la T.)

mierda de temperatura es esta? En Long Island hace frío, y claro que nieva, pero como hay agua por todos lados, no suele hacer tanto frío como en otras zonas del noreste.

Empiezo a correr, marcando un ritmo que pueda mantener todo el tiempo que sea necesario, y, uno a uno, el equipo empieza a seguirme. Demarius hace un esprint y da una voltereta hacia atrás en la zona de anotación, haciendo un ángel de nieve cuando cae. Pongo los ojos en blanco y le tiendo una mano para ayudarle a levantarse. Tiene un brillo sospechoso en los ojos y me lo confirma cuando me agacho y me lanza una bola de nieve a la cara que consigo esquivar. Le da a Bo, que se vuelve loco y empieza a perseguir a Demarius por la zona de anotación. Demarius es alto y rapidísimo, pero Bo lo alcanza y lo tira al suelo en el momento exacto en que el silbato del entrenador rompe el aire.

—¡Te dije que corrieras, no que hicieras una puta bola de nieve! Callahan, ¿llamas a eso una carrera?

—No, señor.

—¡Joder, a correr! Bombea tu sangre. Diez vueltas. Quince para los idiotas de allí —añade, señalando a Demarius y a Bo. Si las miradas mataran, Demarius ya estaría a dos metros bajo tierra. Los chicos que me rodean estallan en carcajadas, incluso Darryl.

Me muerdo el labio y le digo a Bo:

—¡Qué se le va a hacer!

Esta vez los llevo a una carrera de verdad, con el viento cortándome las mejillas y haciéndome gotear la nariz. Cuando acabamos me siento mucho mejor físicamente, aunque estoy convencido de que se me van a caer las puntas de las orejas. Veo a Bex en la banda y me separo del grupo para saludarla antes de que el entrenador lo vea.

—Hola —me dice cuando me acerco—. ¡Qué frío hace!

Me agacho y la beso. Lleva un gorro de punto grueso que le cubre las orejas (por suerte) y un abrigo blanco que la hace parecer un malvavisco. Un malvavisco muy mono, eso sí. Le meto la bufanda por dentro de la chaqueta y, cuando le veo las manos desnudas, hago un gesto de sorpresa.

—No puedo manejar esta cosita tan bien con guantes —dice con un suspiro, levantando su cámara—. ¿Por qué no llevas un gorro, al menos?

—Se me caería en cuanto empezara a jugar. ¿Has visto a Bo y a Demarius?

—¡James! —me grita el entrenador—. Le dije a tu novia que podía tomar fotos del entrenamiento, pero este no empieza hasta que tengas un balón de fútbol en las manos. ¡Ven para acá!

Le doy un beso rápido en la mejilla.

—Hasta luego. Saca mi lado bueno.

—Su lado bueno es su culo —dice Fletch guiñándome un ojo—. Hazle muchas fotos a eso.

—Tiene un buen culo —contesta ella, lo que provoca que la mitad del pelotón se ponga a gritar y a silbar.

—¡Vas a tener un problema luego! —grito mientras cojo un balón de uno de los ayudantes y vuelvo trotando al fangoso campo.

—¡¿Qué vas a hacer, lanzarme una bola de nieve?! —dice.

No es mala idea.

—¿Con mi puntería, princesa? No me des ideas que no puedes manejar.

No es el mejor entrenamiento que he tenido, pero por suerte tampoco es el peor. Me gusta saber que Bex está por aquí cerca, tan adorable con su mullido abrigo, con los ojos entrecerrados por la concentración mientras camina por la banda, haciendo fotos con su nueva cámara. Es una distracción, pero no me malinterpretéis: nada me gustaría más que retarla a una batalla de bolas de nieve y, cuando admitiera su derrota, besarla hasta dejarla sin sentido; incluso hacer algo cursi, como decirle que es mi ángel de nieve, pero también presumo ante ella, aunque solo estemos entrenando. Antes de que viniera ya le advertí que los entrenamientos suelen ser aburridos, pero me dijo que no le importaría.

Echo un vistazo entre repeticiones de ejercicios y la encuentro charlando con alguien. He estado vigilando a Darryl para asegurarme de que no intenta hablar con ella y, por suerte, se ha mantenido alejado, aunque le he pillado mirándola. Levanta la cámara, con los ojos iluminados por esa pasión que tanto me gusta ver en ella y que no se permite a sí misma. La he visto trabajar en la cafetería y es obvio que lo hace bien. Le gusta hablar con los clientes y estar al mando. Incluso ahora, con los daños del incendio afectando al negocio y la compañía de seguros tratando de escatimar los pagos, ella no se queja. Pero ¿por qué querría un futuro así si, cuando tiene una cámara en las manos, cobra vida de una forma totalmente distinta?

Sé que no debo sacar el tema. La última vez que lo intenté, me regañó. La compañía de seguros, el negocio… No quiere que la ayude con nada de eso y tengo que respetarlo.

Pero tampoco significa que tenga que gustarme.

Cuando el entrenamiento acaba, me acerco a ella. Me sonríe y también me besa. A su lado hay una mujer mayor, de piel aceitunada y con unos rizos oscuros que le salen por debajo de la gorra.

—Ella es Angélica, ¿la conoces? Se encarga de las operaciones del equipo.

Le doy la mano. Por supuesto, lleva un buen par de guantes de cuero.

—Creo que nos presentaron cuando llegué —le digo—. Gracias por todo lo que haces por el equipo.

Me sonríe.

—Le estaba diciendo a tu novia que debería ponerse en contacto con alguien del Departamento de Publicidad Deportiva. Les gustan las propuestas de los estudiantes fotógrafos porque la combinación de arte y deporte encaja con la universidad.

Miro a Bex con los ojos abiertos como platos.

—Eso suena de maravilla.

Las mejillas de Bex ya están sonrojadas por el frío, así que cubren el rubor que sé que debe de estar experimentando. Juguetea con el objetivo de su cámara.

—Quizá. Ya sabes que estoy muy ocupada.

—Pero tienes tanto talento…

—Quizá —repite ella.

—Quizá es lo que deberías hacer cuando te hayas graduado —digo, mirando a Angélica—. Podrías ser fotógrafa deportiva.

Bex se ríe.

—James, vamos.

—Lo digo en serio.

—Y yo también. —Sonríe a Angélica—. Gracias por la información. Ha sido un placer conocerte.

Hay algo duro en su tono, un claro rechazo. Se entretiene guardando la cámara en su funda. Le dirijo a Angélica una mirada de disculpa.

Me pone una tarjeta en la mano.

—Dile que llame a mi oficina —me dice en voz baja antes de irse—. La pondré en contacto con Doug.

—Bex —digo, mirando la tarjeta.

—No la voy a agarrar.

—Vamos. Estoy seguro de que las fotografías que tomaste del entrenamiento son increíbles. Podrías convertir esto en una carrera.

—Ya tengo una carrera.

—¿Ah, sí? —digo—. ¿Hacer tartas es una carrera? ¿Discutir con los proveedores porque te han traído el beicon equivocado es una carrera?

—Sí. —Se echa la cámara al hombro con más fuerza de la necesaria—. No seas un esnob.

—Una carrera que te entusiasme, quiero decir.

Me lanza una mirada hostil.

—Ya hemos hablado de eso.

—La cafetería no es para ti, Bex —digo, apretando la mandíbula con frustración—. ¿Esto? Esto es para ti. Olvídate de la parte deportiva; no hace falta que hagas deporte. Pero te mereces tener una cámara en las manos. Podrías tener un estudio fotográfico. O hacer bodas. O…

Me quita la tarjeta de la mano y se la mete en el bolsillo para hacerme callar.

—Es una afición. Me encanta, pero es solo una afición.

—¿Me dirías a mí lo mismo del fútbol? «Oye, cariño, sé que tienes mucho talento como jugador, pero es solo una afición; deberías buscarte un trabajo de verdad».

—No es lo mismo y lo sabes.

—¿Por qué?

—¡Porque no lo es! —grita—. Yo no tengo elección.

—Podrías vender la cafetería. Véndela, toma el dinero y abre un negocio que quieras llevar de verdad. Vas a graduarte en Empresariales.

—No me digas lo que tengo que hacer.

—No te lo estoy diciendo; solo quiero que seas feliz.

Ella gira sobre sus talones y se aleja.

—Beckett, vamos.

No se detiene.

La alcanzo, ignorando las miradas que me dirigen un par de chicos del equipo que aún están en el campo. Debería ir adentro, entrar en calor y hablar con el entrenador sobre los ejercicios de hoy, pero no voy a dejar que Bex se vaya enfadada.

—Te mereces todo lo que desees —digo—. ¿De acuerdo? Eso es todo lo que quería decir. Si la cafetería es realmente lo que quieres…

—Lo es.

—De acuerdo. —Alargo la mano y cojo la suya. Sus dedos son como pequeños carámbanos—. Lo siento. Pero llámala, por favor. Aunque solo sea una afición, si te interesa, deberías hacerlo. Te he estado mirando más de lo que debería durante el entrenamiento, y me he dado cuenta de lo bien que te lo estabas pasando. Incluso con nieve.

Me mira. No me gusta su expresión cautelosa, como si temiera abrirse demasiado. Nos hemos sincerado mucho últimamente y me aterra haberla fastidiado. Aunque quiera ocuparme de sus asuntos, no puedo hacerlo. No si quiero que se quede en mi vida.

Espero que, cuando se gradúe, se dé cuenta de que no está obligada a llevar un negocio que nunca ha sido su sueño. Es admirable que sea leal a su madre, pero si esta se preocupara de verdad por ella, la ayudaría a hacer su propia vida, no a malgastarla dirigiendo un negocio que empezó con alguien que la abandonó.

—Te veré más tarde —dice—. ¿Sesión de tutoría?

—Claro.

Se dirige a su coche. Me quedo allí parado un momento, antes de darme cuenta de lo que está pasando.

No quiero que se vaya enfadada, y no quiero que se vaya sin un beso.

Corro hacia ella y la estrecho entre mis brazos. Lanza un murmullo de sorpresa cuando la beso y nuestros fríos labios se acoplan a la perfección. En mi entusiasmo le quito el gorro, subo la mano para acariciarle la nuca y ella se estremece. Para mi alivio, me devuelve el beso y me agarra la camiseta con ambas manos.

—¿A qué viene esto? —susurra cuando por fin me separo.

—Quise hacerlo durante todo el entrenamiento.

Resopla.

—Sé lo que parezco con este abrigo. Soy un malvavisco.

—El malvavisco más adorable del mundo. —Vuelvo a besarla—. Y también el más sexi.

El nudo que tengo en el pecho se afloja cuando siento su sonrisa en mis labios. Me separo un poco y le levanto la cara para que me mire.

—Lo siento. Pero quiero que me prometas dos cosas.

Me mira con recelo.

—¿Qué cosas?

—Llama a Angélica.

Aprieta los labios con fuerza.

—Piénsatelo —insisto.

Asiente finalmente.

—¿Qué es lo segundo?

—Di que sí a pasar la Navidad conmigo y con mi familia.

31

BEX

Laura me entrega un impreso haciendo una floritura.

—De nada.

Apenas le echo un vistazo y lo dejo en la mesa. En cuanto acabe lo que estoy escribiendo, también habré acabado con el semestre. *Por fin.* Cursar seis asignaturas no es para débiles. A medida que la temporada de exámenes finales iba llegando a su fin, la tensión también iba desapareciendo.

Lo está sustituyendo el miedo que siento al recordar que acepté pasar las Navidades con la familia de James, pero dicen que en la variedad está el gusto. Era más fácil aceptar y dejar que se emocionara que seguir discutiendo sobre lo que yo debería hacer con mi vida.

Laura se deja caer sobre mi cama.

—¿De verdad? Estoy a punto de irme. No voy a verte en un mes. Lo menos que podrías hacer es despedirte si no vas a mirar mi supergenial regalo de despedida.

—Todavía me muero de envidia —digo, girando la silla del escritorio para poder mirarla—. ¿Barry va a ir a Naples contigo?

—Sí. Me costó convencerlo, pero vendrá. —Sonríe—. Mi hermano se lo va a comer vivo. ¿Todavía vas a ir tú a Port Washington?

Juego un poco con la pelusa de mi jersey. Port Washington. Hasta el nombre suena elegante.

—Sí. Y cada vez que lo pienso, creo que me va a salir una úlcera.

—Tienes que hacer fotos a escondidas; seguro que la casa es espectacular. Si sus padres no contratan a alguien para que haga las decoraciones navideñas, entonces me quito el sombrero.

—Creía que nunca llevabas sombreros porque te hacen la cabeza grande.

—Bueno, si tuviera un sombrero, me lo quitaría. Su madre es tan glamurosa... Será mejor que te prepares para una Navidad a su nivel.

Levanto una ceja.

—¿Se supone que esto tiene que hacerme sentir mejor? Ya estoy alucinando, así que gracias.

Pega unos brincos en la cama.

—Mira el impreso. Te enviaré un regalo de Navidad de verdad a casa de James, pero esto es un anticipo.

Suspiro mientras me doy la vuelta para agarrarlo. En cuanto empiezo a leerlo, el calor me sube a las mejillas.

—Laura...

—No hace falta que estudies Artes Visuales para participar —se apresura a adelantarse a mis argumentos—. Es para cualquiera que quiera presentarse. Y tus fotografías se expondrían en una galería del Village.

Me obligo a leerlo. Es un concurso patrocinado por el Departamento de Artes Visuales de McKee que ofrece premios en varias categorías, incluida la fotografía. Todos los finalistas ganarán mil dólares y expondrán sus obras en la Close Gallery del West Village, y hay un primer premio para la serie de fotografías que el departamento considere excepcional. La suma de dinero me deja boquiabierta. Cinco mil dólares. Eso podría ser una buena ayuda para las obras del apartamento.

—Vaya —murmuro.

—Podrías usar las fotografías que tienes colgadas en la cafetería —dice—. O esas nuevas que me enseñaste del entrenamiento de fútbol; eran increíbles. Todavía no sé cómo conseguiste que un montón de chicos corriendo por la nieve quedaran tan bien. Dime que al menos lo intentarás.

Doblo el papel con cuidado y lo meto en mi agenda.

—Sí. Pero no esperes nada. Seguro que es una de esas cosas que prefieren que gane alguien del departamento.

—Has asistido a algunas clases. Un profesor intentó convencerte de que hicieras un doble grado.

—No es lo mismo.

—No lo descartes.

—No lo haré. Solo estoy siendo realista.

No le he contado a Laura lo del ofrecimiento de Angélica. Después de llamarla (y lo hice porque le prometí a James que lo haría), contactó con un tío llamado Doug Gilbert, que se encarga de los medios de comunicación de todos los deportes de McKee y que vio mis fotografías del entrenamiento. Se quedó impresionado y ahora tengo un pase de estudiante de prensa que puedo utilizar siempre que quiera si le entrego las fotografías para que las revise y posiblemente las utilice (previo pago) para material promocional de los equipos.

Me sentí rara, como si estuviera allí porque soy la novia de James, pero él me aseguró que no era por eso. Vio mis fotografías para hacerle un favor a Angélica (a la que parece ser que le gusto mucho), pero me dio la credencial porque cree que voy a hacer un buen trabajo.

Tampoco se lo he dicho aún a James; pienso contárselo en el viaje a casa de sus padres. Nunca había tenido que guardar un secreto así y, la verdad, es muy divertido.

Pero aunque venda algunas fotografías a la universidad o me presente al concurso del que acaba de hablarme Laura, eso no cambia nada.

Parece como si Laura fuera a insistir, pero sacudo la cabeza, así que no dice nada más.

—Enséñame lo que vas a ponerte para la cena de Navidad. ¿Cocinan ellos? Es probable que tengan un chef. Eso es lo que hacen mis padres en estas fechas.

❦

—¡James! ¡Beckett!

Sandra nos abraza a los dos en cuanto abre la puerta, aunque aún estemos de pie con los abrigos en el porche. El gorro de lana (el mismo que James me quitó cuando me besó tras el entrenamiento) se me mueve por la fuerza de su abrazo.

—Sandra —digo con auténtico cariño. No he tenido ocasión de hablar con la madre de James, así que su entusiasmo resulta desconcertante.

Estaremos tres días aquí antes de irnos a Atlanta para el partido del campeonato. A pesar de que Laura ha intentado tranquilizarme, no lo he logrado para nada. Para mí, la Navidad significa comer tarta en Nochebuena y abrir los regalos mientras ponen *Elf* en televisión, y cenar en casa de la tía Nicole. Esta Navidad bien podría haber ido a la luna para celebrarlo.

Sandra me ayuda a ponerme bien el gorro antes de hacer lo mismo con Cooper y Sebastian.

—Me alegro de que hayáis venido sin problema. ¿El tráfico ha sido complicado?

—El tráfico siempre es complicado en Long Island —dice Cooper, con la voz apagada por el pelo de su madre. Cuando ella se aparta y le ve la cara, jadea. Aún tiene los restos de un moratón en el pómulo.

—Cooper Blake Callahan —le regaña, pasándole el pulgar por el moratón.

—Deberías ver al otro tío —dice él, intentando sonreír.

Miro furtivamente a James porque ambos sabemos que no es del *hockey*. Cooper y Sebastian tuvieron una pelea con unos tío en el Red's hace una semana y, por lo que sé, está en la lista de cosas que Richard Callahan no debería saber nunca.

Ella suspira.

—¿Necesitas ayuda para traer tus cosas? ¡Richard, los niños han llegado!

Cuando entramos en la casa de los padres de James, tengo que hacer un esfuerzo para no quedarme boquiabierta. Salimos de McKee a media tarde, así que llegamos a la casa de noche y no pude apreciar lo grande que es. Estoy segura de que todo El Rincón de Abby cabría en la entrada. Tiene uno de esos altísimos techos abovedados con una escalera doble que lleva a la planta superior y una lámpara de araña colgando. Entre las escaleras hay un árbol de al menos tres metros de altura con preciosas decoraciones doradas y plateadas. Sandra me sostiene el abrigo y la bufanda. La oigo elogiar mi vestido de punto, pero estoy demasiado ocupada observando a Richard.

Aunque ya lo he visto antes, sigue sorprendiéndome cuánto se parecen James y Cooper a él. Durante unos segundos, es como si estuviera viendo a mi novio dentro de veinte años. Sonríe al ver a su mujer jugueteando con el cuello de la camisa de Sebastian, pero entonces sus ojos se posan en los míos y su sonrisa deja de ser genuina.

—Beckett —dice, asintiendo mientras abraza a James—. ¡Qué maravilla que pases las Navidades con nosotros!

Intento mantener una sonrisa relajada, aunque por dentro tengo ganas de salir corriendo. Esa intensidad que James irradia en el campo, Richard la tiene todo el tiempo.

—¿No es genial? —acota James, pasándome un brazo por la cintura—. Me costó convencerla, pero lo conseguí prometiéndole que jugaría en nuestra partida anual de Monopoly.

—Que siempre gano —declara Cooper—. Ya van tres años seguidos.

—Un año y dos más de trampas —replica Sebastian.

—Espero que no te molesten este tipo de tradiciones —dice Sandra poniendo los ojos en blanco con cariño—. Nos encantaría organizar un partido de fútbol familiar, pero nadie quiere arriesgarse a sufrir una lesión. Le pedí a Shelley que preparara unos aperitivos y bebidas en el estudio. Izzy está ahí detrás eligiendo la película de esta noche.

Sebastian y Cooper se miran antes de salir corriendo por el pasillo.

—Cooper cree que no es Navidad hasta que vemos *Vacaciones de Navidad* —murmura James a mi oído—. Sebastian prefiere *Elf*. Izzy es un comodín al que se puede comprar fácilmente con la promesa de más regalos.

—¿Y tú?

Sonríe.

—Tú primero.

—Estoy del lado de Sebastian.

Se queda boquiabierto.

—No puede ser. Y yo que pensaba que mi novia tenía buen gusto.

En lugar de conducirme por el mismo pasillo, James me lleva a la habitación de al lado.

—Le enseñaré la casa —les dice a sus padres.

—Claro, cariño —responde Sandra—. Pero no tardes mucho; hay sidra caliente.

—Nos gustaría saber qué has estado haciendo —dice Richard. Su tono es ligero, pero tiene una pregunta implícita, y James debe de haberse percatado también, porque su mandíbula se tensa un poco.

Enciende las luces de la habitación y veo un salón con una chimenea enorme. Hay estanterías a lo largo de una pared y un piano en una esquina.

—Izzy lo tocó mucho durante un verano —explica.

—Es bonito —digo. Aunque la habitación no parece muy personal. Espero que el resto de la casa parezca como si alguien viviera en ella.

Me enseña el resto de las habitaciones, me besa bajo una rama de muérdago que hay en la entrada y me enseña el pasillo que lleva al ala de la casa. En la cocina, una irritable mujer mayor regaña a James cuando roba una galleta de un plato.

—Gracias, Shelley —dice mientras parte la galleta por la mitad y me da un trozo—. Esta es Bex, mi novia.

Shelley me tiende la mano para que se la estreche y arruga los ojos cuando James me da un beso en la coronilla. Me ruborizo, pero no me importa demasiado. No puedo evitar admirar las increíbles encimeras de mármol y la nevera de tamaño industrial.

Me lleva arriba y pasamos por una serie de puertas. La habitación de Sebastian, la de Cooper, la de Izzy. Dos habitaciones de invitados. Me asomo a una de ellas. Parece lo bastante acogedora para pasar unas cuantas noches, con una cama llena de cojines y un grueso edredón. Por alguna razón, hay un cuadro de una vaca en la pared opuesta a la cama. El resto de la decoración tiene un aire más costero y *chic*, como corresponde a una casa que está a pocos minutos de la playa.

James me rodea para cerrar la puerta.

—No vas a dormir ahí.

Levanto una ceja.

—¿Y tus padres?

—Somos adultos. Saben que nos acostamos. —Entrelaza sus dedos con los míos y me lleva al final del pasillo—. No tiene sentido fingir.

Abre la puerta de su propio dormitorio y veo un espacio ordenado con paredes de color azul claro y un montón de pósteres de fútbol americano en las paredes. Sonrío mientras miro a mi alrededor. Hay trofeos en una estantería sobre el cabecero de la cama y una librería llena de novelas. Las sábanas y la colcha son de color blanco roto, y hay una manta de cuadros deshilachada a los pies de la cama.

—Es bonito —digo—. ¿Cambiaron algo cuando te fuiste a la universidad?

—Sin duda le falta algo —afirma.

Debería habérmelo esperado, pero aun así grito cuando me echa sobre la cama.

Me mira con ojos brillantes y me aparta el pelo de la cara.

—Así está mejor.

Le empujo en el estómago.

—Tus padres quieren que bajemos.

—Ahora vamos.

Me empuja con delicadeza hacia atrás, colocándose sobre mi cuerpo mientras me besa.

—No había podido felicitarte con un beso por el pase de prensa que conseguiste.

No puedo resistirme y le devuelvo el beso. Tiene los labios agrietados por el frío y una barba incipiente que necesita afeitar; el roce me hace gemir. Nos quedamos así unos minutos, apretados el uno contra el otro, besándonos hasta que nos falta el aire y tenemos que separarnos para volver a hacerlo. Sus manos no se mueven, pero noto cómo crece su erección, y estoy a punto de hacerle una mamada rápida cuando se abre la puerta.

—¡Los he encontrado!

Izzy entra en la habitación con una sonrisa de idiota en la cara.

—Vosotros dos estáis zumbados.

32

JAMES

A la mañana siguiente, levantarse es una tortura. Me veo obligado a dejar a una preciosa Bex desnuda en la cama de mi infancia para ir a correr con un frío horrible. En la mañana de Nochebuena.

Y ni siquiera soy el primero en bajar las escaleras.

Cuando me siento en el último peldaño para ponerme las zapatillas de deporte, mi padre levanta la vista de sus estiramientos.

—¡Qué alegría que vengas, hijo!

—Eres un flojo —dice Izzy, pellizcándome la mejilla al pasar—. ¿Estuviste despierto hasta tarde jugueteando con Bexy?

Pongo los ojos en blanco.

—Uno, no le gusta que la llamen así. Se llama Bex. Y dos, en la lista de cosas de las que no hablo con mi hermana pequeña, mi vida sexual está entre las tres primeras.

Seb reprime una carcajada mientras estira haciendo una zancada.

—Estás peleona. Muy buena, Iz.

—Estábamos a punto de irnos sin ti —dice Coop, sacudiendo la cabeza con solemnidad—. El ganador del Heisman se está volviendo perezoso.

Mi padre se endereza y da unas palmadas.

—¡Tropa! Vuestra madre quería dormir hasta tarde por ser las vacaciones de Navidad. Coop, Seb, Izzy, vosotros empezad con Amberly; James y yo nos encargaremos de Greenwich. Los primeros en llegar eligen la primera película del día.

Corro con mis hermanos afuera.

A pesar de que mi padre no se ha calzado en años las zapatillas de tacos, casi me gana la carrera durante las dos primeras manzanas. Con el aire frío de la mañana clavándoseme en las mejillas, acelero el ritmo, zigzagueando entre los coches que hay aparcados a un lado de la calle.

—Así que la trajiste a casa por Navidad —dice finalmente.

Me doy una palmada en la frente.

—Sí.

—Después de que acordamos que nada de novias.

—No lo buscaba. Simplemente… pasó.

—Después de fingir que salías con ella. Podría haberte dicho lo que iba a pasar.

—Ella no es como Sara. —Esquivo un bache—. No se parece en nada a ella. Y me preocupo por ella de verdad.

Se detiene de repente y casi tropiezo con él. Me mira a los ojos con la respiración entrecortada.

—¡Joder! Estás enamorado de ella.

He evitado pronunciar esa palabra, incluso a mí mismo, pero no tiene sentido negarlo por más tiempo. Puede que empezara como una relación falsa, pero Bex se ha metido en mi corazón tan hondo, que no puedo imaginarme una vida sin ella. Ella es lo primero en lo que pienso al despertar y lo último antes de irme a dormir. Sueño con ella. Si pudiera convencerla, haría que se mudara a mi casa para no tener que pasar ni una sola noche sin ella entre mis brazos. Sé que mi padre puede ver esos pensamientos rondando por mi cabeza, tan claros como si estuvieran escritos en mi frente con rotulador permanente.

—James —dice a regañadientes.

—Esta vez es diferente.

—Hasta que ella se interponga en tu camino.

—Sara no lo hizo… —Hago una pausa, pasándome una mano por la cara—. Ella nunca se interpuso. Estaba enferma. Tomé las decisiones que tomé porque me preocupaba por ella.

—Exacto. —Alarga la mano y me aprieta el hombro—. Beckett parece una buena chica. No digo que no lo sea. Pero acordamos que darías prioridad al fútbol. Pensé que lo habías entendido.

—Llevo toda la temporada priorizando el fútbol.

—¿Y qué pasará cuando ella quiera que la priorices y tengas que jugar?

Trago saliva. Yo también lo he pensado, pero no se lo voy a confesar a mi padre. ¿Qué habría pasado si la cafetería se hubiera incendiado un día de partido? Habría ido con Bex sin importarme mis obligaciones. Cuando vi el miedo en su cara, no dudé en estar a su lado para apoyarla.

—La temporada casi ha llegado a su fin.

—¿Y cuando el fútbol se convierta en tu trabajo a tiempo completo? ¿Estaría dispuesta a irse a vivir contigo?

—Mamá lo hizo contigo.

—Tu madre y yo nos compenetrábamos de una forma excepcional —replica—. A la mayoría de la gente le cuesta mucho hacer los sacrificios necesarios para triunfar en este deporte.

—Y, aunque no conoces a Bex, ya sabes lo que haría.

Quiero escabullirme, pero sus ojos buscan los míos, manteniéndome en mi sitio con la fuerza de su mirada.

—Solo te pido que tengas cuidado. Si juegas como lo has hecho hasta ahora, en unos días podrás ser campeón nacional. Pero luego viene la ronda selectiva. Graduarse. Presentarte a tu primer campo de entrenamiento. Tu primera temporada será probablemente en Filadelfia o San Francisco.

—Y veo a Bex a mi lado mientras hago todo eso. Igual que yo la apoyaré en todo lo que quiera hacer.

—¿Y qué quiere hacer?

No digo nada. Tengo una idea, pero no estoy seguro. Bex debería especializarse en Artes Visuales. Sé que no está muy entusiasmada con su carrera de Empresariales. Debería estudiar algo relacionado con la fotografía. Si ahora mismo le pidiera que se viniera conmigo a San Francisco, no sé cuál sería su respuesta; se ha mantenido firme con lo de seguir trabajando en el negocio. ¿Y una relación a larga distancia? Nunca lo he intentado y no estoy seguro de poder hacerlo. Hay una gran diferencia entre jugar fuera de casa de vez en cuando o pasar un par de semanas en un campo de entrenamiento y vivir al otro lado del país alejado de tu novia.

—Sé que la quieres —dice mi padre, cortando el silencio—. Y sé que quieres estar con ella para siempre. Pero pensabas lo mismo de Sara, hijo, y mira cómo acabó.

Me da una palmada en el hombro. Parpadeo y trago saliva, aunque tengo la garganta seca. Debería decírselo, pero no me salen las palabras.

—Sigamos —digo finalmente—. Izzy va a escoger *La joya de la familia* y no voy a volver a pasar por esa mierda.

33

BEX

Estoy medio enamorada de la madre de James.

Cuando bajé las escaleras hace media hora, la casa estaba en completo silencio. Incluso en un espacio tan grande supe que no estaban ni James ni sus hermanos. Fui de puntillas a la cocina con la esperanza de encontrar un poco de café, pero me encontré con Sandra.

Me preparó un café de filtro e insistió en que desayunáramos galletas. ¡Qué maravilla!

Ahora se echa hacia atrás en la silla, con los pies descalzos, y toma otro sorbo de café mientras me observa. Tengo la sensación de que se avecina algún tipo de interrogatorio. Cuando conocí a los padres de Darryl, lo primero que me preguntó su madre fue cuántos hijos pensaba tener. Sandra podría decir casi cualquier cosa y ya sería mejor que ella.

—Llevas puesto el jersey de mi hijo —dice.

Me sonrojo mientras me miro. Es una sudadera gris del McKee que me queda holgada y cuyas mangas me cubren las manos. Me las remango, hurgando en un hilo al azar.

—Es un jersey cómodo.

Sonríe. Tiene un rostro agradable, con una belleza natural para su edad y patas de gallo en los ojos que aportan serenidad a su sonrisa. No hay nada artificial en ella. Ahora solo viste una camiseta, que me imagino que será de Richard, y unos pantalones de pijama de algodón. Tiene la lengua manchada de azul por el glaseado de las galletas. Sus gafas de carey enmarcan su rostro como si fuera un personaje de una película de Nora Ephron. Esta es la mujer que ha amado a James durante toda su vida. En cada victoria y cada derrota, en cada triunfo y cada crisis. Estuvo a su lado cuando ocurrió lo de Sara.

—James me ha hablado mucho de ti —dice—. Él tenía miedo de contárselo a su padre, pero lo obligo a que tengamos llamadas regulares y, últimamente, todas han sido sobre ti.

—No lo estás obligando —digo con sinceridad—. Se pone contento cada vez que habla contigo por teléfono.

—Estáis pasando mucho tiempo juntos.

Asiento con la cabeza. Aunque tengo mi propio dormitorio en el campus, cada vez duermo más en casa de James. Como el semestre estaba acabando, tenía sentido; teníamos que hacer deberes para la clase de Redacción Académica y no tenía tiempo para ir y venir. Además, no le gusta que conduzca sola de noche. Sospecho que es una excusa para que me quede en su cama, pero no tengo intención de decírselo. Me hace demasiado feliz.

—Me preocupaba que se culpara por lo que había pasado con Sara. Me dijo que te lo había contado. Lo que ocurrió fue horrible, pero no fue culpa suya. Una persona sana no reacciona así a una ruptura.

—No —acepto en voz baja—. Pero ahora está bien, ¿no?

—Sí. Sigo hablando con su madre de vez en cuando. Está bien y acabando la carrera en otra universidad, cerca de sus primos.

—Me alegro. —Cojo mi taza de café, aunque está casi vacía, y bebo un pequeño sorbo.

—Pero cuéntame más sobre ti. Dice que eres fotógrafa.

Me coloco un mechón detrás de la oreja y dirijo la mirada al árbol de Navidad. En la sala de estar hay otro árbol; está decorado con ristras de luces arcoíris y adornos de cuando James y sus hermanos eran pequeños. Anoche Sandra me explicó que siempre se hacen una fotografía oficial de la familia con el árbol del vestíbulo (ha aparecido en varias revistas, aunque normalmente en publicaciones de la fundación), pero que le gustan más las fotos tontas que se hacen en la sala de estar.

—Sí —digo—. Pero es una afición.

—Oh —agrega ella—. ¿No es lo que estás estudiando?

—Mmm… No. Me haré cargo de la cafetería de mi madre cuando me gradúe. —Me obligo a mirar a Sandra y sonreír—. Es un sitio muy bonito que no está muy lejos de McKee. Tenemos la mejor tarta del valle del Hudson.

Medita sobre ello.

—¿Cuál es vuestra mejor tarta?

No es la pregunta que esperaba. Sonrío de verdad.

—Bueno, somos famosas por la tarta de cerezas, pero yo prefiero la de merengue de limón.

—¿Te gusta de verdad?

—Es donde he crecido.

—Pero ¿es tu sueño? —Ella sacude la cabeza en cuanto lo dice—. Lo siento, no es asunto mío. Es que me fascinan las pasiones de la gente. En mi familia, claro, todos mis hijos tienen la misma pasión.

—Debes de estar muy emocionada por que James entre en la NFL —digo, aprovechando la oportunidad de cambiar de tema.

—¿Emocionada? Sí. ¿Aterrorizada? También. Durante diecisiete años, vi cómo unos hombres que parecían tanques tiraban a mi marido al suelo cada dos por tres. No es un deporte para los débiles, Bex.

—Al menos no suelen pelearse como en el *hockey* de la NHL.

—No me hagas hablar —dice, sacudiendo la cabeza—. Por eso Izzy es mi favorita. En el voleibol no suelen darse de puñetazos, gracias a Dios. —Me guiña un ojo—. No le digas a los niños que he dicho esto.

—Estoy segura de que Izzy se lo restregaría a los chicos por la cara durante años.

—Estás empezando a entender cómo funciona esta familia. —Deja su taza de café a un lado—. Puedo ver que mi hijo se preocupa por ti. Mucho. Y sé que pensarás que esto es un poco raro, pero quiero darte las gracias. Se merece tener a alguien a su lado. Es tan serio todo el tiempo… Era así incluso de niño. Siempre siguiendo las reglas, siempre dándolo todo. Pero cuando te mira… toda su cara se ilumina y se relaja. Es precioso.

Se levanta, recoge su taza y la mía, y me acaricia la mejilla.

—Y puede que aún yo no te conozca del todo, pero eso es lo que también veo cuando lo miras a él.

Se va a la cocina y me deja sola con el árbol de Navidad y los regalos que se asoman por debajo. La chimenea crepita; Sandra encendió un fuego en cuanto entramos. ¿Ve eso realmente cuando me mira o se lo está imaginando?

Mis sentimientos por James se han vuelto tan intensos… Es como si hubiera estado nadando en aguas poco profundas durante mucho tiempo y, de repente, me diera cuenta de que ni siquiera estoy cerca de la orilla. Me deja sin aliento. Cada vez que me llama «princesa», mi corazón da un pequeño salto mortal. Es cursi, pero también es romántico. Puede que sea el tipo de persona que sigue las reglas, pero se las saltó cuando hicimos nuestro trato, y tengo la sensación de que nunca se ha arrepentido.

Oigo la risa de James. Irrumpe en la sala de estar con sus hermanos y sus ojos se iluminan cuando me ven. Cuando se agacha para besarme le doy un empujón; está sudado y frío a la vez. Consigue darme un beso en la cabeza y sonríe cuando le doy un manotazo.

—Siento haber tenido que irme —dice.

—Sabes que no me importa. A menos que me hicieras correr contigo. Entonces tendríamos un problema.

Se agacha para que estemos frente a frente y levanta una de sus cejas.

—¿Ah, sí?

—Sí —digo, con la voz más entrecortada de lo que desearía. Antes de conocerlo, pensaba que el sudor era asqueroso, ¿pero ahora? Me dan ganas de lamer esa gota que le está cayendo por la cara.

Y, por la forma en que me mira, sabe lo que estoy pensando. No estoy tan tranquila como me gustaría.

—¿Qué me harías? —se burla.

Se me pasan un millón de ideas por la cabeza, pero antes de que pueda devolverle la broma (o tal vez tirarlo al suelo y besarlo, maldito sea el sudor) nos interrumpen. Aparte de cuando Cooper nos pescó enrollándonos y cuando Laura casi entró en el cuarto de baño cuando nos estábamos duchando juntos, hemos tenido suerte con la intimidad. Ahora, en menos de veinticuatro horas, su hermana pequeña ya nos ha interrumpido dos veces.

—Voy a poner *La joya de la familia* —declara, dándole un beso en la mejilla a James al pasar.

—No, por favor —solloza James—. Haré cualquier cosa, Iz. Cualquier cosa para evitar ese dolor.

—Rachel McAdam es incapaz de hacer una mala película. —Me devuelve la mirada—. ¿Verdad, Bex?

Paso la mirada de mi novio a su hermana. Si acepto, ganaré algunos puntos con Izzy, pero James pondrá mala cara.

Bueno, puede soportarlo. No lo ha capturado un defensa de fútbol grande como un tanque, por usar la terminología de Sandra.

—¿Sabes qué, Izzy? Tienes toda la razón.

⁕

James abre la caja del Monopoly con la misma reverencia que está reservada a las antigüedades. El tablero tiene el mismo aspecto que recuerdo de las dos veces que he jugado, al igual que las cartas, pero ¿y las figuritas de plata? En su lugar coloca una extraña variedad de objetos. Un botón, un soldado de juguete, un medallón con una bisagra rota, lo que parece un zapato de Barbie, un pompón brillante y un tapón de botella abollado.

—Bex es la invitada; debería ser la primera en escoger —dice Sebastian desde el otro lado de la mesa. Estamos todos en el suelo junto al árbol de Navidad, sujetando unas tazas de chocolate caliente (excepto Izzy). Pensé que aquí tendría los privilegios de una novia, que podría formar equipo con James, pero eso se esfumó en la fría noche de diciembre en cuanto vi el brillo de sus ojos. Puede que ahora esté acurrucada a su lado, pero una vez echadas las cartas, él será El Enemigo.

De acuerdo. Puede que tenga que admitir mi derrota cada vez que vayamos a los recreativos a jugar a la canasta, pero seguro que puedo ganarle en un juego de mesa.

Cooper me mira con intensidad con sus oscuros ojos azules.

—Si me quitas ese botón, me volveré loco.

—¿El botón? —Lo miro—. Creí que nadie lo querría.

—El botón da más suerte —dice James—. Luego el zapato.

Izzy se cruje los nudillos.

—Voy a tomar ese zapato. Me *arruinaste* el año pasado, James.

—¿Cuál es el que da menos suerte? —pregunto.

—El soldado de juguete.

Sacudo la cabeza.

—¿Tres hombres aquí y ninguno quiere el soldado de juguete?

—Es el soldado de la muerte —dice Richard con tono seco desde el sofá. Sandra está acurrucada a su lado; son los únicos que le prestan atención a la película que han puesto: *Qué bello es vivir*.

Me trago la emoción cuando recuerdo que vi esa película en la cafetería con mi madre. Cuando era pequeña, le encantaba, como le gustaban la música, el arte y la moda. Después de que mi padre nos abandonara, la película la ponía demasiado triste, así que nunca la forcé a verla. De eso ya hace muchos años.

—Lo justo sería tirarlos todos al medio —opina Sandra—. Y que tomaras uno al azar.

—¿De verdad quieres que Seb vuelva a hacerle una llave de cabeza a Coop? —pregunta James.

Ella levanta las cejas mientras mira a su hijo.

—Todo vale en el amor y en el juego.

—Bien dicho, cariño —dice Richard, puntualizándolo con un beso.

James arruga la nariz, pero yo sonrío. El agridulce dolor que tengo en el pecho no desaparecerá esta noche. Hemos desayunado para cenar (al parecer es una tradición de la familia Callahan en Nochebuena) y eso me recordó a la cafetería. ¿Un gran y acogedor evento familiar como este? Yo nunca he tenido algo así; incluso cuando vivía con mis padres, solo éramos nosotros tres. No había hermanos mayores a los que molestar ni hermanos pequeños a los que atormentar.

—Vale —dice James, colocando todas las piezas en el centro del tablero—. A la de tres. Tres, dos… ¡Cooper!

34
JAMES

Llevo a Bex a la cama después de la medianoche.

Está un poco achispada, con el aliento oliéndole a crema de *whisky*, las mejillas sonrojadas y la boca floja. Yo también; cuanto más jugábamos, más Baileys le echábamos a nuestros chocolates calientes. Cooper consiguió una victoria totalmente improbable después de que Seb y Bex quebraran uno detrás de otro, lo que ocurrió horas después de que mis padres nos dieran las buenas noches.

Bex se ha integrado perfectamente en la familia, como ya me imaginaba. Mi madre la adora. Y, cuanto más tiempo pase mi padre con ella, más la querrá también. Sé que no soy nada imparcial, pero es imposible resistirse a ella.

La siento en la cama con cuidado y le quito el jersey para que no pase calor mientras duerme. Murmulla una queja y me busca cuando me separo de ella para doblarlo y dejarlo sobre el escritorio. Sus calcetines peludos tienen unos pequeños pingüinos con gorros de Papá Noel. Son casi tan adorables como los pendientes con forma de árbol de Navidad que llevaba hoy.

—Vamos a dormir —murmuro, pasándole una mano por el pelo enmarañado—. Si no, Papá Noel no vendrá esta noche.

Me acaricia la mandíbula.

—Algún día se lo dirás a nuestros hijos.

—Bex —digo con impotencia. Joder, es tan guapa que me duele el pecho. Esos preciosos ojos marrones me miran en sueños, y cada día me despierto dando gracias por poder verlos de verdad.

—Te quiero —susurra, tan bajo que por un momento creo que me lo he imaginado.

Pero sigue mirándome con los ojos llenos de confianza y sé que lo ha dicho de verdad.

—Joder, yo también te quiero. —La estrecho entre mis brazos y le meto una mano entre la cabellera. Ella me clava las uñas en la espalda. Nos quedamos así un buen rato, compartiendo nuestras respiraciones. Cuando me aparto, tiene una lágrima en la mejilla. Se la seco con delicadeza y luego le doy un beso.

—Enséñame cuánto me quieres —dice—. Por favor, James. Enséñamelo.

Se quita la camiseta y la deja a un lado, tras lo que empieza a temblar. La subo por la cama y nos metemos bajo las sábanas. No puedo dejar de besarla; cada vez que mis labios rozan su piel, ella me anima a continuar en susurros.

«Te quiero». Las palabras se repiten en mi mente y en mis labios mientras nos frotamos el uno contra el otro. «Te quiero». «Te quiero». Lo repito tantas veces que me quedo sin aliento. Se ríe sobre mi cuello mientras me besa, moviéndose conmigo en la quietud del dormitorio. Soy consciente de que no estamos solos; de que, aunque lo parezca, no estamos solos en el mundo. Pero, en este momento, parece que así sea. Estoy en la casa de mi infancia, rodeado de la familia a la que protegería con mi vida, pero nunca me había parecido tan real, tan perfecta, tan *hogar*. No hasta ahora. No hasta que apareció Beckett.

Si solo pudiera escoger a una persona a la que conocer y amar el resto de mi vida, sería ella sin duda.

Seguimos abrazados cuando oigo que su respiración empieza a calmarse. Le doy un beso en la frente y me separo de ella. Se gira hacia mí, bosteza y acurruca la cabeza en mi pecho.

No, no estamos solos en el mundo, pero ahora mismo, bajo las sábanas, parece que estamos en un mundo propio.

—Algún día se lo diré a nuestros hijos —susurro. Mi corazón se acelera al pensarlo—. Porque soy tuyo, para siempre.

35

BEX

Resulta que la mañana de Navidad es mucho más divertida cuando estás en una casa llena de gente y el chico que tienes al lado en la cama te ha dicho que te quiere... y que es tuyo. James debió de pensar que estaba dormida cuando me lo dijo, pero lo escuché cuando estaba entre despierta y dormida. Me he pasado toda la mañana acurrucada en el sofá con él, viendo cómo su familia abría los regalos mientras sonaba de fondo música navideña, y, entre bromas y risas, no he dejado de sonreír. Los hermanos de James fueron muy detallistas regalándome un pequeño trípode y un libro de fotografía de Annie Leibovitz. A James le encantó la bolsa de deporte de cuero con sus iniciales grabadas que le regalé; enseguida le envié un mensaje a Laura para agradecerle que me hubiera ayudado a escogerla.

James me pone una cajita azul en las manos.

—Toma, princesa.

Levanto la vista y me sonrojo, como cada vez que oigo el cariñoso apodo. Tiene un brillo en los ojos que me hace temer al instante que se haya gastado demasiado dinero. Reconozco el tono azul de la cajita; dudo que haya una sola mujer en todo el país que no lo haga. Cuando la abro, caen sobre mi regazo un par de pendientes con forma de balón de fútbol americano. Son adorables, pero estoy demasiado absorta en el precioso par de aros de diamantes que hay encajados en el terciopelo de debajo.

—James, esto es... Esto es demasiado.

—¿Te gustan?

Asiento con la cabeza y toco uno de los aros con el dedo. Es tan delicado... Son perfectos; lo bastante grandes para que se vean, pero no ostentosos. No quiero ni pensar cuánto le habrán costado, sobre todo después de que me regalara la cámara.

—Entonces eso es lo que importa.

—Eres un encanto. —Saco uno de los aros del terciopelo y me lo pongo—. ¿Lo ayudaste a escogerlos, Izzy?

—No —dice ella—. Ha sido cosa suya. Desapareció en Tiffany's durante una hora. El *día* de Izzy.

Lo beso en la mejilla mientras me pongo el otro.

—Gracias. Aunque esto significa que no tendrás que comprarme otro regalo nunca más.

Me vibra el teléfono en el regazo. Contesto de forma distraída; antes he intentado llamar a mi madre para desearle feliz Navidad y no me ha atendido.

—Hola, mamá. Feliz Navidad...

—Bexy, sabía que contestarías.

La voz de Darryl me detiene en seco. Me levanto, murmurando una disculpa a James, a su familia, a la sala en general..., no sé. Apenas puedo tragar saliva. Parece como si tuviera el corazón en la garganta.

—Sí, su casa es preciosa —digo en voz alta, para que James no me siga—. James me ha regalado los pendientes más bonitos del mundo. Te enviaré una foto por mensaje.

De algún modo, consigo llegar al cuarto de baño. Cierro la puerta y me dejo caer en ella.

—Darryl, ¿qué cojones estás haciendo?

—¿Estás con él? —Resopla—. Debería haberlo adivinado. Sigues tirándotelo por todo lo que te puede comprar.

—¿Qué quieres?

—¿Eso es lo que necesitas, nena? ¿Una mansión y unos pendientes? No pensaba que fueras tan superficial.

—Voy a colgar.

—Espera. —Percibo una genuina emoción en su voz, así que no cuelgo. Joder, ¿por qué me llama en Navidad?—. Quiero saberlo.

—¿Saber qué?

—¿Por qué él? —Hace una pausa, respirando de forma agitada—. ¿Por qué escogiste a ese imbécil?

—No sabes de lo que estás hablando. —Resisto el impulso de corregirlo sobre Sara. No tiene derecho a conocer esa información y tampoco quiero que sepa que discutí con James por ello—. Y no es ningún imbécil; es mi novio y tu compañero de equipo, y tienes que dejarme en paz de una puta vez.

—Nunca quisiste conocer a mi familia. Ir a casa de mis padres. Tuve que obligarte a cenar con ellos. La única vez que intenté hacer algo jodidamente bonito por ti comprándote una de tus ridículas fotografías, no me dejaste hacerlo.

Cierro los ojos.

—¿A quién le importa, Darryl? Fue hace un año.

—Sé que la cagué cuando te engañé —dice—. Pero no voy a dejarte marchar.

—Tienes que hacerlo.

—No.

—Decir eso no...

—¡No! —me espeta. Su voz atraviesa la línea telefónica como un relámpago—. No me digas que no, joder.

Respiro hondo. Estoy temblando aunque él no esté aquí. Está en Boston con su familia. Yo estoy en Long Island. Hay varias horas de distancia entre nosotros; el maldito estrecho de Long Island nos separa. Pero su voz es tan potente que, durante unos segundos, tengo que resistir el impulso de echar una mirada para comprobar si está aquí.

—Bexy —dice con voz temblorosa, aunque más suave ahora—, te echo de menos. Yo aún...

Me quedo callada un momento.

—Darryl, ya no estamos juntos.

—Eres la única que he...

—Deja de llamarme —lo interrumpo, aterrada por lo que vaya a decir. No puedo oír esas palabras de su boca. Ni ahora ni nunca. Y mucho menos cuando James acaba de decírmelas.

—¿No quieres saber lo que tengo que decirte?

Cuelgo. Vuelve a llamar al instante y, cuando salta el buzón de voz, vuelve a hacerlo. Bloqueo su número, temblando tanto que no acierto el botón en los dos primeros intentos. Tiro del retrete, por si hay alguien esperando en el pasillo, y corro al lavamanos para echarme agua en la cara.

Me veo lo bastante bien para regresar a la fiesta. Me retoco uno de los pendientes. James se preguntará a dónde he ido.

Pero, cuando salgo, Richard me está esperando.

—Bex —dice—, ¿cómo está tu madre?

—Mmm... Bien. —Me pongo más erguida. Nunca he estado a solas con Richard y, después de la conversación que acabo de tener con Darryl, estoy muy nerviosa. Sé que no me quiere, pero si él cree que sí, eso me incomoda más de lo que me gustaría admitir—. Gracias por preguntar. Deberíamos...

—Quieres a mi hijo —asevera Richard. No es una pregunta. Asiento con la cabeza.

—Y estás de acuerdo con que está destinado a algo grande.

Nunca había oído a nadie usar esa expresión en serio. Pero no es que esté mintiendo, así que vuelvo a asentir.

—Tiene mucho talento.

Mi respuesta hace que Richard se relaje un poco. Se mete las manos en los bolsillos y se apoya en la pared. Esta mañana ha bajado con un mullido jersey que tiene bordado un árbol de Navidad y el contraste con su expresión seria me está poniendo histérica.

—Me gustas, Beckett. Creo que tienes una buena cabeza sobre los hombros. Admiro el sentido práctico.

—Gracias.

—Y quiero hablarte de un asunto práctico. —Sus ojos, tan parecidos a los de James, me miran de arriba abajo. Me estremezco. No sé cómo James y sus hermanos soportaron que los mirara así cuando eran pequeños—. No tengo ningún problema con que salgas con él. De hecho, creo que has sido una buena influencia. En un mundo ideal, te quedarías en su vida durante mucho tiempo. Pero ambos sabemos que lo más importante es que cumpla su destino, ¿verdad?

Debe tener la oportunidad de convertirse en la leyenda que puede llegar a ser.

Asiento con la cabeza.

—Sí. Es todo lo que quiero para él.

—Bien. Entonces estamos de acuerdo. —Ladea un poco la cabeza—. Todo lo que te pido es que no pongas eso en peligro. Si mi hijo se preocupa por ti, te pondrá en primer lugar. Nunca hará eso consigo mismo. Y eso es exactamente lo que tiene que hacer ahora. —Da un paso hacia mí—. Cualquier problema que tengas, cualquier cosa que te lleve a conversaciones telefónicas como la que acabas de tener, no se lo digas. No lo conviertas en su problema. Ahora no. ¿Lo entiendes?

Tiene razón. Cuando hubo el problema de la cafetería, James casi se peleó por venir conmigo. Si supiera lo de Darryl, haría algo de lo que se arrepentiría después.

—Lo entiendo.

—Bien. —Alarga la mano y me aprieta el hombro—. Y, Bex, déjame darte un consejo.

Lo miro. Tiene una expresión seria, pero dulce a la vez. Casi paternal. Hacía años que no me miraban así.

Odio cuánto me afecta.

—Esto también vale para la cafetería. Piénsatelo bien antes de encargarte de ella. Porque James no decidirá en qué equipo acabará jugando.

—Lo sé.

—Él te sería fiel, pero ¿sería lo mejor para los dos? Piénsatelo.

Me da otro apretón en el hombro antes de sonreír y regresar al estudio, dejándome sola en el pasillo.

Me froto los ojos, respiro hondo y me obligo a moverme.

Pero, en lugar de eso, miro el teléfono. Desde que bloqueé el número de Darryl, no tengo ni idea de si ha dejado de llamarme. Me arriesgo y lo desbloqueo; luego le envío un mensaje de texto que no consigue reducir mi ritmo cardíaco o aliviar la tensión de mis hombros.

«Hablemos antes del partido».

36

BEX

Si alguien me hubiera dicho antes de que empezara el semestre que el dos de enero estaría en Atlanta viendo a mi novio jugar en el campeonato nacional de fútbol americano universitario, habría exigido saber cómo había podido volver con Darryl.

Pero estoy con James.

Cuando lo besé en aquella fiesta no me imaginaba que tendríamos un futuro juntos. Enamorados el uno del otro. Que estaría apoyándolo en el momento más importante de su vida, con mi cámara colgada del cuello porque estaría usando mi pase de prensa para hacer fotografías durante el partido.

También podría ser este el momento más importante de mi vida. Solo necesito sacarme de encima esta conversación con Darryl.

Creo que será inútil intentar razonar con él, pero tengo que intentarlo. Tuvimos una relación, pero lo único que ha estado haciendo es ensuciar el recuerdo. Quizás haya algo que pueda decirle para que entienda de una vez por todas que no quiero que me envíe mensajes, ni que me llame, ni que me busque en el campus, y que no tengo ninguna intención de volver con él.

Lo encuentro en el pasillo que hay cerca de los vestuarios. Todavía falta un rato para el partido, así que aún no se ha puesto el uniforme y tampoco se ha pintado las dos rayas negras en los pómulos. Se pasa una mano por el pelo, que está más corto que la última vez que lo vi, y me dedica una sonrisa que no es genuina. ¿Sonreía de otra manera cuando yo le gustaba o es que no me daba cuenta?

—Bexy.

Suspiro. Es inútil intentar que deje de llamarme así.

—Darryl, ¿estás listo para el partido?

Alarga la mano y tira de mi pase de prensa.

—¡Vaya! Mírate.

Me echo un poco hacia atrás.

—Tienes que dejar de hacer esto.

—¿Hacer qué? —dice—. ¿Tratar de recuperar a mi novia?

—Sí. —Cruzo los brazos sobre el pecho. Llevo puesta la camiseta de James y, aunque sé que no me ayuda mucho ahora, espero que al menos le moleste—. Renunciaste a eso cuando me engañaste.

—Y ya te dije que fue un error. El peor error de mi vida.

—Bien. Díselo a la próxima persona con la que salgas.

Empiezo a marcharme, porque cuanto más tiempo estoy con él más incómoda me siento, pero, como en el partido de Penn State, me acorrala. Miro nerviosa a mi alrededor para ver si hay alguien. Ha sido un riesgo quedar con él por donde también está James, pero no quería que pareciera secreto.

No le tengo miedo; aparte de aquella vez en la cafetería, no ha intentado tocarme de nuevo. Simplemente no está acostumbrado a perder algo que quiere y, por desgracia, ese algo sigo siendo yo. Le dirijo lo que espero que sea una sonrisa tranquilizadora y le pongo la mano en el brazo.

—Darryl, tú no me quieres. Antes de conocer a James ya habíamos roto.

—Corta el rollo —dice con tono seco—. Me dejas y, en cuanto me doy vuelta, ¿empiezas a salir con él? Te quiero, Bex. ¿Sabes cuánto me duele veros juntos?

—¡Si realmente me quisieras, no me habrías engañado! —No puedo evitar levantar la voz—. Yo seguí adelante y tú también tienes que hacerlo. Deja de hacerte el encontradizo en el campus. Deja de venir a mi trabajo. Deja de llamarme. Simplemente déjalo.

—Sé que estabas mintiendo cuando decías que estabas saliendo con él —dice.

Me obligo a no reaccionar, aunque sus palabras me hacen sudar. El trato que hicimos James y yo parece muy lejano, pero así es como empezó todo esto.

—¿Qué?

—Tal vez no mientas ahora, pero lo hiciste al principio, y me hiciste quedar como un maldito idiota.

Trago saliva.

—Me preocupaba mucho por ti. Y sigo queriendo que seas feliz. Pero no vas a serlo conmigo.

Sacude la cabeza.

—Deja de decirme que no.

—Darryl…

—Rompe con él.

Me río con incredulidad.

—No me estarás pidiendo eso en serio.

—Rompe con él o le contaré a todo el mundo la verdadera razón por la que dejó la LSU. —Se me acerca y el corazón se me sube a la garganta. Me recuerdo a mí misma que no estamos solos, que en cualquier momento pasará alguien, y que no tengo que ceder a sus ridículas exigencias solo porque él crea que aún me quiere. Sé que nunca me ha querido de verdad, tan solo una versión de mí, la de la novia buena y comprensiva que ama a su novio futbolista. Yo no podía darle eso, pero se lo he estado dando a James toda la temporada, y ahora me está pasando factura—. Me echas de menos, cariño, sé que lo haces.

Se acerca y me da un beso. No me aparto lo bastante rápido y me quedo paralizada mientras sus palabras resuenan en mi mente. Profundiza el beso mientras me agarra del pelo con una mano y me obliga a separar los labios. Intento subir las manos para empujarlo en el pecho, pero como él es tan grande no consigo nada. Le doy un fuerte pisotón y se separa de mí maldiciendo.

—¡Joder, Bex!

—¡Eres un gilipollas! —grito, intentando mantener la voz lo más baja posible por si hay alguien cerca—. No voy a romper con él. Tienes que dejarlo de una puta vez.

Me mira fijamente, con la mandíbula tensa. En cuanto se mueve (no sé si para pegarme o para volver a besarme, pero no quiero saberlo), salgo corriendo hacia la puerta que hay abierta al otro lado del pasillo. Me encierro dentro de lo que parece ser un armario de material. Me dejo caer en la puerta, zumbándome los oídos, y me limpio la boca.

—Ey, Darryl.

Joder, reconocería esa voz en cualquier parte.

—Callahan —le oigo decir—. ¿Listo para el partido?

Dejo de respirar. Parece muy afectado por lo que acaba de pasar, aunque no parece que vaya a pegarle a James. Pero si James se da cuenta de algo… No puedo pensar en ello siquiera. Cruzo los brazos con fuerza, resistiendo el impulso de abrir la puerta de golpe e ir directamente hasta el pecho de James. Este es exactamente el tipo de cosas con las que le dije a Richard que no lo molestaría y, si me ve ahora, sabrá al instante que algo va mal.

Un sollozo sale de mi garganta. Me tapo la boca con una mano. Tiemblo y las lágrimas empiezan a correrme por las mejillas.

—Sí —dice James—. El entrenador está teniendo una charla en el vestuario. Hay que empezar a ponerse el uniforme.

—Vamos entonces.

Escucho en silencio hasta que sus pasos se desvanecen.

Luego me seco las lágrimas y compruebo si se me ha corrido la máscara de pestañas. Después de todo, es casi la hora del partido. No puedo flaquear ahora y darle a Darryl esa satisfacción. Y lo que es más importante: no puedo arruinarle el partido a James.

37

JAMES

Si le preguntas a cualquier jugador de fútbol americano cuáles han sido los partidos más importantes de su carrera, te dirá que todos los partidos son importantes. Eso es verdad hasta cierto punto (nunca dejaré de entregarme al cien por cien), ya que algunos partidos son más importantes que otros.

A veces se trata de un partido muy esperado a principios de temporada o de un partido de liga donde hay una gran rivalidad. Otras veces es el campeonato.

Hoy es una de esas veces.

Justo después de Navidad, me fui a Atlanta para prepararme con el equipo. El entrenador Gómez está muy nervioso y no lo culpo; es la primera vez que el McKee llega tan lejos desde que es entrenador en jefe. Los otros veteranos del equipo han estado tan callados como yo estos dos últimos días, meditando sobre el que será nuestro último partido universitario, ganemos o perdamos. Algunos de estos chicos acabarán en la NFL, como Sanders y yo, pero muchos otros no. Para algunos de ellos, este es el último partido de fútbol que van a jugar, y punto.

Y necesito llevarlos a la victoria.

Descruzo las piernas y me levanto, limpiándome las manos.

El suelo del gimnasio no es el espacio de meditación más agradable del mundo, pero me funciona para lo que necesito cuando me pongo los auriculares con cancelación de ruido. En este momento, un millón de pensamientos rondan por mi cabeza exigiendo atención, y no tengo tiempo para nada que no esté relacionado con la estrategia de juego. Es la pura verdad.

Miro el reloj. Falta una hora para el partido.

Además de jugarse en Atlanta, el partido es un lunes por la noche, en horario de máxima audiencia. Jugamos contra el Alabama, pero eso no me asusta.

Puedo hacerlo. El equipo es bueno y hemos funcionado a todos los niveles, sobre todo en los dos últimos partidos. Podría describir las jugadas con los ojos cerrados. He visto tantos partidos de temporada del Alabama que puedo detectar sus movimientos defensivos en pocos segundos. Y es lo que voy a tener que hacer para ganar.

Bo me mira mientras paso con la esterilla de yoga enrollada bajo el brazo.

—El entrenador entró mientras tenías los auriculares puestos. Tendremos una charla en unos minutos.

Asiento, dándole una palmada en el hombro.

—Gracias. —Nos miramos durante un largo instante—. Te lo agradezco, hombre. Has estado increíble toda esta temporada.

—Tú tampoco has estado mal —dice con una sonrisa ladeada—. Vamos a llevarnos este puto trofeo a casa.

—Así es. —Las palabras encienden un fuego en mi vientre. Respiro hondo—. Sesenta minutos más.

—Sesenta minutos más.

Mientras me dirijo al pasillo, compruebo si tengo mensajes en el teléfono. Mi familia me ha enviado uno deseándome buena suerte; todos han venido a ver el partido, claro. Hace un par de días, ESPN nos hizo una entrevista especial a mi padre y a mí como parte de su cobertura previa al partido del campeonato, y el orgullo que destilaba su voz me puso la piel de gallina. Tenían imágenes de cuando yo era pequeño y jugaba al fútbol americano con siete, diez o doce años, y mi madre les dio fotos mías con los distintos uniformes que he llevado para que hicieran un montaje con ellas. Algunas eran un poco embarazosas, pero la mayoría eran divertidas. El único momento incómodo fue cuando el entrevistador me preguntó por mi vida amorosa y mencionó a Sara. Desvié la conversación hacia Bex y le dije que estaría en la banda haciendo fotos del partido, así que fue genial.

Pero me pregunto si Sara estará frente al televisor esta noche. No me he puesto en contacto con ella; sus padres me pidieron que no lo hiciera y lo he respetado. Pero me gustaría poder enviarle un mensaje y asegurarme de que está bien.

Darryl dobla la esquina, silbando.

—Hola, Darryl.

—Callahan —dice—. ¿Listo para el partido?

—Sí. El entrenador está teniendo una charla en el vestuario. Hay que empezar a ponerse el uniforme.

—Vamos entonces. —Lo sigo por el pasillo—. ¿Bex está aquí?

—Sí —digo con recelo—. Es una de los estudiantes fotógrafos; estará en la banda.

—¿De verdad? —Empuja la puerta de la habitación de la derecha—. Me alegro por ella.

Entrecierro los ojos. Suena demasiado impertinente para mi gusto. Con un poco de suerte, se dará cuenta de que Bex ya no está en el mercado y no lo estará por un tiempo.

—Sí —digo mientras nos reunimos con el resto de los chicos en el centro del vestuario—. Estoy deseando celebrarlo con ella más tarde.

No puedo esperar a salir al campo y jugar este puto partido, pero ver a Bex cuando haya acabado será increíble. En cuanto aseguremos la victoria, iré a abrazarla en la banda y la besaré hasta dejarla sin sentido. Solo pensarlo me dan ganas de salir corriendo al campo.

El entrenador da unas palmadas cuando nos hemos reunido todos.

—Caballeros, habéis recorrido un largo camino para llegar hasta aquí. Tomaos un momento para asimilarlo.

La mayoría de los chicos bajan la cabeza, pensando o rezando; algunos se balancean en su sitio y otros cierran los ojos. Yo también lo hago, visualizando el momento exacto en el que el árbitro pitará el final del partido. El estadio enloquecerá y mis compañeros se me tirarán encima, pero no lo celebraré hasta que encuentre a mi cabezota y maravillosa novia. Tenerla en la banda como fotógrafa, además de ser genial para ella, es una ventaja para mí. La veré mucho antes que cualquiera de los otros chicos verá a su pareja.

Me imagino la escena: el confeti, la prensa corriendo hacia nosotros, Bex metiéndose en la conversación cuando estoy hablando con el entrevistador de ESPN. Mis compañeros de equipo abrazándome. Los chicos del Alabama felicitándome mientras les digo que han jugado a tope. El momento en que mi familia baja al campo para felicitarme; la forma en que mi padre me estrecha la mano antes de abrazarme. Incluso me imagino cómo me encaja la gorra de campeón en la cabeza y el peso del trofeo mientras lo sostengo con las manos. Utilizo a menudo esta técnica de visualización, pero nunca había profundizado tanto en ella.

No quiero dejar nada al azar. Voy a ganar este partido contra viento y marea.

Al cabo de un minuto, el entrenador se aclara la garganta y abro los ojos.

—Estoy orgulloso de todos vosotros —dice, mirándonos uno por uno. Su mirada se detiene en mí y sus labios esbozan una media sonrisa. Sé que he superado sus expectativas esta temporada. Se arriesgó aceptándome después de todo lo que había pasado en la LSU y ha merecido la pena tanto para él como para mí—. Y estaré orgulloso tanto si ganáis como si perdéis. Habéis jugado una gran temporada y nadie puede quitaros eso. No importa el resultado de este partido, no importa lo que hagáis en el futuro: *ya* lo habéis conseguido. Os habéis esforzado al máximo y habéis jugado con el corazón. Me habéis hecho el trabajo muy fácil, caballeros.

Todos nos reímos un poco. Percibo la energía que hay en el vestuario, la expectativa, la emoción. Hemos jugado toda la temporada en un magnífico escenario, pero ninguno de los otros partidos de la postemporada puede compararse con este.

—Salgamos ahí fuera y consigamos la última victoria —dice—. Sabemos jugar, conocemos a nuestro rival, tenemos un plan y vamos a ceñirnos a él. ¿Callahan?

Doy un paso adelante.

—¡Jodido campeón Heisman! —dice Demarius mientras Fletch silba.

—¡Este es nuestro hombre! —grita alguien en la parte de atrás.

Sonrío, sacudiendo la cabeza.

—Chicos, hagámoslo de una puta vez.

El equipo estalla en vítores. El entrenador me sacude el hombro y empieza un cántico que rápidamente se extiende por todo el vestuario. Es tan fuerte que cualquiera diría que ya hemos ganado; apenas oigo al entrenador cuando grita que es hora de ponernos el equipo.

Me meto los dedos en la boca y silbo para callar a todo el mundo.

—¡El entrenador ha dicho que lo demos todo! —grito—. ¡Vamos a bailar un poco de *rock and roll*!

—Como si no estuvieras a punto de destrozar a Lady Gaga —dice Bo, y los chicos se ríen a carcajadas. Le hago una peineta mientras me dirijo a mi taquilla. Alguien pone el *mix* del equipo, una energética mezcla de pop, rap y hip hop, y nos reímos ruidosamente mientras gritamos por el vestuario y nos preparamos para irnos.

Me quito el reloj, lo guardo en la taquilla y cojo el casco. Golpeo dos veces la puerta metálica, como hago desde que estaba en noveno curso.

Estoy listo.

Solo queda hacer un buen partido.

38

JAMES

Grito varias órdenes mirando el reloj mientras nos alineamos de nuevo. Queda menos de un minuto para el descanso. Llevamos todo el partido abriéndonos paso con largos *drives** y consiguiendo primeros intentos, y hemos tenido la recompensa de varios *touchdowns* y un gol de campo. Pero el Alabama nos sigue de cerca y otra anotación significaría que nos iríamos a la segunda mitad con una jugada de dos anotaciones. El Alabama tendrá la posesión del balón cuando empiece el tercer cuarto, así que anotar aquí es esencial para nosotros.

Estamos en el tercer *down*, sin embargo, y necesitamos un primero para seguir optando a un *touchdown* en el lanzamiento que tenemos entre manos.

Escudriño el campo, recolocando rápidamente a un par de mis hombres, y luego me pongo en posición para el *snap***. Hago ver que vamos a correr por el centro, lo que me deja un carril libre a la derecha. Finjo que voy a pasar el balón, me lo coloco bajo el brazo y salgo corriendo para conseguir un primer *down*.

Me paso la lengua por los labios mientras el entrenador me da la señal para que haga la siguiente jugada. Con una nueva serie de intentos, tenemos más opciones.

A continuación, una carrera por el centro del campo. Luego un pase corto con el que conseguimos un par de yardas. Intentamos llegar a

---

* Serie de jugadas ofensivas que un equipo ejecuta para mover el balón por el campo y anotar puntos. (N. de la T.)
** Un *snap*, «pase inicial» o simplemente «pase» da comienzo a todas las jugadas desde la línea de *scrimmage* en el fútbol americano. (N. de la T.)

la zona de anotación, pero sale desviado. Vuelvo a mirar el reloj y el entrenador me dice que siga adelante. Tenemos tiempo para intentar un pase más antes de que vayamos a por el gol de campo.

Veo que Darryl se coloca en la zona de anotación, quitándose de encima una cobertura hombre a hombre, y le lanzo el balón. Va un poco alto, pero él salta y lo atrapa con una mano, llevándoselo al pecho antes de caer al suelo.

—¡Joder, sí! —grito, levantando el puño mientras corro hacia él. Ahora podré respirar aliviado antes del descanso. Se acerca sonriente, abordado por un par de chicos, y baila un poco en la zona de anotación. Alargo la mano, le doy un medio abrazo y le palmoteo la espalda.

Solo quedan un par de segundos para el descanso, así que el Alabama opta por dejar correr el reloj, contando seguramente con esa primera posesión para la siguiente mitad del partido. Pero no estoy preocupado. Confío en mi defensa.

No he buscado a Bex en la banda para evitar distracciones mientras jugaba, pero ahora la veo saludándome con la mano. Le devuelvo el saludo con una sonrisa. Estoy seguro de que ha estado sacando unas fotos increíbles del partido, pero lo que de verdad espero es que lo haya disfrutado. Si así se da cuenta de que debería dedicarse a esto, me daré por satisfecho.

Darryl se me acerca mientras nos apresuramos hacia el túnel que lleva a los vestuarios.

—Lanzaste un poco alto, Callahan.

—Bueno, hiciste una recepción increíble —digo con sinceridad—. Te has lucido.

—Sí —dice—. Estoy seguro de que a Bex le habrá gustado.

Casi tropiezo. ¿Qué cojones está haciendo, hablando de mi chica otra vez? Primero sobre el pase de prensa y ahora esto. Bex no lo ha mencionado en mucho tiempo, así que yo he hecho lo mismo, dejando atrás los malos recuerdos. Darryl y yo nos llevábamos bien, o eso pensaba yo al menos hasta hace dos segundos. Aunque estoy sudoroso, siento unas punzadas en la nuca como si tuviera frío.

—Oye —digo, apartándolo de los demás antes de que entre en los vestuarios—, ¿intentas decirme algo?

—Eso depende —contesta—. ¿Qué crees que debería decirte?

—Nada —digo con tono seco—. Nada sobre Bex. No es tuya, imbécil. Hace meses que no lo es.

Se encoge de hombros, con una sonrisita exasperante en los labios.

—Vale. Lo que tú digas.

No sé qué cojones está insinuando, pero el entrenador me llama y no puedo desobedecer, así que le lanzo una mirada asesina a Darryl antes de irme. Hay algo en su sonrisa que no me gusta. Si se le ocurre mirar a Bex, vamos a tener un problema.

Me seco la frente sudorosa con una toalla mientras escucho al entrenador repasando el partido hasta ahora y estableciendo el plan para la segunda parte. Es un momento importante y tengo que concentrarme al cien por cien. Pero no puedo evitar mirar a Darryl de vez en cuando.

No tiene motivos para desconcentrarme durante el partido; estamos en el mismo bando. A menos que me odie. Pero yo no le robé a Bex. La perdió él solito.

Me tenso cuando menciona a Bex, pero no me giro. Ni siquiera cuando oigo la palabra «beso».

—Sí —continúa—. Sigue siendo una cachonda. Le di solo un beso y ya me estaba pidiendo más.

Aprieto los puños con fuerza. Me zumban los oídos, pero oigo las palabras que dice a continuación, claras como el puto día.

—Siempre ha sido una zorra. Ha estado con Callahan todo el semestre, pero la estoy recuperando.

Todo mi mundo se condensa en un punto diminuto, con esas feas palabras resonando en mi cabeza.

La besó. La besó, joder. ¿Cuándo? ¿Cómo? Y, si es así, ¿por qué me estoy enterando por él?

—¿James? —dice el entrenador Gómez. Me aprieta el hombro, un gesto que suele tranquilizarme, pero ahora mismo quiero sacarme su mano de encima—. ¿Estás bien, hijo?

—Disculpa —digo con firmeza—. Dame un segundo.

Quiero lanzar a Darryl contra las taquillas y romperle la puta nariz, pero de algún modo consigo pasar a su lado y salir de los vestuarios. Bex está de pie junto a la puerta, justo donde la vi cuando entré, y odio ver cómo se apaga la bonita y emocionada expresión de su cara cuando me ve.

—¿James? —dice ella—. ¿Qué pasa?

—¿Te besó?

Su silencio sería respuesta suficiente, pero su labio inferior empieza a temblar y se me hiela la sangre cuando me doy cuenta de que está a punto de llorar. Cierro los ojos durante un largo instante, intentando calmar mi corazón desbocado.

—Voy a matarlo, joder.

—Espera —dice, agarrándome la mano—. Tranquilízate.

—¿Lo hizo?

—Sí, pero…

—¿Pero qué? —la interrumpo. La rabia que me sacude alcanza su punto álgido cuando me doy cuenta de que es verdad—. ¿Pero qué? Te tocó sin tu consentimiento, porque sé que por mucho que presumiera ahí dentro, tú no quisiste. ¿Te hizo daño?

Se da la vuelta.

—No hablemos de esto ahora. Aún tienes que jugar la segunda parte.

—¡A la mierda el partido! —Le giro la cara para que me mire. Necesito ver en sus ojos que no está mintiendo y que se encuentra bien. Que no hizo nada peor que besarla. Parpadea y sus ojos se llenan de lágrimas. La estrecho entre mis brazos y le sujeto la nuca con una mano—. Dime qué te hizo.

Solloza sobre mi hombro y el sonido se me clava entre las costillas como si fuera una bala.

—Lo siento. Yo solo… Ha estado insistiendo para hablar conmigo y quedamos antes de que empezara el partido. Cuando intenté decirle que me dejara en paz, me besó a la fuerza. —Se echa hacia atrás y me mira mientras se abraza a sí misma por la cintura. Tiene los ojos muy abiertos y, mientras evita otro sollozo, me doy cuenta de que no solo está enfadada, sino asustada. Ese cabrón la ha *asustado*—. Ya está. Estoy bien.

—Claro que no —gruño. Vuelvo a abrazarla, esta vez con más fuerza, colocando mi cara sobre su pelo. Vuelve a sollozar y la siento temblar contra mi pecho—. No tienes que fingir que estás bien.

En cuanto tenga a Darryl a solas, deseará no haber nacido.

—Tienes que acabar el partido —susurra.

Sé que tiene razón, pero de ninguna manera voy a dejarla en ese estado.

—Estás temblando como una hoja, nena.

Frota su mejilla contra mi hombrera. Puedo sentir cómo intenta controlar la respiración, pero no lo consigue; inspira y el aire se convierte en otro sollozo. Pasan un par de personas y yo las alejo apretando los dientes. Nos quedamos así un minuto, abrazados con fuerza. Protejo su cuerpo con el mío para que, cuando pase alguien más, no la vea llorar, aunque cada ruidito que hace me duele en lo más profundo.

—Te quiero —susurro.

—Lo siento —dice finalmente, tan bajo que casi no lo oigo—. Lo siento mucho.

—No es culpa tuya.

Ella sacude la cabeza.

—Tienes que irte. Es casi la hora, ¿verdad?

—Lo más probable. —Me aparto mientras le acaricio la cara—. ¿Estás bien para regresar ahí fuera?

Se frota los ojos con cuidado y asiente.

—Sí —dice, con una voz cargada de emoción que me estruja el corazón—. ¿James?

—¿Sí, princesa?

Duda un momento, como si no estuviera segura de qué decir.

—Yo también te quiero.

39

BEX

Retrocedo cuando un par de tíos se abalanzan contra mí, sin dejar de hacer clic con la cámara. Lo más difícil ha sido esquivar a los jugadores, que a veces no pueden evitar salirse de los límites del campo. Un lanzamiento errado del *quarterback* del Alabama estuvo a punto de darme en la cara en el primer cuarto, antes de percatarme de que tenía que moverme muy rápido para seguirle el ritmo. Uno de los cámaras de ESPN, Harold, me ha ayudado durante todo el partido, dándome consejos para anticiparme a los siguientes movimientos. Aunque es un hombre mayor y delgado como un palo, corre rápido y siempre tiene la cámara preparada para hacer la toma. Es todo un profesional.

Me encanta ver fútbol americano, ¿pero esto? Esto es increíble. El corazón no ha dejado de latirme desde que empezó el partido y, sobre todo, ha sido por la adrenalina que me corre por las venas. Estoy emocionada y nerviosa por James, sí, pero he estado tan concentrada en mi trabajo que a veces me he olvidado incluso de animarlo cuando ha hecho un buen lanzamiento.

Aunque el partido me gustaba mucho más antes de que James descubriera que Darryl me había besado.

Los equipos vuelven a alinearse. Miro el marcador. Es el tercer *down*, así que James tiene que hacer un poco de su magia para mantener la ventaja.

Hace un *snap*, finge un pase y sujeta el balón con fuerza, llevándolo él mismo hasta la zona de anotación y corriendo más allá de la línea que marca su límite. Me ve y me guiña un ojo mientras le devuelve el balón al árbitro. Me sonrojo, mordiéndome el labio mientras le hago un par de fotos con el grupo.

Cuando volvió a los vestuarios, busqué el aseo más cercano y me recompuse. Cuando salí ya tenía un aspecto normal. Si es necesario, puedo ponerme una máscara para ocultar mis sentimientos, y esto no es diferente…; aunque no por ello deja de dolerme el pecho. He estado nerviosa desde entonces, conteniendo la respiración cada vez que James y Darryl interactuaban. Le prometí que no lo distraería y luego lo hice al máximo a mitad del partido.

Solo me queda esperar que pueda quitárselo de la cabeza durante el resto del partido.

Aún no puedo creer que me pusiera a llorar así. Cada vez que lo recuerdo, me pica todo el cuerpo y se me forma un nudo en la garganta de la angustia. Una cosa fue pasar la primera mitad del partido tratando de olvidarme de lo que hizo Darryl. Pero, ahora que James lo sabe, el miedo está a punto de propagarse como un fuego.

Vuelvo a mirar el marcador. Cuando veo los grandes números anunciando que el McKee sigue ganando, 33-30, me tranquilizo. Estamos en el último cuarto y, si James lidera otra ofensiva, estarán mucho más cerca de sentenciar el partido.

Solo que, cuando James intenta hacer otro pase, el balón se le escurre al receptor de los dedos… y cae en las manos de uno de los jugadores del Alabama.

—¡Mierda! —digo en voz baja. Hago un par de fotos de todos modos, pero se me forma un nudo en el estómago. Tendrán una oportunidad para la posesión del balón, pero el partido podría estar empatado para entonces o, incluso, que el Alabama haya anotado un *touchdown*. Echo un vistazo a la banda del McKee mientras los chicos se cambian con la defensa. James se arranca el casco y prácticamente se lanza al banquillo. No ha lanzado muchas intercepciones y, aunque no fue culpa suya, estoy segura de que se siente fatal.

Tal vez no pueda concentrarse porque está pensando en Darryl besándome en lugar de hacerlo en el partido. Si su padre tenía razón y mis problemas los llevan a la derrota…

Se me revuelve el estómago solo de pensarlo.

Y todo empeora cuando el Alabama aprovecha esa intercepción y la convierte en un *touchdown*.

El marcador está 37-33, con menos de un minuto para el final. James tiene tiempo de sobra, pero no basta con un gol de campo; necesitan el *touchdown*. No dejo de recordármelo mientras veo al equipo agruparse para un tiempo muerto y al entrenador de James hablar gesticulando con las manos. Tiempo de sobra. James es totalmente capaz de liderar un *touchdown* bajo esta presión; en el partido anterior, tuvieron que remontar una gran desventaja para empatar y luego acabar ganando.

Empiezan el *drive* con una buena posición en el campo, pero rápidamente acaban en un tercer *down* cuando dos intentos de carrera no llevan a ninguna parte. Entonces James lanza un pase y consiguen un primer *down* para mantener el impulso. Me muevo por la banda con ellos, esquivando a otros jugadores, personal y otros miembros de prensa. El clamor del público a mis espaldas es tan intenso que parece un muro de sonido. Consigo hacer una foto impresionante de Demarius en el instante en que recibe un pase, y otra de uno de los defensas del Alabama lanzándose para intentar atrapar a James, que sale corriendo justo a tiempo.

Se colocan en una buena posición para enviar el balón a la zona de anotación, pero entonces una estúpida penalización los hace retroceder quince yardas. Me dejo la cámara colgando del cuello y me clavo las uñas en los antebrazos mientras James grita a los chicos que se coloquen en posición. Es solo un segundo *down*, así que tienen un par de oportunidades, pero apenas tienen tiempo para lograrlo. Un puñado de segundos en el fútbol americano significa que tienen tiempo para hacer dos, tal vez tres jugadas.

En lugar de intentar la carrera (jugada con la que no han tenido hasta ahora demasiado éxito), optan por hacer un pase, pero este es interrumpido en la zona de anotación gracias a una buena cobertura hombre a hombre.

Tercer *down*.

Vuelven a intentarlo. Mismo resultado.

Mi estómago, que ha estado hecho un nudo durante todo el partido, se tensa tanto que casi me duele. Estoy sudando por todo mi cuerpo; debajo de los brazos, en la frente, por la espalda. Me meto las manos bajo las axilas, acercándome al campo todo lo que puedo. El público es tan ruidoso como siempre; los seguidores del Alabama se mueren de ganas de empezar a celebrarlo y los seguidores del McKee están tan angustiados como yo. Me pregunto dónde estará sentada la familia de James, aunque probablemente en uno de los palcos. Todos han venido para ver el partido (la noche anterior cenamos en un restaurante de lujo) y, sin embargo, solo puedo pensar en Richard Callahan con su expresión intensa de siempre concentrado en esta última jugada.

Cuarto *down*.

Faltan dos segundos.

O marcan un *touchdown* y ganan el partido, o lo pierden.

—¡Vamos, James! —grito; mi voz no se oye en absoluto, pero de alguna manera, él me oye. Apenas puedo verle la cara con el casco puesto, pero sé que me está viendo.

Me ve.

Antes de conocerlo no creía en el amor, o no del todo. Yo creía en la idea del amor, en que podía herir a las personas, pero no creía que fuera a sentirlo de verdad o que me lo mereciera. Sin embargo, James me ha demostrado que sí me lo merezco, que merezco a alguien como él, alguien bueno y entregado que hace que mi corazón se acelere cada vez que lo veo. Alguien que me hace sentir que merezco más que la vida a la que me había resignado cuando era adolescente. Alguien que me empuja y me protege y me abraza cuando lloro.

En el instante en que nos miramos en aquella fiesta, vio las grietas de mi armadura, y solo ha intentado cerrarlas desde entonces.

James retrocede, escaneando el campo. Los receptores se abren en abanico, pero el único que se libra de la cobertura es Darryl. De esta manera logra una clara oportunidad de llegar a la zona de anotación; todo lo que James tiene que hacer es cumplir.

Ni siquiera subo la cámara para fotografiar el momento. Quiero ver el segundo exacto en el que James se percata de que acaba de asegurar la victoria, de que ha logrado el objetivo que llevaba persiguiendo toda la temporada.

Lanza el pase, pero el balón pasa justo por encima de la cabeza de Darryl.

El reloj se pone a cero.

Los cámaras se apresuran a pasar por delante de mí para captar el momento. Los atónitos jugadores del McKee, que todavía están en el campo, y cómo estalla en vítores la banda del Alabama. El estadio, que había sido una bonita mezcla de rojo y púrpura, ahora parece carmesí, con los aficionados del Alabama enloquecidos por la victoria. Busco a James, pero no lo veo entre la multitud.

—Siento la derrota. Mal momento para perder su puntería —dice Harold, frunciendo el ceño con empatía antes de pasar corriendo a mi lado.

Sé que debería moverme; no quiero presenciar este momento. No quiero ver a James felicitando al otro equipo por un trabajo bien hecho. Sé que podía haber hecho ese pase; lo he visto hacerlo toda la temporada en momentos decisivos. Darryl estaba receptivo. No es que hiciera el lanzamiento bajo presión; su línea ofensiva mantenía alejada a la defensa del Alabama.

No, no fue un error.

Lanzó alto a propósito.

Lanzó el pase alto porque no quería que Darryl lo atrapara, aunque eso significara perder el partido.

Y sé que lo hizo por mí.

40

JAMES

En el instante en que el balón pasa por encima de la cabeza de Darryl, espero que me invada el arrepentimiento, pero no puedo sentir nada más que una salvaje satisfacción. Durante toda la primera parte intenté mantener la calma, distanciarme y dejarme llevar por el juego. Funcionó casi siempre. Porque cuando veía la cara de Darryl o a Bex en la banda con su cámara en la mano, la rabia que iba creciendo en mi interior amenazaba con explotar. Recordaba su cara llorosa, oía el miedo en su voz, y tenía que esforzarme para no pegarle un puñetazo a Darryl y que me expulsaran del partido.

Veo a mis compañeros atónitos a mi alrededor. Esperaban que hiciera ese pase y los he decepcionado. Debería sentirme mal por ello, sobre todo por mis compañeros veteranos, pero no me importa. Ahora no. No cuando la rabia me recorre como un río embravecido y he puesto a Darryl en su sitio.

El *quarterback* del Alabama entra trotando en el campo y se dirige hacia mí. Me da la mano y me felicita por una temporada bien hecha. Yo lo felicito por la victoria y le digo que ha jugado a tope, lo que es verdad. El Alabama jugó un buen partido. El hecho de que estuviera tan cerca del final y que necesitáramos una jugada arriesgada para ganar también es culpa mía. Debería haber liderado más *touchdowns* al principio del partido; así no nos habríamos visto en esta situación.

Me dejo llevar por las felicitaciones y las condolencias. Estrecho tantas manos que no puedo contarlas, pero las caras están borrosas; apenas reconozco a nadie en este momento. Quiero encontrar a Bex y abrazarla con fuerza, pero no puedo irme ahora. Esto, como todo lo demás (como el pase que fastidié a propósito), es parte de la entrevista de trabajo por la que estoy esforzándome desde que estaba en el instituto. ¿Puedo ser elegante en la derrota? ¿Le otorgo reconocimiento a quien se lo merece? No ha sido la primera gran derrota de mi vida, ni será la última. A los *quarterbacks* novatos de la NFL no les suele ir bien; tardan uno o dos años en acostumbrarse al ritmo del nivel profesional. Mis futuros jefes están observando este momento y asegurándose de que no voy a perder el control.

Por supuesto, no saben que fastidié el pase porque no podía soportar la idea de que Darryl ganara el partido cuando, un par de horas antes, había besado a mi chica sin su puto consentimiento.

Finalmente, salimos del campo y regresamos al túnel que lleva a los vestuarios. Nadie habla. Veo a Bex fuera, pero no voy a ir a verla, no ahora. Necesito ducharme y cambiarme de ropa antes de afrontar su reacción por lo que hice por ella.

Se va a enfadar, pero me importa una mierda. Lo volvería a hacer sin pensarlo dos veces. Quemaría todo el maldito estadio si eso significara que la mantengo a salvo.

El entrenador Gómez nos reúne en el vestuario y nos mira a todos. Muchos de los chicos aún respiran con dificultad. Un par de ellos están llorando. Me muerdo el labio y cierro los ojos con fuerza.

—Habéis jugado un partido difícil… —empieza.

—Mentira —dice alguien en voz baja.

El entrenador se gira y mira en dirección a la voz.

—Os habéis dejado la piel hasta el final. Lo he visto. Hay que tener agallas para llegar hasta aquí, y luego os habéis comportado como hombres dando al otro equipo el reconocimiento que se merece. No se trata solo de la última jugada. Nuestro oponente fue…

—¡Que te jodan! —gruñe Darryl, abriéndose paso hasta el frente, pasando por delante del entrenador, y poniéndose justo delante de mí. Tiene la cara manchada de suciedad mezclada con sudor, y sus oscuros ojos están desorbitados y llenos de odio.

—¡Que te jodan, Callahan! ¡Me jodiste!

Se abalanza sobre mí y me lanza contra las taquillas. Su pie impacta en mi boca; el dolor me recorre la cara y enseguida noto el sabor a sangre. Le doy con la rodilla en la ingle y, cuando se dobla, lo agarro por los hombros y lo tiro al suelo. Se tambalea debajo de mí, pero lo presiono en el estómago con la rodilla, haciéndolo jadear, y le doy un puñetazo en la cara. El dolor me recorre la mano y me sube por el brazo cuando le doy un puñetazo en la boca. Me agarra la cara con una mano, intentando apartarme, pero me deshago de ella y esquivo el puñetazo que intenta darme.

—Te lo advertí, joder —digo, clavándole la rodilla hasta que jadea—. Te advertí que no hablaras así de ella, gilipollas. Te advertí que la dejaras en paz.

—¡James! —Oigo gritar a Bex—. ¡Basta!

Alguien me agarra por detrás, pero antes de que me aparten, Darryl sale de debajo y me da otro puñetazo. Esta vez me da en el pómulo y, por cómo me escuece, sé que voy a tener un moratón de cojones. Me pongo de pie. Todo está borroso a mi alrededor, excepto Darryl, que también se pone de pie. Ni siquiera puedo oír debido al zumbido de mis oídos. Me agarra y me acerca tanto a él que puedo oler el agrio sudor de su piel.

—Me lo advertiste, ¿eh? Ella gemía en mi boca. La tuve antes que tú y sigue siendo mi pequeña zorra.

Le doy un puñetazo en el estómago. Se tambalea hacia atrás, tosiendo saliva y sangre, y tiene el valor de sonreírme. Me lanzo sobre él, pero antes de que pueda estamparle la cara contra el suelo, dos fuertes brazos me agarran por el pecho y me apartan.

—¡Callahan! —grita Bo mientras me empuja al otro lado del vestuario—. ¡Para de una puta vez!

Intento desembarazarme de él para regresar a donde está Darryl, pero cuando veo que alguien también lo ha neutralizado, se me quitan las ganas. Me paso la lengua por los labios, saboreando mi propia sangre. Me duele tanto la cabeza que pienso que me la he abierto. ¿Dónde demonios está Bex?

—Quítame las manos de encima —digo—. ¿Dónde está Bex? ¡Bex!

La veo al otro lado del vestuario, tapándose la boca con una mano. Intento acercarme a ella, pero Bo no me deja, ni siquiera cuando empiezo a forcejear.

—¡¿Qué cojones ha pasado?! —ruge el entrenador, mirándonos a Darryl y a mí. Nunca lo había visto tan cabreado. Me enderezo cuanto puedo mientras Bo me sujeta y miro a Darryl. Tiene la barbilla y la boca cubiertas de sangre, y no lo siento lo más mínimo. Espero que se haya tragado un puto diente.

—A mi despacho —dice el entrenador, que se encamina al despacho y abre la puerta con tanta fuerza que hace chirriar las bisagras—. ¡Ahora!

Cierra la puerta de un portazo cuando estamos todos dentro.

—¿Queréis contarme lo que acaba de pasar? ¿Dos de mis veteranos peleándose dos segundos después de perder? Creía que entrenaba a hombres, no a niños.

Su voz se eleva en las últimas palabras. Me miro las sucias zapatillas de tacos y trago sangre antes de levantar la vista y mirarlo a los ojos. Tiene razón. Soy un hombre y puedo lidiar con las consecuencias de mis actos. Pero merece saber por qué lo hice. Darryl, por su parte, no dice nada. Me mira como si quisiera meterme los pulgares en los ojos, así que le devuelvo la mirada. Me imagino lanzándole un balón de fútbol a la entrepierna. Puedo ser muy violento con un balón.

—Besó a mi chica a la fuerza y luego presumió de ello. La llamó «zorra», señor.

El entrenador se acerca a Darryl.

—¿Es eso verdad?

—Él me la robó primero —replica Darryl.

—Yo no te la he robado —le espeto—. Ella no es un objeto. Rompió contigo y encontró a alguien mejor.

—Mierda —dice el entrenador, pellizcándose el puente de la nariz con los dedos.

—Debería haber hecho ese pase —dice Darryl—. Nos saboteó a todos a propósito.

Me giro para mirarlo.

—Y lo volvería a hacer. Te advertí lo que pasaría si no la dejabas en paz, maldito baboso.

El entrenador cruza los brazos sobre el pecho. Odio la sorpresa que veo en su cara, pero aunque vaya a odiarme para siempre, me atengo a las consecuencias. Si le recomienda a la universidad que me suspenda por la pelea, no me importa. Adelante.

—Darryl, ve a esperar fuera —dice.

—Señor —protesta—, ¡nos ha hecho perder el puto partido!

—Afuera. Ahora.

Cuando se va, el entrenador se me queda mirando. Resisto el impulso de sentirme amedrentado. Seguro que espera que empiece a disculparme, pero no lo voy a hacer. Si quiere castigarme por defenderme a mi novia y a mí, que lo haga.

Finalmente, lanza un suspiro.

—Lo hiciste a propósito, ¿verdad?

—Sí.

—¡Joder, James! —Da un sonoro manotazo en el escritorio—. No puedes hacer eso, ni siquiera cuando estás enfadado.

»Aunque tu vida personal se vaya a la mierda. Cuando te pagan por esto, millones de dólares, no puedes permitirte el lujo de escoger cuándo juegas. No puedes traer tus problemas al campo. Ya hemos hablado de eso. Puedes odiar a todos tus compañeros, pero son tus compañeros, así que te quedas con ellos.

—Lo sé, señor.

—Entonces, ¿por qué no lo hiciste?

Me limpio la boca ensangrentada.

—Porque asustó a mi novia. La forzó. Y, por mucho que me guste el fútbol, la quiero más a ella.

En cuanto lo digo, me siento más ligero. Es la verdad y, aunque no me apetece decírselo a mi padre, que lo sepa el entrenador alivia parte de la tensión que llevo dentro. Si el precio por tener a Bex y asegurarme de que está a salvo es mi carrera futbolística, entonces que así sea. Siempre puedo hacer otra cosa. Lo que importa, al fin y al cabo, es el futuro que sé que puedo tener con ella.

—No solo le hiciste daño a él —dice, con voz más suave—. Hiciste daño a todo el equipo. Hombres que han trabajado duro a tu lado durante toda la temporada. Confiaban en ti y los has decepcionado.

—Sí, señor.

Se echa hacia atrás, sujetándose la barbilla.

—No estoy de acuerdo, pero respeto tus motivos. —Se pasa la mano por la boca, pensando—. James, podrían suspenderte por esto, aunque él haya empezado la pelea. La universidad casi siempre castiga a ambas partes en estas situaciones. Aún estabas de uniforme, representando a la escuela, y si McKee no actúa, podría hacerlo la NCAA.

Asiento con la cabeza. Ya me lo esperaba.

—Les explicaré que te estabas defendiendo —dice—. No creo que ninguno de los dos seáis expulsados, aunque si Bex decide denunciar a Darryl, entonces sí que podría pasar. La conducta sexual inapropiada es un delito grave.

—Bien. Debería serlo.

—Y no estoy en desacuerdo. Pero eso no lo decides tú. No puedes actuar así, te sientas como te sientas. Pensé que habías aprendido esa lección en la LSU, pero parece ser que no. No puedes hacer un mal pase a propósito porque no te gusta tu compañero.

—Con el debido respeto, esto es diferente.

—¿Cómo?

—Algún día me casaré con Bex —digo—. Este es mi presente, pero ella es mi futuro. No hay nada que no haría por ella. Tal vez esté mal, pero voy a defenderla. No podía pasarle el balón.

Suspira.

—¿Y de qué sirvió? Hemos perdido.

—Aunque lo hubiera lanzado bien, no había garantía de que él lo atrapara.

—No, pero se merecía la oportunidad de intentarlo. Aunque lo odiaras, se lo merecía.

—Y yo no estoy de acuerdo —lo miro a los ojos—, señor.

Aprieta los labios con fuerza.

—Espero que se lo expliques a los chicos de ahí fuera.

Se frota las sienes y rodea el escritorio para acercarse a mí. Me agarra el hombro y me mira a los ojos. Ver la decepción en ellos me duele, pero no me echo atrás. Estoy dispuesto a cumplir con mi palabra.

—Y a ella.

41

BEX

Cuanto más tiempo paso fuera de los vestuarios, peor me siento. La gente empieza a reconocerme (la novia de James Callahan, la fotógrafa) y las miradas de empatía me duelen. Creen que las lágrimas que no puedo ocultar se deben a que mi novio ha perdido y estoy triste por él, lo cual es cierto, pero solo yo sé la verdadera razón por la que ha ocurrido.

Aunque él intente negarlo, perdió el partido por mí. Estaba a punto de conseguirlo y en el último minuto se saboteó a sí mismo. Justo lo que Richard me advirtió que no podía dejar que ocurriera, y solo porque no pude mentir. Si lo hubiera hecho, él se habría enfadado, pero al menos habría ganado el partido. Podría haber lidiado con su enfado luego, ¿pero esto? Esto es insoportable.

¿Y si echa a perder su carrera en la NFL antes incluso de empezarla? ¿Y si lo suspenden o expulsan por culpa de la pelea? En cuanto oí gritos, corrí a los vestuarios, y casi se me salió el corazón del pecho cuando vi a James con la cara cubierta de sangre peleándose en el suelo con Darryl. Si este hubiera hecho algo peor que besarme, no estoy segura de que James no hubiera cometido un asesinato.

Se me revuelve el estómago de solo pensarlo. Me encojo un poco mientras reprimo un sollozo.

Me rodean un par de brazos.

—¿James?

—Ey. —Suena tan cansado... Me giro para mirarlo. Me duele el pecho como si tuviera clavado un cuchillo. Se ha duchado y ahora lleva ropa de calle, pero el corte del labio y el moratón del pómulo parecen dolorosos—. ¿Ha bajado mi familia?

—No los he visto.

Asiente, pasándose una mano por el pelo húmedo.

—¿Cómo estás?

—¿Que cómo estoy? Eso debería preguntártelo yo.

—Hace tiempo que no veo a Darryl. ¿Ha intentado hablar contigo?

—No.

—Bien.

—Tenemos que hablar —digo—. No entiendo por qué…

—Ven aquí. —Me guía por el pasillo. Acabamos en una sala de pesas que, aunque ahora está desierta, ha sido utilizada para el calentamiento previo al partido. No solo no me suelta, sino que me abraza con fuerza. Aunque debe de dolerle la cara, la coloca sobre mi pelo.

Le devuelvo el abrazo con timidez. Ahora que vuelvo a estar con él, me sorprende la ira que se abre paso en mi interior. Quiero zarandearlo. Gritarle en la cara mientras le exijo respuestas sobre lo que hizo. Un momento de debilidad por mi parte nos ha llevado a esto, y lo único que deseo es poder volver atrás.

—James —digo finalmente, separándome de él. Me rodeo con los brazos y doy un paso atrás—. ¿En qué estabas pensando? Puedes hacer esa jugada con los ojos cerrados.

—Lo sé.

—Entonces, ¿por qué…?

—Porque soy un hombre de palabra. —Alarga la mano, pero me echo hacia atrás. Tal vez sea un gesto estúpido, pero quiero ver su cara en este momento. No quiero que me distraiga con su cuerpo. El dolor aparece en su rostro por un breve instante—. Sabes que le dije que, si te insultaba, no le lanzaría el balón. Se lo dije al principio de la temporada y lo tuve aún más claro cuando me enteré de que…

Se detiene y sacude la cabeza.

—Es un puto gilipollas y había que ponerlo en su sitio. No me arrepiento de haberlo hecho.

—Pero yo no te lo pedí.

—No tenías que hacerlo. Te merecías que alguien diera la cara por ti.

—Así no. —Mi voz se eleva un poco—. ¡Podrías haber ganado el partido! ¡Deberías estar celebrándolo ahora mismo! ¿Cómo has podido hacerte esto?

—¡Porque cada vez que lo veía a él, te veía a ti! —dice—. Te veía llorar. Recordaba el maldito miedo que había en tu voz. No quería recompensarlo después de eso. No podría vivir conmigo mismo si lo hubiera hecho.

Me muerdo el labio con fuerza para evitar que las lágrimas corran por mis mejillas. Ponerme a llorar antes nos ha llevado a esto; no puedo dejar que ocurra otra vez.

—Él no importaba. Deberías haber ganado el partido por ti. Por el resto de tus compañeros.

—Sigues sin entenderlo —dice con frustración, tensando su mandíbula—. Bex, eres más importante que un partido de fútbol. Tu seguridad es más importante. Tu felicidad es más importante. Si no estás bien, entonces me importa una mierda el partido. Lo único que me importa eres tú.

Parpadeo y me seco una lágrima rebelde con brusquedad.

—Siento haberte jodido.

—No tienes que disculparte por nada. —Me toma la mano y me la aprieta mientras ahogo un sollozo—. Tú no me obligaste a hacerlo.

—Pero lo hice. —El corazón me martillea en el pecho—. Siento mucho que me afectara tanto. No debería habértelo dicho en ese momento. Lo eché todo a perder.

Sacude la cabeza.

—Deberías habérmelo dicho cuando ocurrió.

Aparto la mano.

—No. Yo lo eché todo a perder. Te quité la concentración.

—¡Y sigo diciéndote que no me importa! —No grita exactamente, pero lo que dice resuena en la sala. Hago un gran esfuerzo para mantener la calma—. No quiero que me ocultes cosas, no quiero que creas que tienes que guardarte cosas. Nada me importa excepto tú.

—¡Y yo no te pedí que te sintieras así! —Un sollozo se escapa de mi garganta. Me aprieto los ojos con los pulpejos de las manos, intentando evitar una avalancha de lágrimas—. Lo siento.

—¿Por qué sigues diciendo eso? No tienes que disculparte por nada. Dime que lo sabes, cariño. Dime que sabes que lo que hizo no fue culpa tuya.

Sacudo la cabeza.

—Es que… tu padre…

—¿Qué pasa con mi padre?

Aprieto los labios con fuerza. No confío en lo que pueda decir ahora mismo. Si, además de todo lo que ha pasado, estropeo la relación de James con su padre, no podré perdonármelo nunca.

—Tengo que irme.

Me dirijo a la puerta, pero él se me adelanta.

—No te vayas.

Me arriesgo a mirarlo. Parece afligido y asustado. Por mucho que quiera estar entre sus brazos, sé que lo mejor que puedo hacer ahora es irme. Debería haberlo hecho en cuanto acabó el partido. Todo lo que hago es estorbar y, aunque él siga diciendo que lo quiere así, no es lo que se merece. Se merece a alguien que pueda apoyarlo de verdad, alguien que no haga que se sabotee a sí mismo. Hasta que descubra cómo puedo ser esa persona, mi presencia no hace más que perjudicarlo.

—Solo necesito un poco de espacio. —Me tiembla el labio, pero me mantengo firme—. Te veré en Nueva York, ¿vale?

—No —susurra—. No lo hagas.

Sacudo la cabeza.

—Tenemos que pensar con calma. Sé que estamos evitando esta conversación, pero vamos en direcciones distintas. Pronto te irás a vivir a otro sitio y no puedes hacer cosas así cuando es tu trabajo. Yo tengo la cafetería y no puedo… no puedo ver cómo te saboteas a ti mismo por mi culpa. ¿Qué pasará la próxima vez que esté enfadada y tú tengas que jugar? ¿Qué pasará si tengo una emergencia, pero es la eliminatoria y no puedes escaparte?

—Encontraremos una solución —dice—. Confía en mí, Bex, por favor.

Quiero hacerlo con desesperación, pero no puedo, no ahora. Estoy demasiado confundida para pensar con claridad, sobre todo en lo que respecta a James. Sacudo la cabeza y paso corriendo a su lado. Le oigo gritar mi nombre, pero me escapo antes de que pueda decir nada que me haga echarme atrás. Sé que si le oigo rogarme que me quede, lo haré, y eso no nos beneficiará a ninguno de los dos.

Pero eso no significa que no sienta que me estoy alejando de la única persona sin la cual no puedo vivir.

42

JAMES

—Una última pregunta, James —dice la periodista. Se me acerca un poco haciendo una mueca—. De nuevo, siento la derrota. Me preguntaba si ya has hablado con tu padre. Sé que ha estado en el estadio esta noche.

Cuando pensaba en mi futuro, solo aparecía el fútbol. Pensaba en la rutina que tendría. Los largos entrenamientos. Los partidos de los domingos. La rutina, día tras día, en busca de una victoria en la Super Bowl. A los doce años, cuando empezaba a ser consciente de que algún día podría tener lo mismo que mi padre, me colé en su despacho, donde guardaba sus dos anillos de la Super Bowl (que pronto serían tres) en un estuche del escritorio. Los saqué y me puse uno en cada mano, asombrado por cuánto pesaban.

Siempre me había gustado el fútbol americano, pero fue en ese momento cuando supe a lo que quería dedicar mi vida. Todo lo que no fuera la NFL carecía de importancia. Quería seguir los pasos de mi padre y hemos trabajado juntos por ese objetivo desde entonces. Lo entendió cuando me vio con esos anillos.

Miro al fondo de la sala de reuniones, donde encuentro a mi padre. Entró durante la rueda de prensa y, desde que lo vi, no he podido concentrarme. No he hablado con los periodistas sobre la pelea con Darryl; la versión del entrenador Gómez es que simplemente nos faltó tiempo para conseguir la victoria, pero sé que mi padre no se lo va a tragar. Me conoce, sabe que podría haber hecho bien ese lanzamiento. Y querrá respuestas.

Pero yo también las quiero. ¿Qué cojones habló con Bex? Antes de irse, ella mencionó a mi padre, así que algo tuvo que ver con que ella se fuera. Necesito averiguar qué le dijo.

—Sí —digo, mirándolo a él en lugar de a la periodista—. Vino al partido.

—¿Has podido hablar con él sobre la derrota?

—Todavía no. —Me siento, intentando sonreír, pero no lo consigo. Me duele mucho el labio, incluso con la bolsa de hielo que me puse antes de que empezara la rueda de prensa—. Aunque estoy seguro de que analizaremos qué ha pasado. Comentamos todos mis partidos, gane o pierda. Me ayuda a mejorar.

—Estoy segura de que sigue estando muy orgulloso de ti —dice la periodista con sinceridad.

Ha acabado la rueda de prensa y puedo irme al hotel. Podría llamar a un taxi y regresar por mi cuenta, pero espero a mi padre. En algún momento tendremos que hablar, así que mejor que sea ahora.

Cuando me encuentra, se limita a asentir. Llevaba traje para el partido, como de costumbre, así que sigue con corbata y camisa, con el mismo aspecto tranquilo que cuando se pasó antes del partido para desearme buena suerte.

—Tengo un coche esperando.

Lo sigo, con la bolsa de deporte colgada del hombro.

—¿Dónde está todo el mundo?

—Ya se han ido. —Me mira—. No tiene sentido quedarse.

—Vale.

En una calle lateral hay aparcado un todoterreno negro. Meto la bolsa en el maletero, entro en el coche y me tenso cuando mi padre se sienta a mi lado. Sé qué aspecto tiene cuando está cabreado e, incluso en la oscuridad del coche, pasada la medianoche, la tensión de su mandíbula no promete nada bueno.

Pero cuando el coche empieza a moverse, se queda en silencio.

—¿Papá? —Esperaba que me dijera muchas cosas, así que el silencio me crispa los nervios.

Me mira. Las farolas de la calle bañan su rostro con una luz amarilla.

—Explícame qué ha pasado.

Me paso la lengua por el labio roto, haciendo una ligera mueca de dolor.

—Lancé demasiado alto.

—¿Por qué?

—El receptor había abusado de Bex. Es su ex, del que ya te hablé.

Inspira bruscamente, lo que dilata sus fosas nasales.

—¿Cómo?

—Joder, la besó a la fuerza. Y luego presumió de ello mientras la llamaba «zorra». —Me miro las manos—. Me enteré durante el descanso.

—¿Así que perdiste el puto partido a propósito?

—Le hizo pasar miedo.

—¿Y qué tiene eso que ver con el partido?

—Todo —digo con seguridad—. Me importaba una mierda el partido si ella estaba sufriendo.

Mira por la ventana.

—Sabes que tuve una temporada horrible de novato.

—Sí.

—Así que llegué a mi segundo año decidido a hacerlo mejor. Quería ganar, demostrar que merecía ser *quarterback* titular. Pero la tercera semana de la temporada, tu madre tuvo un accidente de coche. La atropellaron en un cruce.

Estoy tan sorprendido que tardo un momento en responder.

—¿Cómo es que no lo sabía?

Me devuelve la mirada, tensando la mandíbula.

—Ocurrió hace mucho tiempo, antes de que nacieras. Supongo que ya no pensamos en ello. Pero fue un accidente grave y necesitó mucha recuperación. Pasó un par de semanas en el hospital. Lo único que quería era estar a su lado, ayudarla como pudiera.

—Claro.

—Y no lo hice.

—Papá —digo—. ¿Qué...?

—Lo mejor que podía hacer era trabajar —dice, interrumpiéndome a mitad de la frase—. Si me concentraba en hacerlo bien, podría

246

darle el futuro que se merecía cuando se pusiera mejor. Quería darle estabilidad. Riqueza. El equipo me pagaba un montón de dinero y yo tenía una responsabilidad tanto con ellos como con ella. Jugar no lo es todo, pero es la clave de tu futuro. —Lanza un suspiro—. Creí que sabías lo que tenías que hacer. Siento que aquel tío se sobrepasara y espero que ella esté bien, pero James, mírate. Estás perdiendo otra vez la cabeza por una chica...

Trago saliva.

—No es solo una chica. Sabes lo que siento por ella.

—Lo sé. Y deberías haberte encargado de este asunto fuera del campo. Cuando te pagan millones de dólares por jugar, no puedes dejarlo sin más, pase lo que pase en tu vida personal. ¿Qué has conseguido, además de que el tío te odie para siempre y que tus compañeros pierdan el partido?

Sus palabras me golpean como una bofetada y duele más que los puñetazos de Darryl o mi conversación con el entrenador Gómez.

—¿Le dijiste algo a ella?

—¿Perdón?

—Hablamos después del partido y te mencionó. ¿Qué le dijiste?

Suspira.

—Le recordé que tienes esta tendencia y le pedí que no provocara una situación en que la priorizaras a ella.

—Pensó que tenía que ocultármelo por ti.

—Está claro que no lo hizo —dice con tono seco.

—¡Solo porque él estuvo fanfarroneando y fui a buscarla! —Me doy un tortazo en el muslo—. ¿Qué te pasa, papá? No puedes hablar así a mis espaldas.

—Y está claro que lo mejor hubiera sido que tú te enteraras más tarde.

El coche aminora la velocidad cuando nos acercamos al hotel. En cuanto se detiene, salgo rápidamente, cojo mi bolsa de deporte antes de que lo haga el chófer y entro en el edificio. Mis hermanos están esperándome en el vestíbulo, porque levantan la vista en cuanto se abren las puertas.

—¿Se ha ido Bex? —pregunto.

—Se fue hace un rato —responde Seb. Tiene una cara de preocupación que me revuelve el estómago.

—¿Qué pasa con vosotros dos? —pregunta Cooper.

Aprieto los labios.

—¡Joder!

Mi padre entra por la puerta. Parece mucho más cansado de lo que me había percatado antes. También más viejo. Cuando nos ve a los tres juntos, se acerca. Me aprieta el hombro con una mano y siento que me arden los ojos, así que bajo la mirada.

—La cuestión es que tu madre no me quería en el hospital —dice—. Si se me hubiera pasado por la cabeza faltar a un partido para estar con ella, me habría echado para que fuera a jugar. Su hermana cuidaba de ella cuando yo no podía estar allí. Entendía que yo tenía responsabilidades de las que no podía desentenderme, ni siquiera por mi mujer. Sabía que teníamos que organizar nuestras vidas en torno al deporte mientras yo jugara, y no todo el mundo puede soportar algo así. La quería entonces y la sigo queriendo ahora por ello.

—Mmm… —dice Cooper—. ¿Qué está pasando aquí?

Lo ignoro y me sacudo la mano de mi padre del hombro.

—¿Le dijiste eso a Bex?

—No con tantas palabras.

—Pero le dijiste que tenía que callarse por mí.

—No callarse —replica—. Solo le dije cómo funciona esto. Hace falta mucho compromiso, hijo. Quería asegurarme de que lo entendía.

Levanto los ojos para encontrarme con los suyos.

—No tenías ningún derecho.

—Alguien tenía que entenderlo, porque está claro que tú no lo haces.

—¡A la mierda! —Aprieto la mandíbula, intentando tragarme el dolor—. Sabías lo que sentía por ella y lo pusiste en peligro. No tenías ningún maldito derecho a hacerlo. Si la pierdo por esto, nunca te perdonaré.

—Si la pierdes por esto, es que no estaba destinada a ser tuya.

—¡Joder, papá! —dice Coop.

—Richard —agrega Seb.

Si hay algo que no voy a hacer es ponerme a llorar delante de mi padre y mis hermanos. Giro sobre mis talones y me dirijo al ascensor sacando el teléfono del bolsillo. Llamo a Bex, pero salta el buzón de voz. Lo intento de nuevo y obtengo el mismo resultado.

Después de la tercera vez, estrello el teléfono contra las puertas del ascensor.

43

BEX

—¿No vas a denunciarlo? ¿Lo dices en serio? Fue tan asqueroso contigo... —dice Laura mientras se acomoda en su tumbona. Todavía está en Florida pasando las vacaciones de Navidad. Tengo mucha envidia de que esté llevando un bikini ahora mismo, cuando yo acabo de quitar la nieve de delante de la cafetería, pero no quiero que lo sepa porque, conociéndola, me compraría un billete de avión a Naples. Antes del partido, probablemente habría pasado las vacaciones en casa de James, pero ahora estoy en el sofá de la tía Nicole. ¿La única ventaja? Las obras del apartamento casi están acabadas, así que pronto mi madre y yo podremos regresar. Hemos estado buscando muebles de segunda mano, ya que todo se estropeó con el humo y tuvimos que tirarlo.

Me rasco por encima del jersey. La cafetería está abierta, pero con la nevada no espero muchos clientes, así que ahora mismo estoy acurrucada en un reservado del fondo, con el portátil sobre la mesa. La verdadera razón de que James no le hiciera el lanzamiento a Darryl no ha salido a la luz, y no creo que lo haga. Pero, aunque James y yo nos hayamos dado un tiempo, el problema con Darryl no ha desaparecido. Por lo menos, ambos se arriesgan a que los suspendan, lo que podría empeorar en el caso de Darryl si lo denuncio por conducta sexual inapropiada.

En la semana y media que ha pasado desde el partido, la cafetería ha resultado ser la dosis de realidad que necesitaba. Mi vida no son los partidos de fútbol y jugar con la fotografía. Es levantarme temprano para reunirme con los proveedores y quedarme mucho después de que la cafetería haya cerrado para repasar los libros de cuentas.

Solo que ahora también me falta James. Si no estoy concentrada cada segundo del día, vuelvo a echarle de menos. Me entran ganas de llamarlo unas diez veces cada hora. Sé que estoy siendo injusta evitándolo, pero cuando estoy a punto de agarrar el teléfono, recuerdo que perdió el partido por mí y me entran ganas de llorar.

Aunque siguiéramos juntos, acabaría dándose cuenta de que no merezco ese tipo de sacrificios. Y, aunque no se diera cuenta nunca, haría algo al final que arruinaría su carrera.

Lo quiero y no tengo ni puta idea de cómo vivir sin él. Pero si tengo que escoger entre dejarlo cumplir su destino o ser egoísta, prefiero no arruinarle la vida quedándome a su lado.

—Lo sé —le digo a Laura, saliendo de mis pensamientos—. Pero podrían expulsarlo.

—Bien.

—Pero ¿vale la pena? —Miro a Laura. Aunque agradezco su apoyo incondicional, quizá no es lo que necesito oír ahora mismo—. No quiero arruinarle la vida.

—Él intentó arruinar la tuya. ¡Te besó a la fuerza e intentó que rompieras con tu novio! Es un gilipollas.

—Sí, bueno. —Me muerdo el labio para evitar que tiemble—. Tenemos un pasado juntos. Tampoco es tan malo.

—Si se lo explicas a ellos, puede que no suspendan a James. —Se hace sombra en los ojos—. Él no empezó la pelea, así que no deberían suspenderlo, pero si conocen todo el contexto, será imposible que lo hagan. No rompió ninguna regla fastidiando el lanzamiento. Darryl es quien se sobrepasó contigo y luego se peleó con él; eso sí es romper las reglas.

—Supongo.

—Incluso si lo habéis dejado por un tiempo, lo que ya sabes que creo que es una estupidez...

Suspiro.

—Sí.

—... le debes a James y a ti misma denunciarlo. No puedes dejar que Darryl se salga con la suya con ese comportamiento de mierda. No sería justo que lo suspendieran y luego pudiera recuperar los créditos durante el verano, ¡venga ya!

—Sé que tienes razón —admito.

—Entonces, ¿cuál es el problema?

—¡No lo sé! —estallo—. Creo que ya lo han castigado suficiente. James se encargó de eso.

—No es lo mismo que una consecuencia real. ¿Quién dice que no le haría lo mismo a otra persona? ¿O algo peor? Tal vez una expulsión es la llamada de atención que necesita.

—Tienes razón. —Me bajo las mangas para taparme las manos. Hace frío en la cafetería, lo que debería investigar. Quizás haya algún problema con la calefacción. Espero que no, porque eso significaría gastar un dinero que no tenemos.

—No sabes si lo expulsarían —añade—. Lo denunciarías y el consejo de disciplina estudiantil o lo que fuera tomaría una decisión.

Sé que Laura tiene razón. Aunque Darryl solo me besó, en ese momento temí que hiciera algo peor. Tal vez si hubiéramos estado realmente solos lo habría intentado. Pero supongo que me da vergüenza denunciar el incidente.

—Caí en su trampa y me puse a tiro para que pasara lo que pasó.

Laura sacude la cabeza.

—No creerás que fue culpa tuya.

—No debería haber aceptado hablar con él.

—Tú no controlas sus actos. *Él* escogió besarte a la fuerza. *Él* escogió pegarle a James. ¡Él escogió hacer todo eso, Bex! ¡Que se atenga a las consecuencias!

—Si no hubiera quedado con él, James no habría tenido motivos para fallar el lanzamiento. —Resoplo. Últimamente las lágrimas aparecen con demasiada facilidad—. Me dejé arrastrar de nuevo por él y luego no pude callármelo durante un puto partido de fútbol. —Me froto los ojos con brusquedad—. Fui una idiota.

—Ojalá pudiera abrazarte ahora mismo —dice Laura—. Te abrazaría tan fuerte…

Sonrío, hipando.

—A mí también me gustaría.

—Podrías venir a Florida un par de días. Quizá te ayudaría a despejarte.

Sacudo la cabeza.

—Gracias, pero no puedo. Hay tanto que hacer aquí…

—De acuerdo —dice, con una clara reticencia en el rostro—. Ahora tengo que irme, pero dime qué has decidido, ¿vale? Si quieres que esté allí cuando lo denuncies, solo tienes que decírmelo.

Cuando cuelga, vuelvo a sentarme y me subo las rodillas al pecho. Suena la campanilla de la puerta principal, pero solo es Christina, que trae las botas manchadas de nieve.

—¡Hola, Bex! —dice.

La saludo con la mano.

—Gracias por venir.

—Hay un chico esperando fuera —menciona—. Me preguntó si estabas aquí.

Me da un vuelco el corazón.

—¿Qué aspecto tiene?

—Es rubio. —Sonríe de forma juguetona—. Y muy guapo.

Así que no es James… pero tampoco Darryl.

—Gracias. Iré a hablar con él.

⸙

Hago entrar a Sebastian a la cafetería para que se coma un trozo de tarta y se tome una taza de café. Se limpia con cuidado las botas en el felpudo de la puerta y echa un vistazo al interior.

—¡Qué bonito!

—Gracias. —Le sonrío—. Hay unos ganchos por ahí, puedes colgar tu abrigo. ¿Quieres café?

—Solo si tú también tomas.

Vuelvo la vista a la cafetería vacía.

—Creo que puedo hacer un descanso.

Sebastian se sienta frente a mí en el reservado, con la taza en la mano. Me quedo mirándolo un momento, nerviosa por hablar con él a solas. He pasado mucho tiempo con él en los últimos dos meses, y diría que somos amigos (hemos cocinado juntos un par de veces, lo que ha dado lugar a muchas risas y a regañinas a Cooper y James por robarnos comida a mitad de cocción), pero nunca he estado a solas con él. Repiquetea con su largo dedo la taza de cerámica.

—James nos contó lo que ocurrió —dice finalmente.

Asiento con la cabeza.

—¿Cómo está?

—Hecho una mierda. —Sebastian hace una mueca mientras toma un sorbo de café—. Nunca lo había visto pasar tanto tiempo sin hablar con Richard.

Se me revuelve el estómago.

—¿No se hablan?

—Sabe que Richard habló contigo. —Sebastian suspira—. Quiero a mi padre adoptivo, pero puede ser exigente. Sé lo que es ser un extraño en esa familia. Por eso quería verte.

No conocía esta versión de Sebastian y resulta interesante. Sabía que era adoptado, por supuesto; James me contó la historia, pero nunca me había parado a pensar que llegó a una familia muy unida y que tuvo que encontrar la manera de integrarse. Yo misma tuve esa sensación en Navidad, pero yo era la novia y, por tanto, una intrusa.

Aunque me siento fatal por que James no se hable con su padre, me calma un poco los nervios oír que Sebastian entiende por lo que estoy pasando.

—La cosa es —digo— que no estoy en desacuerdo con él. James está hecho para jugar al fútbol americano. No quiero interponerme en su camino.

—Aun así —dice—, no debería haber hablado a sus espaldas. James está aterrorizado de que vaya a perderte por culpa de él.

—No es por él. —Me muerdo el labio inferior—. Es solo que no sé si podría soportar que volviera a poner su carrera en peligro. Si se boicoteó a sí mismo *por mí*, entonces…

Sebastian pasa el brazo por la mesa y me toma la mano. Me la aprieta con fuerza. Lo miro sorprendida.

—Crees que no lo mereces.

Siento que me ruborizo.

—Quizás.

—Sabes que mi padre jugó para los Reds.

—Sí.

—Tuve muchos privilegios cuando era pequeño. No es que hubiera sido pobre antes, pero cuando me mudé con los Callahan creí que no me lo merecía. Mis padres acababan de morir y pensé que mi vida se había acabado. Y, de repente, tenía una nueva vida, con dos hermanos, una hermana pequeña y unos nuevos padres. —Retira la mano, se arrellana en el reservado y suelta una carcajada—. Estaba enfadado con todo el puto mundo. No me importaba que mi padre hubiera sido el mejor amigo de Richard. Quería irme. La primera semana en mi nuevo colegio, provoqué una pelea con un alumno de octavo. Yo era un renacuajo de sexto curso y él era el doble de grande que yo. Tras dos puñetazos perdí el elemento sorpresa con el que había empezado la pelea.

Sonrío al pensar en un pequeño Sebastian de once años, con su uniforme del colegio privado, dando un puñetazo.

—¿Qué ocurrió?

—James lo vio y se metió en la pelea. Cooper le pisaba los talones. No les importaba que yo fuera el chico nuevo que recibía toda la atención de sus padres. Ellos les dijeron que yo era su hermano, así que estaban dispuestos a defenderme como fuera. Me había comportado fatal con ellos desde el funeral y no les importó cuando yo necesité su ayuda.

Parpadeo y una lágrima me recorre la cara.

—Eso suena a James.

—Sandra nos vino a buscar a todos después (nos suspendieron a los tres, figúrate) y yo me eché a llorar. No había llorado nada en el funeral y, de repente, me puse a berrear con un pañuelo de papel en la nariz porque aún me sangraba. —Se ríe de nuevo, sacudiendo la cabeza—. James me abrazó, creo que sin decir nada, pero yo le entendí. Después de eso fuimos los mejores amigos. Tardé mucho más en sentirme cómodo llamándolos «hermanos», pero a partir de ese momento fuimos inseparables. No les pedí a James ni a Coop que me ayudaran, pero lo habrían hecho aunque dos segundos antes les hubiera dicho que los odiaba.

»James siempre antepondrá a la gente que quiere, te guste o no, Bex. No digo que no deba haber un equilibrio, pero no deberías sentirte mal. Lo hizo porque te quiere y creo que lo volvería a hacer. No lo eches de tu vida por ser quien es. Como siempre ha sido, aunque a veces Richard desearía que no fuera así.

—¿Cómo te diste cuenta de que vales la pena? —suelto. En el mismo instante en que las palabras salen de mi boca, deseo retirarlas. Resultan patéticas. Pero han estado rondando por mi cabeza desde el partido. James podría amarme, haría cualquier cosa por mí, pero ¿valgo la pena? ¿Vale la pena perder un partido de fútbol, que se arriesgue a que lo suspendan?

Sebastian parece pensativo; no se ríe.

—¿De verdad crees que no la vales?

—No lo sé. —Bajo la mirada a la mesa. No he tocado el café desde que nos sentamos—. Tal vez.

—No sé qué responderte a eso —dice despacio—. Lo que sí sé es que eres inteligente, tienes un talento increíble y, algún día, me encantaría llamarte «cuñada». Si decides que eso es lo que quieres, entonces espero que arregles las cosas con él.

Me limpio los ojos.

—Gracias, Seb.

—Cree en él —dice—. Él no lo habría hecho si pensara que no vales la pena.

44

JAMES

Cooper entra en mi habitación sin llamar y se tira en mi cama. Evito poner los ojos en blanco.

—Eh —me dice, tocándome el muslo.

—Hola. —No levanto la vista del ordenador—. ¿No quedamos en que llamaríamos a la puerta desde que nos pillaste a Bex y a mí?

—Ahora no está por aquí.

Eso me hace mirarlo.

—¿En serio, hombre?

—Llevas una semana deprimido. ¿Por qué no has ido a hablar con ella?

—Porque no quiere escucharme. —Me paso una mano por la cara. He tenido esta misma conversación conmigo mismo un millón de veces desde Atlanta, así que repetirla con Cooper no está en la lista de cosas que quiero hacer ahora mismo—. Dijo que quería espacio, así que se lo estoy dando.

Mira la pantalla de mi ordenador.

—¿Qué cojones es eso?

Le doy un empujón en el hombro.

—No seas tan jodidamente chismoso.

—¿Un máster? ¿Para ser profesor? —Me mira con la emoción centelleando en sus ojos azules—. Dime que no estás a punto de hacer lo que creo.

—Si tengo que escoger, será a ella. Así que, en lugar de jugar al fútbol americano, tal vez pueda enseñar y entrenar por aquí. Si de verdad quiere quedarse con la cafetería, prefiero estar aquí con ella que en cualquier otro sitio solo. Por jugar al fútbol no vale la pena perderla. Simplemente no lo vale.

Cooper empieza a sacudir la cabeza antes de que yo acabe de hablar.

—¡Venga ya! —Cierra mi ordenador y se acerca a mi armario, saca mi abrigo y me lo lanza—. Vámonos.

—¿A dónde?

—A casa.

Me pongo de pie.

—No voy a hablar con papá ahora.

—Puede que no, pero sí que deberías hablar con mamá.

—¿Qué?

—Vamos a hablar con mamá. —Comprueba su teléfono—. Si salimos ahora, llegaremos a tiempo para comer. Venga. No te vas a convertir en un puto profesor o trabajar en una cafetería o lo que mierda creas que va a hacerte feliz.

Una parte de mí, una jodida gran parte de mí, quiere seguir resistiéndose, pero sé que a mi madre le gusta Bex. Tal vez pueda decirme algo que me ayude a recuperarla. Y la verdad es que la echo de menos. No la he visto desde Atlanta.

—Está bien. Pero lo hago porque quiere que la visitemos más.

—Ajá. Lo que tú digas.

Llegamos a casa a tiempo para comer, tal y como había previsto Cooper. Mi padre está fuera (cosa que Cooper sabía pero no mencionó) jugando un torneo benéfico de golf en Arizona, así que solo está mi madre en casa. Abre la puerta con la sorpresa dibujada en el rostro, nos abraza y nos conduce a la cocina.

—¿Queréis sopa para comer? —dice—. Parece un día de sopa. Shelley también hizo unos panecillos deliciosos. —Le da una palmadita en la barba a Cooper—. Deberías cortártela, cariño.

—Soy jugador de *hockey* —protesta Cooper—. Este es mi estado natural.

—Al menos recórtatela.

Levanta una ceja cuando se vuelve hacia mí en busca de apoyo.

—Ya sabes lo que pienso al respecto.

—No eres de ninguna ayuda —gruñe—. ¿Qué tipo de sopa es?

Un par de minutos después, nos sentamos a la mesa con unos cuencos de sopa de patata y puerro y panecillos de masa fermentada. Mi madre se me acerca y me aprieta el antebrazo.

—¿Cómo estás? ¿Cómo está Bex?

—No lo sé —admito—. No hemos hablado.

Ella suspira mientras se echa hacia atrás y se ocupa de su sopa.

—Temía que dijeras eso. ¿Sabes si va a denunciar a esa (perdona mi lenguaje) escoria?

Reprimo una sonrisa mientras tomo una cucharada de sopa.

—No lo sé. Espero que sí. Quería espacio, así que se lo estoy dando.

—No solo le está dando espacio —interviene Cooper—. Está deprimido en su habitación e investigando cómo convertirse en profesor de matemáticas.

—¿Por qué? —Sus ojos se abren como platos—. ¡Oh, cariño! No.

Dejo la cuchara y la miro a los ojos. De sus tres hijos, ninguno tiene sus ojos marrones, pero me recuerdan a los de Bex, igual de cálidos y reconfortantes. ¡Joder! Una semana y media sin ella ha sido una tortura.

—Si eso es lo que tengo que hacer para quedarme con ella, entonces lo tengo claro.

—¿Te pidió que dejaras de jugar?

—No, pero…

—Entonces esa no es la respuesta.

—Gracias —murmura Coop en su cucharada de sopa.

—Pero no sé si puedo hacer ambas cosas. —Admitirlo duele, pero me obligo a hacerlo—. Sé que papá siempre ha querido que me centre en el fútbol, pero la quiero y la escojo a ella. Si no puedo estar ahí cuando ella me necesite por culpa de mi trabajo, si no puedo centrarme en las dos cosas a la vez o si estoy distraído cuando se supone que debería estar jugando…

—James —me interrumpe ella—, ¿qué recuerdas de tu infancia?

—¿Qué?

—¿Qué recuerdas de cuando eras pequeño? Cualquier cosa que se te ocurra.

Sacudo un poco la cabeza mientras pienso.

—¿Ir a Outer Banks de vacaciones? ¿Aquella vez que fuimos a pescar y asamos lo que pescamos en la playa, cuando hicimos aquella fogata?

Cooper se ríe.

—A Izzy le daba mucho asco el pescado.

Ella sonríe; recordando, probablemente, cómo Izzy le echó un vistazo y declaró que iba a cenar helado.

—¿Qué más?

—¿Jugar al fútbol con papá? ¿Las Navidades que se fue la luz y dormimos todos en el salón? ¿El día de mi santo en que fuimos a los *karts*?

—Fue increíble —coincide Cooper.

—¿Por qué crees que estos recuerdos aparecen primero? —pregunta mi madre.

Respondo al instante; no tengo dudas sobre el motivo.

—Me hicieron feliz.

—Sí —dice ella, con voz más suave—. Todos esos son buenos recuerdos, cariño. ¿Por qué crees que pensaste en ellos y no en las veces que papá jugaba fuera? ¿O cuando tenía que ir al campo de entrenamiento cada agosto y no lo veíamos durante un par de semanas? ¿O cuando se perdió aquel partido vuestro de noveno curso tan importante porque tuvo que irse antes a preparar el partido para la Ronda de Comodines?

—Apenas lo recuerdo —admito.

—Cuando reflexiono sobre mi matrimonio, me vienen a la mente los buenos recuerdos —dice—. Pienso en los maravillosos momentos que he podido compartir con tu padre. No pienso en los momentos de soledad o cuando estuve de parto y él no estaba ahí. Hicimos ciertos compromisos para tener una vida juntos. No digo que fuera fácil, pero no cambiaría nada.

Parpadeo con fuerza, tragándome un repentino torrente de emoción.

—Pero ¿cómo lo hicisteis? Él siempre parecía capaz de apartar todo lo demás de su mente y yo no puedo hacerlo.

—Con mucha confianza. —Se pasa el dedo por el anillo de casada—. Sabía que yo lo apoyaba y que esperaba que diera prioridad a su trabajo cuando fuera necesario. Cuando estaba en el trabajo, lo daba todo, y cuando estaba en casa, también. No vas a poder hacerlo todo, y cuanto antes lo aceptes, antes podrás decidir qué es importante para ti. Puedes centrarte en ambas cosas. No se trata de una cosa u otra, sino de priorizar.

—Pero si ella me necesita...

—No estará sola. Nos tendrá a todos nosotros. Y tendrá a otras personas en su vida que son importantes para ella. Pero hasta que no te concentres totalmente en jugar cuando eso sea lo que debes hacer, nunca conseguirás que funcione.

Me quedo callado un momento, dejando que sus palabras me calen. Tiene sentido, pero estoy seguro de que mi padre nunca la ha cagado como yo.

—No quiero que piense que tiene que ocultarme cosas, o que no me cuente sus problemas. No quiero que crea que siempre es la segunda opción.

—El hecho de que lo sepas es un buen comienzo —dice—. Pero aunque a veces tengas que dar prioridad a tu trabajo, eso no significa que ella pase a un segundo plano. ¿Qué te aportaría jugar al fútbol profesionalmente? Más allá de tu amor por este deporte, porque te he visto jugar toda tu vida y sé que lo adoras.

Solo se me ocurre una respuesta.

—Dinero.

—Estabilidad —dice ella, asintiendo—. Cuando las cosas se ponían difíciles entre tu padre y yo, me recordaba a mí misma que él estaba haciendo todo lo que podía para que tuviéramos un buen futuro. Para que pudiéramos conservarlo cuando se hubiera retirado. —Hace un gesto abarcando la habitación—. ¿No quieres cuidar de ella? Piensa en la suerte que tienes de poder hacerlo mientras te dedicas a algo que te gusta. Mucha gente no tiene esa opción.

—Sé que tienes razón —digo. Y la tiene. La mejor manera de cuidar de Bex (materialmente, al menos) es jugando al fútbol—. Pero tiene la cafetería y se hará cargo de ella. Si se queda allí y yo me voy al otro lado del país…

—Háblalo con ella —sugiere—. Podéis llegar a un acuerdo. Comprométete, cariño.

—Es más fácil decirlo que hacerlo.

Se levanta de la silla y rodea la mesa para acariciarme la mejilla.

—Nunca dije que fuera fácil. Solo que puedes hacerlo.

45
BEX

—Aquí tienes tu pedido —le digo a Sam mientras le pongo delante un plato con huevos y tostadas—. He añadido mermelada de manzana casera para la tostada; dime si te gusta.

Mi madre levanta la vista de una mesa cercana que está limpiando.

—Lo conseguí, Sam. Rosa habría estado orgullosa de mí.

—Seguro que sí. —Él me sonríe mientras vuelvo al otro lado del mostrador—. Gracias, Bex.

Me arreglo las pinzas del pelo y cojo el bloc de notas y el lápiz para ir a hacer otro pedido. Está siendo una mañana relativamente tranquila en El Rincón de Abby, lo cual es una pena, porque me iría bien cualquier cosa que me distrajera de darle vueltas a qué hacer con Darryl y recordar mi conversación con Sebastian. A veces me quedo pensando en el pequeño James, defendiendo a su hermano, y sonrío. Pero, sobre todo, no puedo dejar de pensar en el desastre que he provocado.

—Vuelves a estar pensativa —dice mi madre, cogiéndome de la cintura al pasar—. ¿Vas a tomar tú ese pedido o lo hago yo?

—Es verdad. Lo siento.

Pinto una sonrisa en mi cara y me dirijo a la pareja que hay sentada a la mesa; dos mujeres mayores con bolsos a juego y unos sencillos anillos de boda de plata.

—Es una foto muy bonita —dice una de ellas, señalando el marco que hay en la pared, en el centro del reservado—. ¿Conoces al fotógrafo?

La miro. Es una fotografía que le hice a uno de los puestos del pueblo donde venden frutas y verduras, así como unas bonitas vasijas de barro que hace la hija del dueño. En primavera y verano venden ramos de flores; en otoño, calabazas, y luego, árboles de Navidad. Me encantó cómo quedaban las flores en los cubos metálicos y me centré en ellos. Fue la primavera pasada, cuando Laura y yo vimos el puesto. Compramos un ramo de flores para nuestra habitación y una bolsa de cerezas para compartir.

—La hice yo —digo—. Es del puesto de la granja Henderson, a las afueras del pueblo. Cierran en enero, pero tienen muy buenos productos.

—¿Está en venta?

Parpadeo.

—¿La granja? Creo que no.

La mujer me mira. Su esposa lanza una risita, poniendo una mano sobre la suya.

—La fotografía, quiero decir. ¿Está a la venta? Me encantaría para nuestra cocina. Me recuerda por qué nos mudamos aquí desde la ciudad.

—¿De verdad la compraríais?

—Por supuesto. Abre su bolso y rebusca en él.

—Tengo dinero en efectivo si lo prefieres. ¿Cuánto sueles cobrar por una foto enmarcada?

Tengo que esforzarme para parecer tranquila.

—Mmm… ¿Cincuenta dólares?

Su mujer chasquea la lengua.

—Por favor, no te infravalores así. Doscientos —dice.

Me quedo boquiabierta cuando la primera mujer cuenta un montón de billetes de veinte y me los pasa por la mesa.

—A menos que la fotografía sea especial para ti.

—No, no es eso. —Trago saliva, recojo el dinero y me lo meto en el delantal—. Por favor, quedáosla y disfrutadla; por eso la puse en la cafetería. Solo estoy… sorprendida. No vendo muchas fotografías.

La verdad es que no he vendido ninguna, pero no se lo voy a decir.

—Pues deberías —insta la segunda mujer—. La gente siempre pagará por el buen arte.

—Gracias —le digo—. Esto... ¿Queréis pedir algo de comida también?

Las dos se ríen y piden dos sándwiches de huevo, así que llevo el pedido a la cocina. Luego me meto en la despensa y saco el móvil del delantal para enviarle un mensaje a Laura.

Hay una nueva alerta de correo electrónico de mi cuenta de McKee. Le envío un mensaje a Laura sobre las dos mujeres y abro la aplicación.

Es del Departamento de Artes Visuales.

Paso el *mouse* por encima del correo electrónico, sin querer hacer clic para abrirlo. La simple idea de que me hayan rechazado en el concurso me resulta dolorosa. Pero no soy el tipo de persona que pospone las cosas, ya sean buenas o malas, así que hago clic y busco el revelador «Lamentamos informarle» o como hayan decidido expresarlo.

Tengo que leerlo tres veces para asimilarlo.

Querida Srta. Wood:

Gracias por presentar su obra al Concurso de Artes Visuales Doris McKinney. Nos complace informarle de que su serie fotográfica «Más allá del partido» ha sido escogida finalista en la categoría de Fotografía y se expondrá en la Close Gallery de Nueva York del 10 al 13 de febrero. Además, ha sido galardonada con el premio de la categoría de mil dólares y su obra optará al primer premio de cinco mil dólares. Los jueces quedaron impresionados por el gran nivel de técnica y perspectiva que ha aportado a un tema tan singular. Esperamos verla a usted y a sus invitados en la ceremonia de entrega de premios el 10 de febrero. A continuación encontrará más información.

¡Enhorabuena!

Profesor Donald Marks,
director del Departamento de Artes Visuales
Universidad McKee

Miro el teléfono y releo el correo media docena de veces más. Envié una serie de fotografías de James para el concurso, algunas jugando en el campo de fútbol y otras fuera de él, incluida una de las que le hice aquella mañana en Pensilvania. No esperaba conseguir nada, sobre todo cuando en McKee hay tantos estudiantes de Artes Visuales.

Pero les ha gustado mi trabajo. No, les ha encantado. Les han encantado mi técnica y mi perspectiva.

¡Joder!

Me tapo la boca con una mano mientras grito y bailo de felicidad. Imagino que su idea es que el dinero del premio se utilice para pagar la matrícula, pero a la mierda, lo voy a utilizar para comprar muebles nuevos.

Ahora nada me gustaría más en el mundo que llamar a James. Le haría mucha ilusión. Si estuviéramos bien, él insistiría en salir a celebrarlo, probablemente a los recreativos o a tomar un batido o algo igual de dulce. Estoy a punto de llamarlo; al fin y al cabo, él me compró la nueva cámara, y sin ella no habría podido hacer esas fotos.

Antes de que pueda decidirme, alguien llama a la puerta de la despensa.

—Bex, cariño.

Abro la puerta. Mi madre me mira enarcando una ceja.

—¿Por qué te escondes aquí?

—He ganado un concurso.

—¿Qué concurso?

—Participé en un concurso de fotografía y he ganado. —Me tiembla la voz; estoy al borde de las lágrimas, pero al menos son lágrimas de felicidad—. Les han encantado mi técnica y mi perspectiva.

Mi madre me abraza.

—¡Oh, cariño! Es maravilloso.

—He ganado un premio y puede que gane otro aún más grande. —Me retiro y me ajusto el delantal—. Estaba pensando que podemos usarlo para comprar muebles para el apartamento.

Mi madre sacude la cabeza.

—Quería hablarte de eso. Nicole y Brian van a ayudarnos. Tienen algunos trastos de los que querían deshacerse y Nicole conoce a una persona que se dedica a restaurar muebles y que nos vendería algunos con descuento. Quédate el dinero y úsalo para la matrícula.

—¿Estás segura?

Me acaricia la mejilla con el pulgar.

—Es lo menos que puedo hacer. Sé que no es mucho, pero…

—No, es perfecto.

—¿Bex? —Christina asoma la cabeza por la despensa—. Hay otro chico aquí que quiere verte. No es el mismo que la última vez. —Me guiña un ojo—. Creo que este es el jugador de fútbol americano.

El corazón empieza a latirme desbocado. No sé si estoy preparada para esta conversación, pero no puedo ignorarlo por más tiempo. Sabe dónde encontrarme. Paso por delante de mi madre y vuelvo al comedor rodeando el mostrador. James está esperando cerca de la puerta. Se quita una gorra; tiene las orejas y las mejillas rojas por el frío. Echa un vistazo al interior y, cuando me ve, sonríe con una mezcla de alivio y felicidad.

—Bex —dice—, ¿podemos hablar?

46

JAMES

No pensaba que tendríamos esta conversación a la intemperie, pero Bex se pone el abrigo y me lleva a la parte de atrás, y yo no se lo discuto. Al menos no me ha dado una patada en el culo. Temía que ocurriera eso porque me puse en contacto con ella aunque me había pedido espacio.

Cruza los brazos sobre el pecho, temblando un poco. Cojo la gorra y se la coloco en la cabeza. Está neviscando y los copos se depositan sobre la nieve que lleva en el suelo desde el mes pasado.

—James —dice ella—, tienes las orejas congeladas.

—Sobreviviré. —Me doy una palmada en el pecho antes de meter las manos en los bolsillos del abrigo. La fotografía sigue allí pegada. Bien—. ¿Cómo has estado?

—Fatal —admite.

—Yo igual.

Me dedica una media sonrisa.

—Pero gané el concurso de fotografía. Mi trabajo va a exponerse en una galería del West Village.

Me quedo boquiabierto.

—¡Es increíble!

Se muerde el labio inferior, probablemente para evitar que su sonrisa se ensanche.

—Ya lo creo. Me enteré justo antes de que llegaras.

Tengo unas ganas enormes de abrazarla y darle un beso, pero me reprimo. Por mucho que quiera evitarlo, tenemos que hablar. No puedo hacer que cambie de opinión y piense que es la mujer adecuada para mí, pero al menos quiero ponerla en la dirección correcta.

—Me alegro mucho por ti.

No puedo evitar alargar la mano para darle una palmadita en la gorra, sintiéndome aliviado cuando eso la hace sonreír.

—James.

—Había olvidado lo bajita que eres.

—De tamaño manejable —dice ella.

Intento tragar saliva.

—Sí. Esa eres tú, nena.

La diversión desaparece de su expresión.

—Voy a denunciar a Darryl.

—Bien.

Respira hondo y se abraza a sí misma por la cintura.

—¿Te has enterado ya de algo? ¿Te han suspendido?

—No lo sé. El entrenador respondió por mí. Les dijo que yo no empecé la pelea.

Le toca a ella decir:

—Bien.

Nos quedamos un momento en silencio mirándonos. Nunca hemos estado incómodos juntos; incluso cuando no nos conocíamos bien la conversación era fluida, así que me sorprende la tensión que se respira en el ambiente.

—Te quiero. —No puedo evitar decirlo.

—Yo también te quiero —susurra ella.

—Siento mucho que no me lo contaras por culpa de mi padre. —Respiro hondo. Desde la charla que tuve con mi madre, he estado un poco más tranquilo, pero aún no he hablado con mi padre y no estoy seguro de cuándo ocurrirá. Recuperar a Bex es lo primero—. Quiero que sepas que siempre te escogeré a ti.

Su expresión se apaga.

—James.

—Sé que va a ser duro —continúo—. Sé que tengo que aprender a priorizar. Sé que cuando esté jugando, tendré que darlo todo, pero cuando esté fuera del campo, contigo, te escogeré a ti pase lo que pase.

Me mira con las mejillas sonrojadas y los ojos brillantes por las lágrimas contenidas.

—Te quiero, Bex. Adoro cómo arrugas la nariz cuando estás concentrada. Adoro tu risa. Adoro tu talento con la cámara. Adoro tu pasión y tu lealtad y lo jodidamente inteligente que eres. Lo eres todo para mí. Si me pidieras que dejara de jugar al fútbol, lo haría sin pensarlo dos veces.

Ella solloza, sacudiendo la cabeza.

—No lo hagas.

—De acuerdo. Porque he pensado en hacerme profesor de matemáticas y no sé si sería capaz.

Suelta una risita.

—No lo creo, cariño.

—Si necesitas quedarte aquí por la cafetería y tenemos que vivir a distancia, me esforzaré todos los días para que lo nuestro funcione. Te lo prometo. Ya no estoy asustado porque sé que valdrá la pena si sé que eres mía.

Mira hacia otro lado, balanceándose sobre los pies mientras tiembla un poco. Está tanto tiempo callada que empiezo a preocuparme.

—¿Y si no soy... suficiente?

—¿Qué?

Me mira a los ojos. Le tiembla el labio inferior.

—¿Y si pasan dos años y yo estoy aquí y tú donde sea y te das cuenta de que no vale la pena? ¿Que yo no valgo la pena?

Doy un paso adelante y la estrecho entre mis brazos. No me importa que le haya dado espacio para pensar; está distante y molesta, y no puedo soportarlo.

—¿De verdad piensas eso? —digo—. Eres mi princesa, vales el mundo entero.

Aprieta los labios.

—No soy nadie especial.

—Y yo solo soy un chico al que se le da bien lanzar un balón. —Me río un poco y el sonido queda atrapado en el viento helado—. Puede que ninguno de los dos seamos especiales, pero esa no es la cuestión.

La cuestión es que eres la mejor persona que he conocido y lo único que quiero es que tú también te des cuenta.

Me meto la mano en el abrigo y saco la fotografía.

—La tomé hace un par de semanas. Sé que es una mierda, pero me encanta lo feliz que se te ve.

Toma la fotografía y la mira. Es una simple foto que hice con mi teléfono y que me gustó tanto que la imprimí. La puse en mi cartera. Es de Bex haciendo una fotografía en el Red's. Lleva un jersey rosa peludo y esos pendientes de porción de tarta, con los ojos iluminados de una forma adorable mientras juguetea con la cámara.

—Lo recuerdo —dice en voz baja.

—Así es como yo te veo. Cuando cierro los ojos antes de dormir, cuando sueño despierto, te imagino haciendo arte. Siendo tú misma. —Alargo la mano y le toco un pendiente; lleva los aros que le regalé por Navidad—. Puedes hacer lo que quieras con tu vida, pero no te menosprecies. La fotografía es lo que te mereces.

Se acerca y me da un beso.

Acepto el beso de buen grado; parte de la tensión se desprende literalmente de mi cuerpo cuando siento sus labios sobre los míos, sus manos aferrándose a la parte delantera de mi abrigo. Esto es lo que necesitaba para volver a sentirme bien: a mi chica entre mis brazos.

Cuando se separa, me sujeta la barbilla con su mano helada. Simplemente me acerco más.

—Necesito pensar —dice—. No sobre nosotros, sino sobre mí. Sobre la cafetería. Le prometí a mi madre que me ocuparía del negocio y no puedo… ¿Lo entiendes?

Asiento con la cabeza.

—Estaré listo cuando tú lo estés.

Coloca su frente sobre la mía.

—Gracias.

Vuelvo a besarla, hambriento de más besos suyos después de casi dos semanas echándolos de menos.

—Tomes la decisión que tomes, lidiaremos con ella. Juntos.

47

BEX

Cuelgo la última fotografía en la pared y doy un paso atrás, mirando nerviosa todo el conjunto. Cuando llegué la galerista, una mujer llamada Janet y que probablemente sea la mujer más glamurosa que he conocido nunca, me dio una pared entera para mí.

Laura, que llegó pronto para ayudarme a montarlo todo, me mira.

—¿Qué te parece?

—Creo que ha quedado bien. —Me limpio las manos sudorosas en el vestido. Llevo un vestidito negro con medias transparentes, a pesar de que estamos en febrero, pero he estado tan ansiosa que ni siquiera siento el frío—. Quiero decir que supongo que ha quedado bien.

—No te infravalores —dice, tirando de mí con un medio abrazo—. Esto tiene una pinta increíble.

—Un gran uso del espacio en blanco —acota Janet al pasar, con el chal ondeando a su espalda.

Laura reprime una risita.

—¿Lo ves? Un gran uso del espacio en blanco. Fabuloso.

Suelto un tembloroso suspiro.

—Bueno, es como lo quiero.

—De acuerdo. —Retrocede unos pasos y saca su teléfono—. Sonríe para que te haga una foto.

Me sonrojo y miro a mi alrededor. Los demás finalistas del concurso están trabajando en sus propias exposiciones y está claro que la mayoría se conocen, porque no paran de socializar, acercándose a los

272

espacios de los demás para hacerles comentarios y cumplidos. Me han ignorado, lo cual está bien, pero eso no significa que no me sienta un poco cohibida.

El semestre está en pleno apogeo de nuevo, lo que significa que voy a acabar las clases obligatorias; disfrutar de un semestre más viviendo con Laura; pasar tiempo con James (a quien no suspendieron por la pelea cuando la escuela supo lo que me había pasado con Darryl), y reducir mis turnos en La Tetera Púrpura para poder fotografiar algunos de los partidos de *hockey* de McKee.

Esta exposición en la galería y la oportunidad de ganar experiencia con la fotografía deportiva está afectando mi trabajo en la cafetería y, aunque le dije a James que pensaría en ello, la verdad es que no sé qué hacer. Hace un año, la simple idea de dejar sola a mi madre para que se ocupara de la cafetería me resultaba inaceptable. Le prometí que no lo haría y siempre tuve la intención de cumplir mi palabra. ¿Y ahora? Cada día me apetece más irme, pero no sé si puedo confiarle el negocio. Últimamente la veo más implicada, pero yo sigo ahí casi todos los días de la semana, apagando fuegos (metafóricamente) y asegurándome de que las cosas funcionan. No podría hacerlo desde San Francisco, que es donde acabará James si son ciertos los últimos rumores de la NFL.

—Estás muy guapa —dice Laura, y me enseña la foto. La verdad es que yo me veo muy estresada, pero quizá sea porque me siento así. En menos de una hora, un montón de gente verá mis fotografías mientras yo doy vueltas alrededor. Oiré sus opiniones. Y, con un poco de suerte, ganaré cinco mil dólares, aunque el pintor de enfrente tiene mucho talento y, si tuviera que darle el premio a alguien, se lo daría a él.

—Supongo que sí —digo.

—James va a venir, ¿verdad?

—*Sip*. Y puede que también sus hermanos.

Laura suspira.

—Cooper está tan bueno…

Hago una mueca.

—¿Te gusta la barba?

—Ya lo creo. No es que James no sea guapo con su aire de *quarterback* serio y pulcro, pero Coop es el que yo escogería.

—Es bueno saberlo —digo con tono seco—. Teniendo en cuenta que James es mío.

—Es muy mono —coincide alguien.

Me giro y abro los ojos como platos cuando veo a mi madre delante de mí con un ramo de flores en los brazos. Me besa en la mejilla.

—Sé que llego demasiado pronto —me dice—, pero quería hablar contigo.

Vuelvo a echar un vistazo a mi exposición, preguntándome si debería organizarla un poco más, pero mi instinto me dice que no, que está perfecta.

—Supongo que ya he acabado. Tengo un par de minutos antes de que abra la galería.

Acuna el ramo en el pliegue de su brazo y alarga una mano.

—Hay un pequeño café aquí al lado. Nicole ha reservado una mesa.

—No podemos llegar tarde —le advierto.

—No lo haremos —me promete—. Ahora venimos, Laura.

Cojo mi abrigo y me lo pongo mientras la sigo fuera de la galería. Ya es raro estar en Nueva York, pero ¿ver a mi madre aquí? No recuerdo la última vez que salió del pueblo, y mucho menos que hiciera algo así. Por suerte, la cafetería está literalmente al lado; veo a la tía Nicole detrás de la ventana, sentada con una taza de té.

—¡Bex! —dice, levantándose para abrazarme cuando nos acercamos a la mesa—. ¡No puedo esperar a ver tus fotografías!

—Gracias —digo, sentándome frente a ella con el abrigo en el regazo. Mi madre elige sentarse junto a la tía Nicole y no junto a mí, lo cual es un poco raro. Me preocupa que vaya a darme un sermón, pero no hay motivo para ello. Doy un pisotón en el suelo con la bota.

—¿Qué pasa?

Se miran durante un largo instante. Mi madre respira hondo. Me clavo las uñas en las palmas de las manos.

—¿Pasa algo?

—No —dice ella—. En absoluto, cariño. Es algo bueno. Quiero vender la cafetería.

Me quedo mirándola.

—¿Qué?

—Nicole y yo hemos estado hablando y me ayudó a darme cuenta de lo que deberíamos hacer. Tendría que haberla vendido hace tiempo, pero no me permití seguir adelante. —Parpadea; cuando continúa hablando, su voz es más grave—. Te he retenido demasiado tiempo. No ha sido justo que intentara responsabilizarte de ella. Imagino que pensaba que tu padre regresaría algún día, pero no ha sido así. Ha llegado la hora.

Mientras está hablando el corazón se me acelera y, cuando acaba, parece que está a punto de salírseme del pecho. Me doy cuenta de que estoy temblando.

—¿Mamá? —consigo balbucear.

—Os escuché el día que James vino a hablar contigo —añade, con el rubor tiñendo sus mejillas—. Tiene razón, te mereces mucho más. Mereces luchar por tus sueños. Mereces estar con él, donde sea que lo destinen. —Se ríe un poco, sacudiendo la cabeza—. ¿He usado bien esta palabra?

—Creo que sí —dice la tía Nicole, ladeando un poco la cabeza—. ¿Verdad, Bex?

—Claro —respondo con un hilo de voz. La cabeza me da tantas vueltas que ni siquiera estoy enfadada con mi madre por espiarme.

—Cuando tu padre y yo compramos la cafetería, pensamos que nuestra vida giraría en torno a ella. Yo no quería renunciar a ese sueño, ni siquiera cuando él ya se había ido. Necesito seguir adelante y necesito soltarte.

—Mamá —vuelvo a decir, con un nudo en la garganta y medio sollozando—, ¿qué vas a hacer?

—La venderemos —dice—. Todo el edificio. Puedes usar una parte del dinero para pagar tus préstamos estudiantiles y yo buscaré otro sitio donde vivir. Hay un apartamento cerca del de Nicole que podría alquilar. Y estoy pensando…

Ella se calla, parpadeando para contener las lágrimas. La tía Nicole le da unas palmaditas en la mano.

—Va a empezar terapia —dice la tía Nicole.

Mi madre asiente.

—Sí, la necesito. Tengo que poner mi cabeza en orden. Nunca superé el abandono de tu padre, ni todo lo que ocurrió después, y si quiero ser una buena madre tengo que superarlo.

—No me lo puedo creer —susurro.

—Lo sé —dice ella—. Pero te lo voy a demostrar, cariño. Quiero estar ahí para ti, y quiero que tengas la oportunidad de hacer lo que te haga feliz.

Prácticamente me lanzo sobre la mesa en mis prisas por abrazarla. Ella se ríe sobre mi hombro y me abraza con fuerza mientras me frota la espalda.

—Te quiero —susurra—. Y lo siento.

—Yo también te quiero. —Inhalo su perfume. Un millón de recuerdos pasan por mi mente; una película de mi infancia, las partes buenas. No soy una ingenua, sé que si lo dice en serio, tiene mucho trabajo por delante, pero el hecho de que lo vaya a intentar es suficiente para sacudir todo mi mundo—. Gracias.

La galería acaba de abrir cuando veo a James entrar por la puerta… junto con toda su familia, Izzy incluida. Esperaba a Sandra, pero ¿Richard? ¿Con un ramo de flores en los brazos? Me saluda con la cabeza y yo le devuelvo el gesto.

¡Vaya!

Vuelvo a prestarle atención a Donald Marks, el director del Departamento de Artes Visuales, que se acerca enseguida para felicitarme en persona, pero las ganas de correr a contarle la noticia a James son abrumadoras. Me dan ganas de abalanzarme sobre él y besarlo contra la pared, pero estoy segura de que eso no se consideraría un comportamiento apropiado en una galería de arte elegante.

—Él es un contacto excelente —continúa, señalando al otro lado de la sala de exposiciones—. Os presentaré más tarde para que podáis hablar a fondo sobre este asunto. ¿Estás pensando en dedicarte a la fotografía deportiva?

—Tal vez —digo, y lo mejor es que no estoy mintiendo. Podría dedicarme a ello, pero también podría dedicarme a cualquier otra cosa. Por primera vez, el mundo está lleno de posibilidades para mí; no tengo que romper ninguna promesa. Soy libre—. Me encanta el ambiente de los eventos deportivos.

—Eso es importante. —Sonríe, rompiendo el contacto visual para volver a mirar mi fotografía—. Un trabajo excelente. Siento no haberte tenido en nuestro departamento.

—Empiezo a darme cuenta de lo que quiero hacer.

Asiente con la cabeza.

—Me alegro, señorita Wood. Manténgase en contacto.

En cuanto se aleja, Izzy se acerca a mí con James pisándole los talones. Tiene una copa de vino en la mano, que James le quita con destreza antes de que pueda acabársela de un trago.

—¡Eh! —protesta ella, cruzando los brazos sobre su vestido de terciopelo lila—. No es justo.

En lugar de devolvérsela, me da la copa a mí.

—¿Después de lo que hiciste en la fiesta del fin de semana pasado? Tienes suerte de que papá y mamá te dejen salir de casa.

Tomo un sorbo, pero no lo saboreo. Estoy casi levitando de la emoción.

—¡Ey!

Me da un beso rápido.

—¿Cómo está yendo?

—La verdad es que es increíble. —Alargo la mano y le cojo la suya—. Tengo que hablar contigo.

Izzy nos mira levantando una oscura ceja.

—Eso suena siniestro.

—¿Por qué no vas a molestar a Coop? —dice James con tono seco—. Parece que está intentando ligar con esa pobre chica de ahí.

Izzy lo mira de reojo. Cooper está apoyado junto a una preciosa acuarela, gesticulando con su copa de vino mientras habla con una joven. De todas formas, ella no parece muy interesada, pero tengo la sensación de que Cooper está a punto de atacar gracias al Huracán Izzy.

—Seguro que puedo hacerle creer que él tiene una enfermedad de transmisión sexual —declara.

—Espera —dice James, pero ella ya está cruzando la sala a grandes zancadas. Suspira y se vuelve hacia mí—. Estás preciosa, por cierto. ¿De quién son las flores?

—De mi madre.

—¡Vaya! Mis padres también tienen un ramo para ti.

—Ella está allí, hablando con tu madre —digo cuando me percato de la escena—. ¡Oh, Dios! No pierde el tiempo.

James echa un vistazo.

—Creo que es cosa de mi madre —dice—. Se moría de ganas por conocerla. Pero ¿qué pasa?

—Mi madre habló conmigo antes de que empezara el evento. Va a vender la cafetería.

Me abraza con tanta fuerza que casi derramo el vino en el suelo.

—¡No me digas!

—¡Sí! —Le devuelvo el abrazo, incapaz de reprimir una carcajada. Es probable que estemos dando el espectáculo, pero me da igual. Toda la galería podría estar mirándonos y no me importaría una mierda. Lo único que me importa ahora mismo es él—. Sí, la va a vender.

Me agarra con más fuerza.

—Princesa, por favor, dime que significa lo que creo.

Me separo un poco de él y lo beso. Incluso en tacones, estoy de puntillas, y me sujeto a su cuello con una mano. Miro sus ojos del color del océano y veo un millón de posibilidades. Un futuro que podremos compartir. Veo amor y deseo y todo lo que creía que nunca tendría entre diferentes tonos de azul.

—Sí —murmuro sobre su boca. —Sonrío, sintiendo también su sonrisa—. Vayas a donde vayas, te seguiré.

48

JAMES

EPÍLOGO

Abril, dos meses después

Bex me besa de nuevo, jadeando suavemente sobre mi boca.

—Espera, cariño. Espera. ¿Cuándo vuelve a empezar el espectáculo?

Sigo penetrándola con los dedos, metiéndole dos en la vagina mientras le acaricio el clítoris con el pulgar. Jadea y deja de protestar. Tiene razón, tenemos que regresar a la sala de espera (el productor que vino antes de que nos escabulléramos nos advirtió de que era casi la hora de la retransmisión de la ronda selectiva), pero no puedo evitarlo. Quiero que se corra y que seamos los únicos entre toda esta gente que sepan lo que acabamos de hacer. Es probable que mi familia esté preguntándose dónde estamos, pero me da igual. Pueden esperar.

Lo único importante ahora es que mi novia disfrute.

Me agarra del brazo, pero no intenta apartarme. La beso en el cuello, resistiendo el impulso de dejarle un chupetón, y le meto un tercer dedo. Me trago sus gemidos y, aunque me gustaría hacerla gritar, me basta con sentir cómo aprieta la vagina y se estremece al correrse. Saco los dedos y dejo que baje de donde la había puesto contra la pared de puntillas.

—¡Joder! —murmura un poco aturdida.

La beso de nuevo.

—Eres preciosa.

Sacude la cabeza mientras se arregla el vestido.

—No puedo creer que acabes de hacerme esto. Estamos a punto de salir en televisión.

Me chupo los dedos y disfruto del sabor de sus fluidos.

—Lo mío es peor. Estoy durísimo y tengo que lidiar con ello.

Sacude la cabeza.

—Tú te metiste en este lío, así que no me das ninguna pena.

Cuando volvemos a estar presentables (aunque mi camisa está un poco arrugada y Bex insiste en que está despeinada), nos asomamos fuera del armario de material. No hay moros en la costa, así que salimos intentando parecer relajados.

—Yo voy por aquí y tú por el otro lado —digo—. Si alguien pregunta, me he entretenido saludando a unos antiguos compañeros de la LSU.

Pone los ojos en blanco.

—Yo solo voy a decir que estaba en el lavabo.

Curiosamente, me encuentro con un par de conocidos de camino a la sala de espera, así que cuando consigo reunirme con mi familia, Bex ya está allí, metida en una conversación con Sebastian. Todavía está un poco alterada. Le guiño un ojo mientras me siento.

Pone los ojos en blanco y me hace un gesto con la mano.

—¿Cómo te encuentras? —pregunta mi padre.

No hemos vuelto a estar como antes, pero al menos las cosas van mucho mejor que en enero. Aunque ya no veamos mi carrera futbolística de la misma manera, sigue siendo mi padre y quiero que esté a mi lado en un momento como este. Él entiende mejor que nadie el camino que estoy a punto de emprender.

En menos de una hora, Bex y yo sabremos a dónde nos mudaremos después de la graduación.

Durante un tiempo, todos los rumores parecían indicar que sería San Francisco, pero se dice que Filadelfia intentará conseguir una mejor elección en la primera ronda y llevarse a uno de los tres *quarterbacks* realmente buenos que hay disponibles: el tipo del Alabama que me ganó en enero, el *quarterback* del Duke y yo. Cuando gané el Heisman, no había duda de que iría el primero en la ronda selectiva, pero la derrota en el partido del campeonato acabó con esa certeza. No me importa; no hay ninguna garantía de que pase casi toda mi carrera en el equipo donde empiece de forma profesional, pero lo ideal sería que el que me elija configure un equipo con el que yo pueda ganar partidos. He intentado no pensar demasiado en los detalles, porque no puedo escoger, pero sería estupendo que no tuviéramos que ser los únicos de nuestras familias que vivieran al otro lado del país.

—Empecemos —dice un productor, dirigiéndose a toda la sala—. Les recuerdo que filmaremos entre esta zona de bastidores y el escenario, así que recuerden que están delante de la cámara. Si reciben la llamada, enhorabuena. Recuerden contestarla y luego sigan las flechas verdes hasta el escenario para que los presenten. El directo se emitirá en los televisores de enfrente.

Miro a mi padre, respirando hondo.

—Estoy listo.

Me aprieta el hombro, sacudiéndome un poco. Me da la sensación de que está más nervioso que yo.

Mientras se activa la retransmisión en directo, Bex me toma de la mano.

Los San Francisco 49ers hacen la primera elección. Se llevan al *quarterback* del Alabama.

Los New York Jets hacen la segunda elección y se llevan al mejor placador.

Con la tercera elección, las cosas se ponen interesantes. El Filadelfia sube de puesto en la sexta, ofreciendo al Houston un montón de elecciones en la última ronda.

En el instante en que anuncian su elección, no tengo ninguna duda de que soy yo.

Suena mi teléfono, que está sobre la mesa. Me quedo paralizado durante unos segundos, pero entonces Bex me clava las uñas en la mano y me pongo en movimiento. Lo descuelgo y me aclaro la garganta al saludar.

—James —dice mi nuevo entrenador—, bienvenido a las Águilas de Filadelfia.

—Gracias, señor.

—¿Listo para trabajar?

Miro a Bex a los ojos. Se tapa la boca con ambas manos, probable-mente para no gritar mientras hablo por teléfono. ¡Dios! La quiero.

Filadelfia. Podemos lidiar con ello.

Le guiño un ojo.

—Sí, señor.

UNAS PALABRAS FINALES

Querido lector:

Muchas gracias por leer la historia de James y Bex. Espero que hayas disfrutado de este viaje tanto como yo lo he hecho escribiéndolo. Cooper, Sebastian e Izzy tendrán sus propias historias muy pronto, así que aún no hemos abandonado el mundo de los Callahan y la Universidad McKee. Sígueme en las redes sociales para no perderte las novedades, contenido adicional y mucho más.

Si te ha gustado el libro, te agradecería mucho que me dejaras una reseña. Me encanta conocer las opiniones de los lectores, ¡así que no dudes en ponerte en contacto conmigo!

Saludos,
Grace

SOBRE LA AUTORA

Grace Reilly escribe novelas románticas contemporáneas subidas de tono que suelen girar en torno al deporte. Cuando no está imaginando nuevas historias, se la puede encontrar en su cocina probando recetas, dando arrumacos a sus perros o viendo deportes en la televisión. Aunque es originaria de Nueva York, ahora vive en Florida, lo que es preocupante debido al miedo que le tiene a los caimanes.

Sigue a Grace en las redes sociales y suscríbete a su boletín para recibir novedades, contenido adicional ¡y mucho más!

www.gracereillyauthor.com

¿TE GUSTÓ ESTE LIBRO?

escríbenos y cuéntanos tu opinión en

 /Sellotitania  /@Titania_ed

/titania.ed

#SíSoyRomántica